ALIX
GIROD-DE L'AIN

# De l'autre côté du lit

ROMAN

J'ai lu

*À mes fées Clochette, qui se reconnaîtront*

« On dira ce qu'on voudra, mais ma femme et moi, on se sera quand même bien marrés. »

Nicolae CEAUSESCU

# 1

## Janvier

*« Le mauvais an entre en nageant. »*

Sagesse populaire

*Zouiiin, zouiiin.* La mèche d'une perceuse à percussion entra dans l'oreille gauche d'Ariane Marsiac. Elle ouvrit les yeux. L'écran digital du boîtier câble de la télévision indiquait 09-12. Et merde, elle s'était rendormie. Pourtant, elle se rappelait vaguement avoir bougé les doigts, dans un passé proche, pour natter les longs cheveux de Louise, sa fille. Hugo avait ensuite accompagné les enfants à l'école, comme tous les jeudis. C'est probablement juste après avoir entendu l'Audi démarrer dans l'allée qu'elle avait commis cette bourde : reposer un instant la tête sur l'oreiller « Rêve de nymphe » chaleureusement recommandé par Pierre Bellemare sur TF1 six mois plus tôt. Un instant, elle soupçonna les employés du Club Téléachat d'avoir enrichi les plumes d'oie de molécules psychotropes ; les drogués sont des clients fidèles, c'est connu.

Elle se sentit coupable, atrocement coupable. De tout Le Vésinet, elle était certainement la dernière à se réveiller. Elle songea à ces centaines de maisons où des femmes toniques finissaient leur deuxième café, les coups de fil du matin passés, le petit déjeuner rangé, le planning des enfants double-checké, la pile de pantalons à déposer chez 5 à Sec déjà prête dans l'entrée. Et elle, molle et plate, la trace de drap sur la joue, même plus sûre d'avoir glissé le survêt de gym de son fils dans son cartable. Minable, elle était minable.

Et en retard, de surcroît. Qui disait bruit de perceuse disait présence d'ouvriers s'agitant au rez-de-chaussée. Ariane savait bien que c'était une chance inespérée. En trois mois, elle avait eu le temps de comprendre les rudiments de tout chantier de rénovation :

1) Comme les hausses du fioul, les grossesses gémellaires ou le retour des jupes-culottes dans les magazines de mode, les corps de métiers ne viennent jamais quand on s'y attend.

2) Quand par extraordinaire les corps de métiers se présentent le jour prévu, ils travaillent de 7 h 30 à 9 h 25. Après, c'est la pause. Après, c'est le casse-croûte. Après, ils s'engueulent parce que l'électricien n'a toujours pas passé ses fils et que ça chamboule « grave » le planning du maçon. Après, ils se réconcilient et retravaillent d'arrache-pied de 14 h 22 à 15 h 07. Après, leur portable sonne et c'est une cliente handicapée avec six enfants à charge qui demande un devis en urgence alors ils s'en vont tous.

Si Ariane voulait les choper, c'était maintenant ou jamais.

Elle subit sans frémir les affectueuses salutations matinales d'Abribus, animal d'inspiration canicho-teckelienne découvert dix ans plus tôt enchaîné aux pieds d'un ouvrage d'art Jean-Claude Decaux, d'où son nom. Quel âge pouvait bien avoir ce canidé au curieux physique de sandwich écrasé ? Cent quinze ans, d'après l'halitose récalcitrante qui parfumait son haleine. Moins, d'après le vétérinaire. Abribus était en tout cas un être délicat et sensible, surtout de l'estomac. Dans une pétarade gastrique endiablée, il s'étira et sauta du lit, sur les traces de sa maîtresse.

Ariane enfila une robe en laine prune avec une sorte de gros chou sur l'épaule, panoplie divinement néo-bourgeoise dans un esprit Marie-France Garaud postmoderne, parfaite donc en prévision de ses rendez-vous de l'après-midi. Un maquillage léger – deux touches de fond de teint fluide sur l'arête du nez et le menton, rimmel stretching à la pointe des cils, gloss abricot sur les lèvres, délicat essuyé de blush brugnon sous la pommette –, un coup de brosse sur ses cheveux Blé Ukrainien Féria balayés de Régécolor nuance « Écureuil joyeux » – trouvaille géniale de sa coloriste Régine, passée maître dans l'art d'obtenir ce blond yorkshire tellement à la mode –, une paire de stilettos Zara si bien imités de Manolo Blahnik qu'il fallait être directrice artistique chez *Vogue* – ce qui, merci Seigneur, n'était le cas de personne de sa clientèle – pour faire la différence, et hop, en voiture Simone (Simone Veil, en la circonstance).

En bas l'attendait la mort avec sa faux, dupliquée en six exemplaires houssés de bleus de travail. Ariane n'avait guère le sens de l'humour en ce moment, mais la vision de cette haie d'honneur lui fit fredonner qu'ils étaient venus, qu'ils étaient tous là et qu'elle allait mourir, la mamma. Abribus, inquiet, s'aplatit à ses pieds et coinça son long nez entre ses pattes en gémissant.

Et de fait, en ce sombre matin de janvier, ni M. Dilabault, le chef de chantier, ni M. Pédro, le plombier, ni M. Bouchikrian, le peintre, toujours flanqué de deux apprentis mutiques, ni M. Nervo, l'électricien, n'avaient le cœur en fête. Le motif de leur consternation ? L'absence de M. Gonçalvo, le placoplâtrier. Comme on pouvait s'y attendre, ça « chamboulait grave le planning ». Il n'était que 9 h 27, vu sous cet angle, ils étaient en avance, pensa Ariane. Le plombier prit la défense de son compatriote en expliquant, la mine entendue, qu'il avait « encore ou oune deuille dans cha famillch ». (Vingt années de dur labeur sur le sol français n'étaient pas venues à bout du tenace accent lisbonnin de M. Pédro.) M. Dilabault le coupa sèchement par un de ces navrants proverbes dont son discours était plus truffé que dinde à Noël : « A l'impossible, nul n'est tenu. » Personne ne soupçonnait Gonçalvo, artisan travailleur et honnête, malheureuse victime d'une épidémie familiale, de tirer au flanc – treize morts depuis le début du chantier tout de même, songea Ariane –, le problème, c'est que sans lui tout était bloqué. Et que ça n'allait pas arranger le retard du planning.

« Un malheur ne vient jamais seul, n'est-ce pas, madame Marsiac ? »

Seigneur, que le chef de chantier était agaçant. Mais ce matin, Ariane avait envie d'en découdre. Et des dictons, elle aussi, elle en connaissait plein.

« Certes, certes, mais à quelque chose malheur est bon.

— Où voulez-vous en venir, madame Marsiac ?

— Comme on connaît ses saints, on les honore : et si nous essayions de trouver un remplaçant à M. Gonçalvo, le temps qu'il fasse le deuil de son cher disparu ?

— Hélas, je ne vois personne de confiance disponible pour le moment. Qui trop embrasse mal étreint, madame Marsiac.

— Tût tût tût, à cœur vaillant rien d'impossible !

— Hélas, c'est à l'œuvre que l'on connaît l'ouvrier, et je sais de quoi je parle. Chat échaudé craint l'eau froide. »

OK, deux à un. Mais elle n'avait pas dit son dernier mot.

« Voyons, monsieur Dilabault, essayons un jeune,

un apprenti, c'est en forgeant qu'on devient forgeron. »

Silence.

« Qui ne risque rien n'a rien ! » tonitrua-t-elle.

Le chef de chantier eut un sursaut d'orgueil.

« Prudence est mère de sûreté !

— On ne fait pas d'omelette sans casser des œufs ?

— Il y a loin de la coupe aux lèvres ! »

La vache, il était fort. Ariane perdit pied. Elle hasarda le pathétique :

« Chaque pot finit par trouver son couvercle. »

Dilabault, sourire satanique, la crucifia :

« Qui veut aller loin ménage sa monture, madame Marsiac. »

Reconnaissant sa défaite, la jeune femme balbutia :

« Trouvez une solution, monsieur Dilabault. Ce que femme veut, Dieu le veut. »

L'homme secoua la tête et demanda à se retirer, une cliente handicapée avec six enfants à charge attendant un devis de peinture dans l'heure. On se quitta donc en soupirant, unilatéralement, qu'à chaque jour suffisait sa peine. Mais qu'après la pluie, viendrait probablement le beau temps.

Le beau temps, ça n'était en tout cas pas pour ce jour-là. Ariane épousseta longuement les scories du chantier afin que la pluie ne transforme pas sa panoplie de militante RPF en gangue de plâtre – jeune giscardienne un jour, ça va, jeune giscardienne pour toujours, ça ne va plus – et sortit de chez elle, Abribus sur les talons. Elle n'avait pas particulièrement ce qu'elle appelait une « grosse journée » mais plutôt un programme ordinaire :

*9 h 47 : passer chez teinturier pour récupérer divers. S'excuser, argumenter, supplier (ticket perdu).*

*9 h 53 : téléphoner orthodontiste Hector. Prendre RV avant juin 2003 si possible. Argumenter. Supplier.*

*10 h 04 : Auchan, achat de bouffe. Se souvenir que, depuis la semaine dernière, Louise n'aime plus que les Chocapic, Hector les Cheerios et Hugo les Special K.*

*10 h 42 : passer vétérinaire pour demander si possibilité essayer nouveau traitement pour problème haleine chien. Supplier.*

*10 h 57 : préparation repas enfants.*

*11 h 02 : répondre sonnerie dite « coup de fil de maman de 11 h 02 ». Urgente demande de renseignements sur horaires train pour vacances de février neige. Dire que départ prévu huit semaines plus tard, donc pas préoccupation du moment.*

*11 h 21 : départ école pour récupération lardons – bien les recompter, le jeudi, ils sont 7, car jour de rotation du système de mini-cantine mis au point avec autres mères pour épanouissement progéniture loin des selfs mal insonorisés de l'Éducation nationale. Dommage que les autres mères sèchent si souvent jour de rotation de mini-cantine, d'où impression permanente de « semaine des quatre jeudis » – (penser à demander Dilabault ce que cette expression signifie au juste).*

*11 h 30-12 h 45 : surveillance de horde enfantine sauvage dans maison-chantier. Bruit. Fureur. Lave-vaisselle bouché par spaghettis tomate. Ponceuse arrachée à sujet de 8 ans tentant de faire expérience sur calotte crânienne petite sœur.*

*12 h 45 : raccompagnement lardons école. Soulagement devant la grille qui se referme. Culpabilité de « mauvaise mère », donc.*

*13 h 07 : arrivée bureau. Déjeuner léger (pan bagnat-rillettes) au troquet avec Sophie, meilleure amie-associée. Culpabilité rapport choix de pan bagnat-rillettes et non salade-c'est-tout-merci. Rigolade quand même avec copine qui, elle, a pris assiette de betteraves. Culpabilité rétroactive en pensant à sensation oppression en présence enfants une heure plus tôt.*

*14 heures : tunnel de boulot : départ pour rendez-vous. Vente à domicile de bijoux fantaisie dessinés par*

*Sophie. Discussions. Essayages. Persuasion. Dénégations : « Mais non, madame Mosquin, vous ne ressemblez pas du tout à Margaret Thatcher avec des perles. » Refus très ferme de négocier les prix. Ou alors juste 10 %.*

*19 heures : retour maison. Agacement en constatant qu'en quatre heures de présence, jeune fille croate n'a pas eu idée donner bain enfants.*

*19 h 02 : sortage chien. Agacement devant animal aplati et tremblant pour cause refus de faire pipi sous la pluie.*

*19 h 06 : surveillance devoirs fils 8 ans. Agacement devant mauvaise mémorisation table de 7 malgré semaines d'efforts réciproques.*

*19 h 18 : confection de bougies flottantes parfumées avec fille d'après théorie américaine du « quality time » – avec les enfants, ce n'est pas le temps passé, c'est l'intensité qui compte. Agacement devant fille qui a encore renversé de la cire chaude sur la nappe imitation Paul Smith. Geste brusque. Culpabilisation.*

*19 h 38 : réflexion sur menu du soir pendant bain enfants. Extraction de mini-courgettes du frigo, coincées derrière oranges à jus.*

*19 h 42 : éclaboussements. Hurlements. « Hector, arrête d'embêter ta sœur. T'as peut-être un zizi mais tu sais toujours pas combien font 8 fois 7. Tu ne vois pas le rapport ? Allez hop, sortez du bain. » Agacement, agacement, agacement.*

*19 h 49 : dressage de couvert avec enfants. Lancer de macaronis dans casserole eau bouillante.*

*19 h 58 : fin de cuisson macaronis.*

*19 h 59 : retour du héros.*

Avant même d'entendre les pneus de la voiture crisser sur le gravier, Ariane savait que son mari allait arriver. Sixième sens de femme amoureuse toujours aussi aiguisé après dix ans de mariage ? Un peu. Mais surtout « flair d'Abribus ». Quarante-deux secondes avant que la porte ne s'ouvre, l'animal était déjà couché dans l'entrée, les babines retroussées, petite flaque de haine prête à bondir sur l'entrejambe de l'intrus. Abribus n'avait jamais pu piffer Hugo, et pour cause ; Ariane avait recueilli le maître quelques semaines après le chien, une façon bien maladroite de brouiller les territoires. Pire, d'après les psychologues canins œuvrant dans émissions télé pour ménagères, un cas d'école de « syndrome du chef de meute ».

Depuis dix ans, Abribus se prenait donc pour le mâle dominant du foyer et tentait de bouter Hugo hors de chez lui, alternant vexations diverses – dont la très cuisante masturbation sur ses bas de pantalon en public – et agressions frontales. Ses courtes pattes ne lui permettant pas de s'attaquer à la jugulaire de son maître, il était passé expert en la tentative de chaponisation sournoise. Bon gars, Hugo ne s'offusquait pas trop du caractère imprévisible de son chien, sachant que le temps jouait pour lui. Avec l'âge, les crocs d'Abribus, largement élimés, ne présentaient plus le moindre danger et, statistiquement, le meilleur – entendez l'émouvante cérémonie de funérailles de ce fidèle compagnon – était proche.

En voyant son mari entrer dans le salon, Ariane émit un petit bruit content, le genre de soupir qu'une fille pousse lorsque le chiffre sur sa balance commence par un 5. Hugo Marsiac, sa haute stature, ses cheveux gris, son grain de peau serré, ses pommettes slaves, son regard clair… « J'ai quand même épousé le plus beau mec de tout l'ouest du Vésinet. En tout cas, de l'avenue Michel-Droit à la rue Pierre-Messmer, y a pas mieux. À part, peut-être, le rhumatologue de la rue des Pages, mais lui ça vaut pas, il est côté Chatou », se dit-elle. Quand elle l'avait rencontré, avec son torse large, il aurait pu poser pour ces pubs où le type, d'un geste tout naturel, se vaporise de déodorant de l'épaule à l'aine, formant ainsi un bouclier clignotant « maximum fraîcheur 48 heures ». Désormais, même si elle l'imaginait davantage en quadragénaire rassurant dans un spot pour volets électriques, il restait le genre d'homme qui, quand il entre dans une pièce, fait monter la voix des femmes d'une octave. Hugo était très exactement l'image de la virilité. Mais pas une virilité tapageuse, braillarde, suintant la testostérone, plutôt quelque chose de doux, d'enveloppant, d'apaisant. Elle était fière d'être sa femme : pas vaniteuse, non, simplement contente et vaguement étonnée d'avoir été choisie par lui.

Une heure de sommeil supplémentaire avait décidément eu des effets bénéfiques sur l'humeur d'Ariane. En voyant ses enfants sautiller autour de leur père tandis que, du bout du pied, il repoussait délicatement les assauts copulatoires d'Abribus, elle se sentit toute molle de joie. La jeune femme en oubliait sa lassitude des dernières semaines, elle avait presque envie d'être aimable avec son mari, c'est dire. On l'aura sans doute constaté, après un certain nombre d'années de mariage, l'activité favorite des couples, en se retrouvant le soir à la maison, est de se dire des choses désagréables. Là, pas du tout. En saupoudrant son émincé de courgettes aux macaronis de parmesan fraîchement râpé, Ariane Marsiac, rêveuse, se prenait même à penser que décidément, son bonheur conjugal n'avait rien à envier aux témoignages les plus émouvants de la « spéciale tendresse » de *Jour après jour*.

Hélas, d'une simple phrase, Hugo gâcha ce moment de félicité familiale. Alors qu'il rinçait une assiette avant de la poser dans le lave-vaisselle, il dit : « En partant ce matin, j'ai vu les ouvriers arriver. Ça a bien avancé, aujourd'hui, le chantier ? » et de gros nuages noirs firent leur apparition dans le futur salon-cuisine à l'américaine des Marsiac.

Tous les gens qui ont déjà fait des travaux chez eux le savent. Demander : « Alors, ce chantier, ça avance ? », c'est comme demander : « Alors, cette chimio, vous en êtes content ? » Pire qu'une maladresse, c'est une faute de goût. Il est étrange que, sur la fameuse échelle du stress mise au point par les psychiatres, les travaux ne soient pas placés au même rang que le licenciement ou la perte du conjoint. Car non seulement, nous le verrons, il n'est pas rare qu'ils les entraînent, mais dans tous les cas, ils provoquent chez la personne chargée d'en assurer le suivi un maelström de sentiments contraires : espoir (le plombier a enfin trouvé un chauffe-eau aux dimensions de la niche spécialement construite par le menuisier trois mois plus tôt), déception (les mesures étaient en *inches*, pas en centimètres), satisfaction (le plan de travail en ardoise, c'est vraiment joli), affliction (dommage que les meubles de cuisine en dessous n'aient pas supporté son poids). À la fin, tout cela vous use et il n'y a plus de place que pour le doute, existentiel, parfaitement : « Est-ce moi qui suis une abrutie ou les autres qui me prennent pour une buse ? » Ce phénomène d'angoisse, qui reste à être décrit par les chercheurs en psychiatrie, est décuplé lorsque les commanditaires des travaux vivent – survivent ? – sur le lieu même du chantier. Ce qui, on l'aura compris, était le cas de nos héros. Au final, seul un profond bouleversement de la sphère intime d'Ariane Marsiac pourrait expliquer la scène d'une rare violence qui eut lieu au 12, rue du Gai-Pinson, Le Vésinet, Yvelines, en ce jeudi soir de janvier.

Sous ses airs détendus, la jeune femme était aux abois. Après des semaines à donner le change, ses nerfs étaient comme des élastiques à couettes oubliés depuis six mois dans un sèche-linge. Mais impossible de se plaindre lorsqu'on a les moyens financiers de transformer sa petite baraque pas terrible en gibier à couverture de magazine déco. Impossible de pester alors qu'un chef de chantier dont le papier à en-tête précise « Médaille du travail 1996 » a daigné poser les yeux sur votre projet de réaménagement intérieur. Impossible de râler alors que, travaillant à mi-temps, on veut suivre la progression du chantier au jour le jour. Impossible de hurler votre angoisse alors que votre mari vous fait toute confiance pour bien mener cette affaire et que vos enfants se roulent en boule d'allégresse à la perspective d'avoir enfin chacun leur chambre. Impossible de geindre lorsqu'on se sait appartenir à l'infime tranche de la population dont les vies amoureuse, familiale, sociale, professionnelle et financière vont bien. Impossible d'être malheureuse quand on est si heureuse. Même la santé d'Ariane était en pleine santé et, curieusement, ça la déprimait encore plus. À sa décharge, la jeune femme était née sous le signe du Cancer, un patrimoine astral bien lourd en période de travaux ; n'importe quel étudiant de première année d'astrologie à la Sorbonne vous dira que lorsqu'on attente à son sens du confort, le crabe, contrarié, commence à claquer des pinces.

Lorsque son époux – un Sagittaire, guère de sensibilité dans le domaine de l'aménagement intérieur – s'enquit de l'avancée des travaux, elle eut brusquement envie de tuer quelqu'un mais prit sur elle et se contenta de répondre : « Ça n'a pas beaucoup avancé, je le crains. »

Quand il interrogea : « Mais tu n'as pas parlé à Dilabault ? », elle se dit que buter quelqu'un, ce serait bien mais peut-être pas suffisant pour la calmer complètement. Tout sourire, elle murmura : « Le problème, c'est Gonçalvo. La grippe a encore tué sa grand-mère, il vient plus. »

Lorsqu'il dit : « Mais il se fout de notre gueule, on a déjà trois semaines de retard, il faut absolument qu'on le remplace, ça doit pourtant se trouver, un placoplâtrier », elle visualisa, assez nettement, un couteau détaillant des tournedos dans le gras d'une cuisse, mais elle soupira : « Dilabault dit qu'il n'y en a pas de disponible. Mais que patience et longueur de temps font mieux que force ni que rage. En attendant, on peut toujours lui faire un chèque de deux mille cinq cents euros (hors taxes) en avance sur la suite du chantier. »

L'erreur de Hugo, à cet instant, fut de pencher la tête en arrière. Sa glotte sembla jaillir du col de sa chemise pour monter et redescendre trois fois. Ah, ah, ah. Ariane Marsiac comprit alors que c'était son mari, cet homme qu'elle aimait plus que sa propre vie, qu'elle avait envie d'occire.

D'une voix métallique, frappée de stupeur, elle dit qu'il était temps de monter coucher les enfants. Lecture d'histoire, brossage de dents, grattouilles dans le dos leur prirent le quart d'heure habituel. En redescendant, Hugo saisit la main de sa femme et lui fit faire un tour du chantier, dans le but de « récapituler ensemble où on en est précisément ». On n'en était pas bien loin, à l'évidence. Partout, ce n'étaient que poussière, tas de gravats, sacs de plâtre, outils tachés de peinture qui traînaient. Çà et là, des trous, avec des câbles qui sortaient à l'horizontale, comme une plantation de poireaux après le gel. À son épouse, muette et glacée, il désigna les fils électriques qui pendaient dans l'escalier.

« Demain, essaie au moins de parler à l'électricien… »

Une voix au timbre de répondeur SFR lui répondit :

« Pour que je lui parle, il faudrait qu'il vienne.

— Pour qu'il vienne, il faudrait que tu te bouges, Ariane. Moi, je bosse comme un animal, tu sais bien que je ne peux pas être partout. Quand te décideras-tu enfin à taper du poing sur la table ? »

L'uppercut qui s'abattit sur les hautes pommettes slaves de Hugo, accompagné de la phrase « Prends ça dans ta face, connard », indiqua clairement : 1) qu'Ariane avait résolu de taper du poing dès cet instant ; 2) que les Marsiac allaient traverser une période de fortes turbulences.

Hugo gara son Audi sur un emplacement marqué « Réservé Direction Jeloutou ». Il se sentait à peu près aussi las que les peupliers faméliques plantés à intervalles réguliers sur le parking. À cette heure matinale, la zone industrielle quasi déserte semblait aussi hospitalière qu'une plaine afghane. Après avoir caché sa barrette d'autoradio dans un vide-poches et rehoussé le boîtier de son GPS, il sortit de sa voiture en frottant sa joue encore douloureuse, bien décidé à remettre à plus tard le débriefing intime qui s'imposait après la soirée de la veille.

Face à lui, majestueuse, se dressait la silhouette d'une vaste structure en préfabriqué barrée des inscriptions « location de machines-outils », « promotion pelleteuses », « engins de chantier » et « arrivage de gyrobennes australiennes ». L'édifice était partagé en deux parties égales par une gigantesque grue peinte formant un J majuscule, que dis-je, magistral. La partie de gauche était surmontée de l'inscription « accueil clientèle », celle de droite d'un lapidaire « bureaux », sous-titré en petites lettres pour les esprits simples « interdit au public ».

Pensif, Hugo regarda la façade et, une nouvelle fois, s'étonna de ne plus ressentir de pincement de fierté devant son bébé. Dire qu'il y a quelques mois encore, il guettait chaque matin, cœur battant, les lettres rouge sang de son enseigne, bien visible depuis la bretelle d'autoroute ! Car le Jeloutou de Bachelay, Yvelines, c'était son petit, un gros poupon de tôle ondulée, le fleuron de ce que l'on pouvait presque qualifier de groupe industriel !

Après quinze années à croître et embellir, son bébé était en effet devenu un adolescent rondouillard ; l'année dernière, la marge bénéficiaire de la SARL Jeloutou Unlimited avait été de 634 678 euros. Car l'enfant n'était pas longtemps resté fils unique : le succès aidant, Hugo avait pu ouvrir un, puis deux, puis bientôt trois points de vente dans tout le département.

La location de gros matériel était un bon commerce ; en temps de crise, les entreprises, répugnant à acheter ferme leurs engins, se bousculaient aux portes et, quand tout allait bien, les chantiers se multipliaient, augmentant d'autant les besoins des clients. Particuliers, artisans, industriels, tout un département se ralliait à la grue écarlate ornant le logo de Jeloutou ! Mais, en ce méchant matin d'hiver, Hugo n'avait pas le cœur à se réjouir de sa bonne fortune professionnelle. L'air sombre, il se dirigea vers la porte de droite du bâtiment.

Dans le hall, la voix flûtée de la secrétaire-hôtesse d'accueil le salua :

« Bonjour, monsieur Marsiac, vous allez bien ce matin ? Oh, mais qu'est-ce qui est arrivé à votre joue ?

— Je vous en pose, des questions, Miss Monde ? »

Chez Jeloutou, tout le monde savait que le patron avait un bon sens de l'humour.

Elle pouffa donc, plaquant sa main sur sa bouche ainsi qu'une collégienne fraîchement appareillée.

Comme tous les jours ouvrables depuis avril 1987, Adolphe Nicard était déjà là, le doigt sur la touche « long sucré » de la machine à café du hall. En quinze années de collaboration, Hugo n'avait jamais réussi à arriver une seule fois avant lui. Jamais, non plus, il ne l'avait vu sélectionner une autre boisson que « long sucré » : parfois, il se disait qu'un beau matin, dans un moment de folie, Nicard choisirait « espresso sans sucre », « thé au lait », voire, audace inouïe, « potage tomate », mais non, son bras droit n'était pas homme à permettre à sa main gauche le moindre moment d'égarement.

Remarquant son costume de laine marron assorti d'une cravate en tricot couleur bisque de homard, Hugo eut un haut-le-cœur mais le salua comme à l'accoutumée d'un « Quelle élégance, Adolphe, vous déjeunez encore avec une créature, aujourd'hui ? ». Nicard n'avait probablement jamais partagé son repas de midi avec une autre femme que la revêche Antoinette, son épouse depuis quarante-deux ans, mais la blague faisait partie des rituels du matin et il y répondit par l'affirmative, plissant ses yeux myopes. Il ne fit aucun commentaire sur la joue de Hugo, qui lui sut gré de sa discrétion.

Dans la vie de Hugo Marsiac, Nicard, c'était en quelque sorte la fée Clochette. Certes, ce spécialiste de la multilocation était chauve, sexagénaire, doté d'une prostate capricieuse et collectionnait les points de fidélité chez C & A Messieurs, mais à ces détails près, rien ne le différenciait d'un bienveillant elfe ailé.

Lorsqu'il avait fondé son entreprise, Hugo avait rencontré une foule de cadres toniques, stylés, pêchus, diplômés, parfaitement déprimants donc, sans jamais se décider à en engager un seul. Et puis, un jour, ce petit homme, tout juste lourdé par le leader français des engins d'élévation de personnel, était entré dans son bureau, l'air échappé d'un feuilleton des années 1970, le complément capillaire de travers, la cravate tricotée rentrée dans la ceinture. Le jeune chef d'entreprise s'était senti fondre.

Déjà à l'époque, un cadre quinquagénaire au chômage avait à peu près autant de perspectives d'avenir qu'un pitbull sans papiers errant dans une cour de maternelle. Pourtant, Hugo avait perçu le potentiel de son interlocuteur : autodidacte, Adolphe Nicard s'était fait à la force du poignet, qu'il portait dûment gourmetté, comme il se doit dans sa profession.

Sa vie avait débuté sous les douloureux auspices d'un prénom difficile à porter. À sa naissance, en 1936, ses parents avaient cru astucieux de rendre hommage à un jeune chef d'État allemand prometteur; c'était écrit, leur petit Adolf aussi aurait du charisme et de l'audace. Quelque temps plus tard, M. et Mme Nicard, devenus nettement moins germanophiles, prendraient comme un affront personnel la suite de la carrière d'Adolf H., mais le mal était fait. L'état civil ne consentit qu'à franciser le prénom de leur petit garçon, troquant son *f* contre un *phe* plus neutre. Cinquante ans plus tard, Nicard n'avait fort heureusement en rien suivi la trajectoire de son illustre modèle, sauf à afficher une réelle ténacité dans ses choix de vie. Au cours de son déjà long trajet professionnel, il avait, comme il le précisa avec simplicité lors de l'entretien d'embauche, « d'autant plus facilement grimpé les échelons de l'entreprise qu'il était spécialiste des grues à plate-forme automotrice ». N'ayant lui-même pas persévéré dans les études bien longtemps, Hugo considéra qu'il valait mieux donner sa chance à un homme d'expérience que recevoir des leçons d'un gommeux tout juste bon à régurgiter les polycopiés de sa grande école de commerce.

Quinze années plus tard, pas un jour ne se passait sans que Hugo ne se félicite d'avoir rapidement promu Adolphe Nicard au grade de DG de son entreprise. Il était vieux jeu, misogyne, tatillon, rigoureusement imperméable à toute forme d'humour postérieure à la disparition de Fernand Raynaud, mais également compétent, honnête, rusé comme le renard, irremplaçable en un mot. Son rôle de second lui allait comme un gant; nullement jaloux, Adolphe était reconnaissant à Hugo de lui avoir redonné sa chance après une humiliante période de chômage et, de toute façon, il ne se sentait pas l'étoffe d'un chef d'entreprise. À soixante-sept ans, fort d'à peu près 198 trimestres travaillés, il aurait largement pu faire valoir ses droits à la retraite, mais cette simple perspective déclenchait son hilarité : partir, lui? déjà?

Alors qu'il n'avait pas d'enfants, pas de maîtresse, juste une épouse qui rêvait de le coller du soir au matin au jardinage et à la belote bridgée ? Pas question.

C'est ce tandem improbable qui avait fait de Jeloutou ce que l'on en sait : LE fleuron de la zone artisanale et commerciale de Bachelay, Yvelines. Après eux seulement, s'étaient installés les Auchan, Kiabi, Décathlon, la Halle aux Chaussures, Éléphant Bleu, Soldorak et autres enseignes de légende... À l'assemblée générale des commerçants de la zone, ils trônaient, majestueux derrière des plaques en plexiglas indiquant « président » et « vice-président ». Pas un nouveau gérant n'aurait eu l'idée de prendre patente sans leur avoir payé l'hommage d'une visite de courtoisie au préalable. Pas un chef des ventes, les croisant devant les portes automatiques du centre commercial, n'aurait manqué de s'effacer devant eux en murmurant « Après vous » dans un déférent cliquetis de talons à fers encastrés.

On aurait tort de voir dans ces lignes de l'ironie : non seulement Hugo Marsiac était le premier à sourire de se savoir devenu le Che d'une ZAC de la banlieue ouest, mais ses succès professionnels n'avaient rien de dérisoire. Parti de rien ou presque, il n'avait pas moins bien réussi que ses arrogants petits camarades du lycée Jean-d'Ormesson de La Celle-Saint-Cloud.

Tandis que leurs brillantes études leur avaient vraisemblablement assuré des carrières de cadres bancaires planqués à soixante-dix mille euros par an, il était chef d'entreprise et gagnait près du double. C'est à eux qu'il pensa lorsque, flanqué de Nicard, il entra dans la salle de réunion située au premier étage. N'écoutant que d'une oreille distraite Benchetrit, le contremaître qui s'interrogeait sur l'opportunité d'enrichir le parc de nacelles rotatives à ciseaux, Hugo se prit à rêvasser.

Il se revit, gamin rigolard, au milieu des autres enfants de la cour de récréation. Puis il se remémora ses parents, affligés, tenant entre les mains un bulletin de notes où un professeur mi-sarcastique, mi-pervers avait écrit : « A beaucoup travaillé et très peu progressé. » Il se rappela sa colère en comprenant que d'autres, parce qu'ils avaient plus de « facilités », auraient devant eux une autoroute d'opportunités.

C'est son père qui lui avait mis en tête les métaphores routières dont il était désormais coutumier : Pierre Marsiac avait ce jour-là expliqué à son fils que la vie, c'est comme l'A13, avec ses voies rapides, ses péages, sa bande d'arrêt d'urgence, ses bretelles de sortie... Puis, ironie du sort, le malheureux était mort à l'âge de cinquante ans, dans un accident de la circulation, laissant plusieurs semi-remorques de regrets et une R14 inutilisable. Pour lui rendre hommage, le jour de ses funérailles Hugo avait promis à voix haute de toujours « négocier les virages » de sa vie future au plus serré – en prenant garde à « ne pas dépasser les limites de vitesse » – et de ne pas, bien entendu, « s'endormir sur les aires de repos ». Aujourd'hui, le logo de l'entreprise qu'il dirigeait surplombait l'autoroute dans un bel éclat de néon rouge, mais Hugo Marsiac n'en tirait plus aucune satisfaction.

Il se sentait pris dans un embouteillage. Non, c'était pire. Sa vie, c'était une petite route de campagne la nuit. Une voiture qui file, un petit animal qui traverse. Lui, il était ce lapin, pétrifié dans des phares.

C'était ça, son problème. Il n'aimait plus sa vie.

Alors que Benchetrit proposait de débattre « des dysfonctionnements des dernières pelleteuses hydrauliques 3,5 tonnes », Hugo Marsiac comprit qu'il n'échapperait pas à l'introspection douloureuse qui le tenaillait depuis son réveil. Il prétendit un coup de téléphone urgent, demanda à Adolphe de poursuivre la réunion et sortit.

Arrivé dans son bureau, il s'affala lourdement dans son fauteuil en vachette gold « home salon » (en promotion lors des derniers six jours magiques de Bachelay). Pensif, il frotta sa joue.

Ariane n'y était pas allée de main morte. Toute la partie gauche de son visage lui faisait mal et la peau qui recouvrait son os douloureux était fendillée sur plusieurs millimètres. Pourtant, ce n'était pas à sa femme, mais bien à lui-même qu'il en voulait. Pourquoi n'avait-il pas réussi à lui parler après cette scène ridicule ? Pourquoi ne s'était-il pas mis en colère, comme tout le monde ? Pourquoi avait-il pris la tangente au lieu de lui rentrer dans le lard ? Le fait que, comme la plupart des hommes, il ne redoutât que deux choses au monde, la panne sexuelle et la scène conjugale, était une piste de réflexion mais ne suffisait pas à expliquer son apathie.

Après lui avoir administré sa vigoureuse mandale, Ariane était restée interdite, comme dégrisée, murmurant : « Oh, mon chéri ! si c'était toi qui m'avais fait ça, je serais allée chez les flics pour te faire mettre en prison. » Pendant qu'elle courait lui chercher des glaçons, il s'était enfermé dans la buanderie. Ariane, comprenant le message, n'avait pas insisté.

Sur les 3 579 dernières nuits, ils en avaient passé 3 576 ensemble dans le lit conjugal. Trois fois seulement en dix ans, Hugo avait dormi sur le canapé du salon : la première, c'était le soir où Ariane l'avait surpris en train de frôler les seins d'une fille vulgaire dans une soirée, une autre fois, le chien Abribus avait fait pipi sur son imperméable, déclenchant l'hilarité de sa maîtresse, et enfin, il y a trois ans, c'était pour une stupide histoire de soufflé trop salé ; Hugo en avait fait la remarque à Ariane qui avait pris la mouche et s'était lancée dans des généralités oiseuses sur l'ingratitude des hommes, le manque de reconnaissance du travail de la femme, blablabla, bref, son mari avait préféré se barrer prudemment plutôt que d'affronter la dialectique moralisatrice d'une épouse abonnée à quatre magazines féminins.

Hugo avait donc passé la nuit dernière allongé sur un matelas de chaise longue au pied du sèche-linge. Comme un con. Profitant du sommeil d'Ariane, il s'était glissé hors de sa cachette au petit jour pour récupérer des affaires propres à l'étage. Comme un con. Puis il avait filé au bistrot en attendant une heure décente pour arriver au bureau, se félicitant d'avoir réussi à éviter de parler à sa femme. Comme un con, un con, un con ! C'est pour ça qu'il avait un jeu de pétanque en travers de la gorge ; ce qui, hier, lui avait semblé le meilleur moyen de marquer sa désapprobation sans envenimer les choses se révélait sous son vrai jour : une attitude de con, lâche et stupide.

Il resta un moment, la tête vide, à contempler une photo de sa famille prise l'été dernier à l'île d'Yeu. Un de ces clichés que les femmes écartent des albums de photos, sous prétexte que tout le monde n'y est pas à son avantage. Un de ces clichés que les hommes récupèrent en douce, parce que tout ratés, foutraques et désordonnés qu'ils soient, ils sonnent vrai. Un de ces clichés qui font sourire ceux qui les regardent mais qui, ce matin-là, fit monter les larmes aux yeux de Hugo Marsiac. Hector éclatait de rire, beau comme un soleil à qui il n'aurait manqué que deux incisives sur la mâchoire supérieure. La petite Louise, charmeuse, tendait ses bras potelés vers lui et Ariane, longue et fine dans un maillot une pièce, lui faisait un clin d'œil entre deux mèches raides de sel.

Comme il les aimait, ses petits ! Comme il l'aimait, sa « femme battante » ! Qu'est-ce qui avait bien pu lui arriver ? Ariane était si étrange, en ce moment ! Depuis le début des travaux, il ne la reconnaissait plus : elle, naguère si joyeuse, rigolarde et énergique, était devenue tellement irascible ! À croire qu'elle traversait une tempête hormonale sans précédent. Pourtant, trente-six ans, d'après ce qu'il avait entendu dire, c'était trop tôt pour la ménopause.

Décidant une nouvelle fois d'arrêter de fumer, Hugo sortit un paquet de Benson & Hedges de son bureau. Les yeux mi-clos, il inspira une longue bouffée qui lui fit tourner la tête. Un peu rasséréné, il décida de « dresser un tableau panoramique de la conjoncture », comme dans les réunions perspectives qu'il animait chaque semestre.

Récapitulons. Plus que le fait, somme toute banal, de s'être pris un uppercut pour avoir sommé sa femme de remonter les bretelles de l'électricien, ce qui l'inquiétait, c'était son silence. Depuis quelque temps, Ariane ne parlait presque plus. Ça, c'était grave. Une femme qui ne parle plus, c'est comme une voiture qui bouffe de l'huile, rien que des ennuis en perspective. On a beau se dire qu'on n'y est pour rien, que c'est un défaut de conception du constructeur, il faut faire avec. Et Hugo Marsiac était un garçon bien trop intègre pour rejeter ses fautes sur autrui. Sa belle-mère n'y était pour rien. C'est lui qui ne rendait plus sa femme heureuse.

Il résolut de lui parler. Non, de lui laisser un message sur son portable, ce serait mieux. Il arracha une feuille de son bloc imprimé du slogan « Jeloutou loutoutou » pour mettre ses idées au clair, histoire de tenir un discours concis et efficace. Vingt minutes plus tard, il venait de finir de rédiger sa première phrase : « Ariane, c'est moi, je voulais te parler d'hier soir… » lorsque la sonnerie du téléphone l'interrompit.

Nicard faisait partie de ces gens qui vous annoncent les mauvaises nouvelles sur un ton de gourmandise particulièrement irritant. Son intervention ramena Hugo à la réalité : sa vie de chef d'entreprise, aujourd'hui, consistait avant tout à régler les problèmes qu'on lui alignait les uns derrière les autres, comme une compagnie de petits porcs trottinant vers leur mangeoire. Pour l'instant, Adolphe était désolé de le déranger, mais, grand A) dans la nuit, une flèche télescopique Jeloutou avait chuté sur les bâtiments Algeco d'un chantier de Souvigny-sur-Bitons, il fallait d'urgence appeler l'assureur ; grand B) un client refusait avec obstination de régler la location de deux Dumpers qui étaient tombés en panne et, grand C) *quid* de sa décision pour le renouvellement du parc de pelleteuses hydrauliques 3,5 tonnes ? Après ça, viendrait probablement la suite de l'alphabet des emmerdes, composé d'histoires de gyrobennes qui ne tournent plus, de transpalettes électriques à automoteurs fous, de plates-formes à compas facturées par erreur au prix des élévateurs télescopiques, et ainsi de suite jusqu'à Z, jusqu'à l'infini, jusqu'à la nuit des temps.

Hugo soupira et lança le mot qu'il avait préparé pour sa femme dans sa corbeille panier de basket-ball fétiche, cadeau des commerciaux pour ses trente-cinq ans. Il rata sa cible.

Ariane observa le cou de poulet de la bien vilaine personne qui lui faisait face et s'écria :

« Ma parole, vous avez des vertèbres de girafe ! Quelle chance ! Qu'en penses-tu, Sophie ? Mme Plantois peut même se permettre le collier de chien "Apesanteur", non ? »

Son associée hocha la tête, préférant garder le silence. Sophie Baignon n'avait pas la fibre commerciale. Si elle avait accepté de prêter main-forte à Ariane, c'était uniquement parce que cette cliente, épouse cossue d'un dentiste de Louveciennes, avait exprimé le vœu de « rencontrer la créatrice ». La brune et maigre Sonia Plantois passant ses après-midi à écumer les clubs de golf, cours de yoga et instituts de beauté avec ses copines, il devait y avoir, à la clé, un sacré troupeau de clientèle friquée à initier aux délices des créations F comme Frivole.

Les deux mains voletant au-dessus d'une grosse mallette estampillée de deux F en lettres anglaises, Ariane quêta l'approbation de son amie, la mine concentrée d'un chirurgien du cerveau en pleine opération à crâne ouvert. Sophie valida son choix d'un sourire ; le collier le plus cher, évidemment.

Ariane ferma les agrafes d'un exquis bijou en cristal de roche et plumettes de cygne, puis s'écarta pour juger du résultat. Maintenant, le cou de la malheureuse ressemblait à une de ces bouteilles d'eau minérale dont les plis « compactage facile » s'ornent de gommettes pour les fêtes de fin d'année. Ariane poussa des petits cris de pintade et battit des mains, vantant la nuque « totalement Audrey Hepburn » de la cliente ainsi parée. Elle en faisait trop. Mme Plantois les laissa repartir sans rien avoir acheté, expliquant qu'elle allait en parler à son mari.

« La prochaine qui me dit qu'elle va en parler à son mari, je la colle au mur. Qu'est-ce qu'ils en ont à foutre les dentistes milliardaires de colliers à cent cinquante euros, tu peux me le dire ? »

Ariane Marsiac était tellement en colère que son Opel Agila couleur framboise écrasée en hoquetait sur la chaussée.

« Qu'est-ce qu'il y a, poulette ? Je ne t'ai jamais vue comme ça, répondit Sophie, imperturbable.

— J'ai été à chier. Je sais, j'ai été à chier, mais je ne les supporte plus, ces greluches.

— Toi, tu t'es engueulée avec Hugo.

— Je rêve ! Mais pourquoi tu crois toujours que quand une femme est de mauvaise humeur, c'est parce que ça ne va pas avec son mec ? Ce que tu peux être macho, Soso ! Tu sais ce que tu es ? Tu es un très, très vieux monsieur. Comme tu es jolie, tu donnes le change, mais dans ta tête, tu as cent quinze ans, un déambulateur et du poil aux oreilles.

— Merci, c'est gentil.

— Je t'en prie. D'ailleurs, à part quinze ans d'amitié, je me demande bien ce qu'on a en commun. De toute façon, tu as toujours été plus mince que moi, c'est louche, non ? Si ça se trouve, c'est simplement parce que je sentais ta présence osseuse et maléfique derrière mon dos que j'ai merdé avec Mme Plantois. C'est ça, t'aurais pas été là, la vieille me raflait tout le présentoir Apesanteur, même les B.O. assorties.

— Eh bien, remercie le ciel, parce que, avec des plumes sur ses oreilles décollées, elle aurait ressemblé à la grand-mère d'Astérix, la Sonia, et son mari se serait fait une joie de venir te casser toutes les dents, c'est son métier, n'oublie pas. Alors, qu'est-ce qui ne va pas, avec Hugo ?

— Pff, rien de bien particulier. J'ai failli l'assommer hier soir. »

La jeune femme avait donc tenu près de deux heures avant de raconter la scène de la veille à sa meilleure amie. Sa meilleure amie. L'expression est enfantine, mais Ariane et Sophie ne parlaient jamais l'une de l'autre sans l'employer. À trente-cinq ans passés, ces deux-là s'aimaient comme on s'aime dans une cour de récré, inconditionnellement, bruyamment, inlassablement. À une simple amie, on se contente de « tout dire » ; Sophie et Ariane s'en disaient bien davantage. En tout cas, partagé entre un vague désir de préserver l'intimité de son couple et le sentiment grisant d'avoir quelque chose de vraiment énorme à partager, le cœur de notre héroïne n'avait pas balancé très longtemps.

En outre, elle avait besoin d'un conseil. Que ferait une femme sans le conseil d'une copine ? Le conseil, cette denrée précieuse, ce petit plus des amitiés féminines ! Le conseil que, à l'instar du dragueur de plage italien, on écoute toujours mais qu'on suit si rarement ! Même si les conseilleurs ne sont pas les payeurs, comme aurait dit Dilabault, un petit tuyau, c'est toujours bon à prendre, n'est-ce pas ? D'autant que si les oscars du conseil d'amie avaient existé, Sophie Baignon aurait pu dresser une forêt de trophées sur sa cheminée. Ses conseils étaient toujours de bonne facture, circonstanciés, raisonnables, solides, frappés au coin du bon sens. La Mercedes du conseil d'amie.

La jeune femme avait écouté son associée sans l'interrompre. Contrairement à Ariane, elle avait toujours la patience de laisser les autres finir leurs phrases, une qualité qui laissait son amie pantelante d'admiration. Parmi les autres vertus cardinales de Sophie Baignon, on pourrait également citer la tempérance – qui connaissait Pierre, le mari, prenait toute la mesure de la solidité nerveuse de son épouse –, une bonne dose de fantaisie – la jeune femme ne mangeait que des aliments rouges parce qu'elle trouvait ça beau et ne partait en vacances que dans des endroits qui commençaient par un M parce que Maroc, Mauritanie, Maldives, Méditerranée, ça ne commence pas par un P comme Picardie – et une délicatesse absolument hors du commun : sur son testament, Sophie n'avait-elle pas légué à Ariane l'intégralité de sa collection de sandales Christian Louboutin (achetées en soldes certes, mais douze paires tout de même, et état neuf vu que la créatrice de F comme Frivole n'aimait pas ses orteils) ?

À la fin du récit d'Ariane, Sophie demanda si elle avait cherché à joindre son mari dans la journée. Oui et non. Elle avait bien appuyé une douzaine de fois sur le numéro de Jeloutou préenregistré dans son portable, mais sans réussir à valider l'option « confirmation appel ». Sophie délivra rapidement son « diagnostic qualité » : le pire en la circonstance n'était donc pas d'avoir sauvagement agressé un mari innocent, mais de se sentir parfaitement incapable de s'en excuser. C'était dans ce sens-là qu'il fallait travailler. Ariane réfléchit longuement et dit :

« Le problème, ce n'est pas Hugo. Je crois que je ne supporte plus ma vie, Sophie. »

La jeune femme l'ignorait encore, mais sur ce point-là au moins, elle était pleinement en phase avec son époux.

# 2

## Février

*« Février gèle l'homme au lit*
*et la femme au foyer. »*
Sagesse populaire

Dans tout chantier, il est des moments bénis où, tout à coup, les cloisons semblent jaillir du sol, les câbles électriques pousser comme de la glycine dans les corniches, les radiateurs fleurir à chaque coin de pièce, à la manière de frais bosquets de printemps. Ce n'était pas le cas au 12 de la rue du Gai-Pinson.

Pour tout dire, les travaux semblaient avoir régressé. Dans l'entrée, les murs « préparés » par les peintres évoquaient un eczéma géant, un impétigo généralisé ou une de ces maladies de peau dont les dermatologues gardent les photos sous clé dans la bibliothèque de leur cabinet. La cuisine, partiellement cassée, aurait pu servir de toile de fond à un reportage sur les bombardements de civils dans un pays sinistré d'Europe de l'Est. Le « projet de véranda » se résumait toujours à quatre gros poteaux rougeâtres dressés, obscènes, dans la bruine froide d'un février pas gai. Pire, le plombier avait enfin décidé de prendre les choses en main. Quinze jours plus tôt, en rentrant un soir, Ariane avait trouvé tous les radiateurs du rez-de-chaussée « déposés ». La jeune femme s'était réjouie un peu vite de cette spectaculaire évolution du chantier. Gonçalvo restant introuvable, M. Pédro lui avait successivement annoncé que : 1) l'heure de la « repose » des chauffages n'était pas près de sonner ; 2) il était grand temps de régler les frais de cette première partie de son intervention, s'élevant à 6 785 euros (hors taxes).

Les Marsiac s'étaient donc repliés vers les deux pièces de l'étage, où ils préparaient leurs repas sur un Butagaz posé en équilibre sur des parpaings. De l'émincé de courgettes aux macaronis et au parmesan, on passa donc, contraint et forcé, aux Bolino largement ketchupés. Les enfants, d'abord ravis de ce camping sauvage, se trouvèrent vite à l'étroit ; rebondissant sur les murs lépreux, le bruit de leurs disputes résonnait jusqu'au garage.

Cerise sur le gâteau, la jeune fille croate, bouleversée du spectacle d'une maison qui lui rappelait de récents et bien mauvais souvenirs, avait choisi de regagner Zagreb, là où, au moins, il n'y avait plus « nécessité chaussettes pour s'aliter la nuit ».

En attendant des nouvelles du cabinet d'*outplacement* de nounous Au pair-Au poil, chargé de lui trouver une remplaçante, Ariane s'était résolue à demander de l'aide à sa mère. Ça n'était pas de gaieté de cœur, croyez-le.

Lise Honfleur n'avait qu'un seul défaut, mais de taille : elle était parfaite. À soixante-deux ans, tout le monde louait sa beauté, son raffinement, sa délicatesse, son humeur égale, son courage. Après la mort de son mari, vingt-cinq ans plus tôt, cette ex-mère au foyer avait dû se mettre au boulot. Entrée comme hôtesse d'accueil dans une société d'assurances, elle avait bientôt convaincu sa direction de lui donner sa chance et était devenue un des courtiers les plus estimés de sa compagnie. Jeune retraitée, elle restait hyperactive. Elle distribuait des barres protéinées aux

Restos du cœur et des préservatifs aux prisonniers. Elle lançait des pétitions pour les femmes afghanes. Elle collait des affiches pour les Verts et réconfortait les mourants. Elle avait choisi le prénom de sa fille en hommage à Ariane Mnouchkine, madone de la création théâtrale autogérée depuis Mai 68. Elle inventait des histoires charmantes pour ses petits-enfants, qu'elle illustrait et reliait elle-même. Elle fabriquait, de ses mains, des gâteaux pralinés à quatre étages. Elle s'habillait en soldes chez Dries Van Noten. Elle portait comme personne la nuance « Campagnol des bois allègre » de chez Garnier Color.

Ariane, pour sa part, n'avait jamais milité pour quoi que ce soit, hormis le rétablissement de *Qui veut gagner des millions ?* à un horaire plus commode. Elle fabriquait des gâteaux en mélangeant des sachets tout prêts avec de l'eau du robinet. Elle avait choisi le prénom de sa fille en hommage à Louise Artichou, une copine de CE2 qui lui avait procuré un autographe de Daniel Guichard en mai 1978. Elle lisait des histoires toutes faites à ses petits, en profitant de leurs moments d'inattention pour sauter des pages. Tous les vêtements qu'elle achetait en soldes étaient grotesques ou trop petits. Avec la nuance « Campagnol des bois allègre » sur la tête, elle ressemblait à Laura Bush.

Face à cette mère admirable, la jeune femme était partagée entre la fierté et l'accablement. Jamais elle ne lui arriverait à la cheville. Souvent elle lui disait : « Maman, est-ce que tu crois que c'est facile d'être la fille d'un croisement entre Sophia Loren et Golda Meir ? » Ce à quoi Lise lui répondait : « Ta ta ta, j'étais le brouillon, c'est toi le chef-d'œuvre. » Parce que, en plus, Lise Honfleur était une vraie gentille. Elle ne la ramenait jamais et manifestait pour sa fille une adoration sincère. À l'adolescence, ç'avait été bien dur de se rebeller contre une si belle personne. Ariane était donc passée outre, se contentant de reprocher à sa mère de trop travailler, un grief de magnitude 3 sur l'échelle de Richter de la contestation adolescente qui en compte 147.

Lise raffolait de son gendre, vénérait ses petits-enfants et ne tarissait pas d'éloges sur les choix de vie de sa fille : « Le mi-temps, c'est le cocktail idéal pour une jeune femme. Tu es disponible pour ton mari et tes petits, tout en gardant une vie à l'extérieur de chez toi, quelle prouesse ! Moi, je n'ai jamais su faire ça ! »

Dire qu'Ariane avait eu des scrupules à arracher sa maman à ses taulards – Lise disait « détenus » –, ses pauvres et ses militants écolos pour lui coller les sorties d'école des enfants serait exagéré. Ce qu'elle craignait, c'est qu'en passant trois heures tous les soirs chez elle, sa mère, fine mouche, ne devine son malaise. Parce que, alors, il faudrait bien cracher le morceau. Et elle savait combien ce qu'elle avait à raconter était difficile à vendre ; annonce-t-on à quelqu'un dont l'ordinaire consiste à murmurer à l'oreille des lépreux que l'on s'étiole parce que votre placoplâtrier vous a quittée il y a un mois ? Ariane s'appliqua donc à afficher des airs réjouis parfaitement artificiels. Sa mère fut plus longue que d'habitude à deviner que quelque chose ne collait pas chez sa fille. Ça lui prit deux bonnes heures.

En ce lundi, jour de la prise de fonctions de Lise, Ariane était rentrée vers 18 heures pour lui montrer ce qu'elle aurait à faire dans les quelque quarante mètres carrés poussiéreux qui lui tenaient désormais lieu de maison. Naturellement, les enfants étaient déjà lavés, vêtus d'un pyjama ET d'une robe de chambre, leurs quatre pieds chaussés de pantoufles de la bonne taille et de la bonne couleur. Les devoirs avaient été faits et Louise, rayonnante, se baladait avec deux macarons ornés d'une faveur bleue aux oreilles. Abribus, éperdu, trottinait derrière Lise en bavant de satisfaction. Du Butagaz montait une odeur délicieuse. « Un koulibiac de crabe, si le minifour électrique tient le coup tout à l'heure », expliqua la grand-mère, majestueuse dans son ensemble ivoire Atsuro Tamaya.

Ariane eut envie de pleurer. Elle dit :

« Tu es une fée, mamounette !

— C'est toi qui es radieuse, ma chérie. Tu ressembles à une apparition au milieu de tous ces gravats. »

La jeune femme, qui avait très envie de se pendre, répondit gaiement :

« Oh oui, ça, j'ai le moral ! Pour le moment c'est un peu dur, mais ça va être sensationnel, je crois, ces travaux.

— Bien sûr. C'est vrai que là, maintenant, il faut pas mal d'imagination, mais telle que je te connais, tu vas mener tout ça de main de maître. »

Ariane songea que le suicide au gaz, ça pourrait ne pas être mal aussi. Elle pouffa :

« Ça, je dois dire que le casque de chef de chantier, en plus du reste, c'est pas triste !

— Mon trésor, si tu savais comme je t'admire de tout mener de front ! »

Sa fille rit de plus belle, contenant son envie de se jeter dans l'escalier :

« Oh, ce n'est pas si terrible, je ne suis tout de même pas à plaindre !

— Ne minimise donc pas tes mérites, tu as un mari pour faire ça. »

La conversation continua ainsi, tendre et complice échange mère-fille à l'issue duquel Lise murmura :

« J'ai à te parler en tête à tête. Tu ne veux pas qu'on descende cinq minutes toutes les deux ? J'ai mis les enfants devant ma cassette *ATTAC expliqué aux jeunes*. »

Installée sur le canapé sous housse plastifiée du rez-de-chaussée, la mère dit doucement :

« Maintenant, tu vas me dire ce qui t'arrive. La dernière fois que j'ai vu quelqu'un avec une expression pareille sur le visage, c'était sur un tableau d'Edvard Munch.

— Maman, si tu savais, c'est affreux ! Et je ne peux même pas t'en parler, pas à toi, pas à Mère Teresa...

— Ariane, tu vas te prendre la première gifle de ta vie si tu continues à me traiter de bonne sœur. »

Depuis la mort de son mari, Lise, naguère catholique pratiquante, était devenue athée. Malheur à qui aurait fait toucher du doigt à cette « citoyenne engagée résolument laïque » le fait qu'elle vive, agisse et même pense comme une nonne. Devant elle, tout emprunt au lexique religieux était immédiatement sanctionné.

« Pardon, maman, je retire Mère Teresa et je remplace par Rosa Luxemburg, c'est mieux ? Voilà... ma vie est devenue un gigantesque MPR.

— Un MPR, tu dis ?

— Un Méga Problème de Riche, mais si, tu dois connaître, c'est une des théories du sociologue américain J.G. Lepic, tu sais, le prix Nobel. J'ai tout, tout, tout pour être heureuse. Et je suis très, très, très malheureuse. Je ne supporte plus ma petite routine, mon petit quotidien plan-plan entre les enfants, le boulot, la maison. Ça couvait depuis quelque temps, c'est devenu flagrant lorsque les travaux ont commencé. Je n'ai plus goût à rien, je bats mon mari, je suis impatiente avec Louise et Hector, je ne supporte plus les clientes, je me sens incapable de diriger le chantier, je fais tout mal, tout mal. Je voudrais... je voudrais changer de vie. »

Sa mère la regarda, interloquée :

« Et qu'est-ce que tu voudrais faire, alors ?

— Je crois que je voudrais... être un homme. Un homme, qui part le matin à 8 heures, revient le soir à 8 heures et entre-temps, tchlaaak, black-out ! Un homme à l'ancienne, d'une seule pièce, qui rit en secouant les épaules et se plaint qu'il n'y a plus de bière au frigo. Un homme qui n'ait pas "de multiples facettes toutes plus épanouissantes les unes que les autres". Lorsque Hugo rentre le soir, je l'envie d'avoir passé sa journée à faire un vrai boulot, avec des vrais enjeux. T'en penses quoi ? »

Lise regarda sa fille comme si elle avait vu Nicole Notat en couleurs :

« Je pense qu'on n'est pas dans la merde, si tu me passes l'expression. Il faut que tu parles à ton mari le plus vite possible, Ariane. »

« Putain de ta mère ! » lança Hugo, contrarié. Pierre venait de lui mettre la pâtée au tennis. Depuis huit années que tous les lundis, ils jouaient de 19 à 20 heures, c'était la première fois. Son ami, hilare, se lança dans une chorégraphie à la *All Blacks*, avec des délicats mouvements de bassin et des grognements de marsupial en rut.

« Ça va, Pierrot, n'en rajoute pas, tu as juste eu du bol. La semaine prochaine, je te ferai bouffer ta raquette, comme d'habitude.

— Tu rêves, Marsiac. T'as perdu ton mental. Fini la gagne, t'es cramé, t'es de la *lose*. La vache, c'est bon. »

Après s'être tapé dans la main, ils se dirigèrent vers le vestiaire.

En vrais garçons, ils échangeaient à peu près une demi-douzaine de mots par semaine. Pas besoin de se raconter leurs vies respectives, leurs femmes s'en chargeaient. Ils s'étaient rencontrés lorsque Ariane et Sophie avaient monté F comme Frivole, ils étaient devenus copains, voilà, pas de quoi en faire un opéra. Passer soixante minutes à transpirer ensemble en silence était le ciment de leur amitié, un ciment bien suffisant et sans doute plus fort que le million d'unités téléphoniques que leurs femmes devaient gaspiller sur leurs portables tous les mois pour se dire quoi, je vous le demande ? Des tuyaux sur les magasins en soldes ou des anecdotes sur les enfants, probablement. Au mieux, des histoires de clientes pas livrées à l'heure. Pas grand-chose, donc.

Pourtant, ce jour-là, pour la première fois, Hugo sentit qu'il avait besoin de se confier. Oui, de se confier, de parler de ses préoccupations, d'échanger autre chose que des considérations sur les vertus des raquettes en titane ou les cadenas vétustes des vestiaires. Il se demanda comment attaquer cette chose étrange et inédite pour lui : une VRAIE conversation d'homme à homme.

En voyant Pierre avaler une demi-douzaine de gélules à grandes rasades de boisson protéinée, il comprit qu'il tenait son angle d'attaque.

Nous connaissons tous des hypocondriaques, des nosophobes et autres incurables imaginaires. Autour de nous, il y a toujours des parents, des collègues intimement persuadés d'être atteints d'une maladie grave. Nous avons tous l'impression que rien, jamais, ne pourra dépasser leur faculté à s'inventer un cancer par semaine, une crise cardiaque par mois, une sclérose en plaques par trimestre. Eh bien, tant que chacun de nous n'aura pas croisé Pierre Baignon sur sa route, chacun de nous restera un tout petit enfant qui ne connaît rien à la vie.

Tous les matins le mari de Sophie attaquait sa journée en tendant la main vers le tensiomètre ultramoderne trouvé dans ses souliers le soir de Noël. Tous les quinze jours, il faisait une prise de sang, histoire de surveiller l'irrésistible progression du cholestérol ou des triglycérides dans son organisme. Les résultats, d'une normalité louche, l'alarmaient plus encore. Le pire était proche. Tous les trimestres, un scanner des bronches virtuel achevait de convaincre cet ancien fumeur (trois cigarettes par jour pendant deux ans) que la tumeur au poumon serait pour la prochaine fois. Le trou de la sécu, c'était lui. Les médecins des Yvelines refusant désormais de le recevoir, il consultait près de son bureau, à Paris. Ayant écumé le 17e arrondissement, il avait entrepris, depuis quelques mois, une tournée des cabinets médicaux du 18e. Son rêve le plus cher était d'écrire le premier Gault et Millau des généralistes de Paris-Grande Couronne. Et plus tard, qui sait, des spécialistes... Il n'y avait guère que la lettre G comme Gynécologue, dans son carnet d'adresses « corps médical », qui comportât moins de cinq noms.

Journaliste sportif, Pierre avait adopté le mode de vie des athlètes qu'il côtoyait. Petit et sec, il entretenait sa forme avec autant de soin et d'amour qu'une vieille dame faisant bouffer les pompons d'oreilles de son caniche nain avant un concours de beauté. Pierre avalait une vingtaine de gélules différentes par jour et ne se couchait jamais sans être monté sur sa balance, un engin capable de lui annoncer à voix haute le rapport entre sa masse graisseuse et sa masse musculaire.

Dès que Pierre eut fini de prendre son pouls, inquiet des effets du choc de sa victoire sur son rythme cardiaque, Hugo attaqua en douceur :

« Comment ça va, tes vertiges ?

— Ne m'en parle pas, j'en ai encore eu un après Lille-Guingamp à la maison l'autre jour. Quand je me suis levé à la fin du match, tout tournait. Bon, y avait eu des prolongations, j'étais en hypo parce qu'à jeun, à cause de Sophie qui s'était barrée chez une copine sans me laisser le moindre morceau de pizza, mais quand même, c'est flippant.

— Moi aussi, j'ai des trucs bizarres, en ce moment. »

Pierre en interrompit son laçage de chaussures, le souffle coupé.

« Quoi ? Toi ? Toi qui as la chance d'être en bonne santé ? Attends, t'as quoi, quarante-deux ans ? C'est normal, ça commence. Tu verras, dans trois ans, tu seras comme moi, rongé de toutes parts.

— Moi, c'est pas que j'aie mal quelque part en particulier, je me demande si c'est pas ma tête.
— T'as des migraines ?
— Non, c'est pas ça. C'est plutôt le moral.
— Comment ça, le moral, tu bandes plus ?
— Non, ça, ça va encore. C'est plutôt le sommeil. Je ne dors plus. Et l'appétit. Je mange tellement peu que ça va finir en anorexie à ce rythme. Et l'énergie. J'en ai tellement perdu que je viens de me faire tôler au tennis par un tocard. »

Pierrot ne sourit même pas. Il siffla pendant un moment, modulant des « oh là là » pensifs, puis rendit son verdict.

« *Mid-life crisis*, mon vieux. Y a un moment, j'ai cru que je l'avais, alors j'ai lu des tas de trucs sur le sujet. En fait, c'était pas ça, je crois que je couvais une gastro... »

Hugo l'interrompit :

« C'est quoi, Pierrot, la *mid-life crisis* ?
— C'est la déprime dite de milieu de vie. Un type de dépression assez répandu. Ça touche principalement les hommes après quarante ans. Ils commencent à penser à la mort, à faire le bilan de ce qu'ils ont déjà construit – en général, pas grand-chose –, de ce qu'ils ont raté – en général, pas mal de choses –, du temps qu'il leur reste – en général, pas beaucoup... Ça peut être très grave. Les symptômes sont toujours les mêmes. Est-ce que tu supportes ton boulot ?
— Euh, non, à vrai dire, plus trop.
— Et ta femme ?
— Je ne sais pas. Je n'ai pas trop envie de lui parler, en ce moment.
— Ben voilà, c'est ça. *Mid-life crisis*. Typique. T'es mal. »

Pierre avait assené son diagnostic d'un ton presque joyeux. Enfin, son ami était tombé malade ! Il allait comprendre le calvaire qu'il endurait. Il lui donna immédiatement les adresses d'un psychiatre, d'un psychothérapeute et d'un andrologue, lui conseillant d'exiger du Prozac le plus vite possible. Hugo, qui ne se résignait à avaler un comprimé de Doliprane que lorsqu'il avait dépassé quarante degrés de fièvre, le regarda, interloqué. Sa déprime, si déprime il y avait, il en viendrait à bout, seul. Pierrot hocha la tête, dubitatif, lui rappelant qu'une dépression – « Ne dis jamais déprime, ça ne veut rien dire, OK ? » – mal soignée pouvait vous conduire au fond du gouffre en quelques semaines. À trop jouer les fanfarons, Hugo s'assurait à coup sûr un avenir à base de banqueroute personnelle, suicide, enfants drogués, femme dépensière ou infidèle, une horreur. Sur ces bonnes nouvelles, il ajouta :

« Au moins, si tu ne vas pas voir un psy, parle à Ariane, mon vieux. Dès ce soir. »

Sur le chemin du retour, deux pensées hantaient Hugo Marsiac. La première : il était fermement résolu à ne plus jamais, jamais avoir de VRAIE discussion d'homme à homme avec quiconque. La seconde : cet enfoiré de Pierrot avait tout de même raison, il n'échapperait pas à une VRAIE discussion d'homme à femme avec Ariane. À cette perspective, il frémit, pensant à une scène d'un *soap* américain, aperçue entre deux coups de zappette un mois plutôt. D'ordinaire, ce genre de programme, pris au second degré, faisait sa joie, mais en ce triste soir, seule l'intensité dramatique du propos lui revint en mémoire.

Que ce soit dans *Amour, gloire et beauté*, *Les Feux de l'amour* ou *Santa Barbara*, cette scène, nous l'avons tous vue vingt fois : le type, un blondinet à brushing, la chemise échancrée jusqu'au pubis, est debout dans la cuisine, un bol à la main. Il se tourne vers une brune portant un tailleur-pantalon en jersey corail et dit, la bouche tordue par l'angoisse : « Tu veux qu'on *en* parle, Jessica ? » La fille, mal doublée, répond deux minutes quarante après que ses lèvres ont bougé : « Oh oui, John, il est grand temps qu'on *en* parle. » Ils s'asseyent. Ils *en* parlent pendant vingt-quatre minutes, sur fond de musique d'ascenseur. À la fin de la scène, il y a un gros plan sur le bol, brisé en mille morceaux sur le sol de la cuisine. Générique de fin.

Et c'est vers ça que Hugo Marsiac roulait. Seigneur.

Il était 20 h 37 lorsqu'il franchit le seuil de sa maison. Il ignorait que dans moins de deux heures, sa vie aurait basculé. La seule chose que le malheureux garçon avait en tête, c'était cette phrase, comme une litanie : « Tout sauf la scène du bol. »

Sa belle-mère était dans l'entrée, son manteau sur le dos. Non, elle ne resterait pas dîner, les enfants étaient couchés, elle les laissait tranquilles tous les deux, précisa-t-elle dans un gentil sourire qui pétrifia Hugo. Derrière elle se tenait Ariane. La mine pâle dans une longue robe beige, elle lui évoqua une délicate asperge blanche sauce mousseline, mais il se garda bien de le dire. Sa manie de tout le temps parler de nourriture avait le don d'exaspérer sa femme, et l'heure n'était pas à la provocation.

Ils s'installèrent dans le futur salon-cuisine à l'américaine pour déguster le koulibiac au crabe de Lise, féerie de pâte feuilletée rose et crémeuse, comme échappée des fourneaux d'Alain Ducasse. Abribus, aplati de convoitise aux pieds de Hugo, ne le quittait pas des yeux, suivant le trajet de la fourchette jusqu'à sa bouche. Quelques gouttelettes coulaient des deux côtés de sa langue pointue et venaient mourir sur le plancher, s'arrondissant en flaques visqueuses. Parfois, l'animal claquait des mâchoires, le ventre grondant de colère, le regard de saurien aux aguets posé sur son maître. Tout à sa recherche pathétique d'un sujet de conversation, Hugo dit :

« Tu ne trouves pas qu'en vieillissant il ressemble à Pasqua, Abribus ?

— Non. Moi, j'aurais plutôt dit Ernest-Antoine Seillière pour le visage et Jean Saint-Josse pour le corps, avec quelque chose de la chute de reins de Marc Blondel. Hugo, je crois que c'est le moment ou jamais d'arrêter de tourner autour du pot. Nous devons parler, toi et moi. »

« Aïe, pensa Hugo, nous y sommes. » Il respira fort. En homme de devoir, il était prêt.

« Tu as raison, nous devons parler. Ariane, comme tu as pu le remarquer, depuis quelques semaines, il se passe quelque chose de bizarre. »

Elle l'interrompit. Ouf.

« Chéri, je sais ce que tu vas me dire. Nous vivons comme deux étrangers, dans une indifférence polie, en évitant de se parler des choses importantes, comme ce chantier qui va à vau-l'eau, par exemple. Tu le sais aussi bien que moi, tous les jours nous nous éloignons un peu plus l'un de l'autre et, je le reconnais bien volontiers… c'est ma faute. »

Médusé, Hugo balbutia :

« Non, non, je crois que c'est moi qui…

— Bien sûr que non, tu n'y es pour rien. La vérité, mon chéri, c'est que je vais très mal… »

Il ouvrit des yeux gros comme le budget de l'armement américain pour 2002.

« Ah bon ? Toi aussi ? »

Elle gémit :

« Comment ça, moi aussi ? Ça y est, c'est encore plus grave que je ne le pensais, tu veux divorcer, tu as envie du milliard de femmes qui sont plus sexy que moi – ce qui n'est pas difficile tellement je suis devenue une vieille chose répugnante –, tu trouves que je suis en dessous de tout, c'est normal, bon sang et c'est 100 % de ma faute, tu as raison…

— Mais non, pas du tout, je ne crois pas avoir envie de divorcer, je ne te trouve pas tellement répugnante, c'est juste moi qui ne tourne pas rond ! »

Ariane, soulagée de cette rafale de bonnes nouvelles, se récria, presque joyeuse :

« Tu dis n'importe quoi. C'est moi qui ne supporte plus rien. C'est moi qui n'ai plus un gramme d'énergie, d'envie, d'audace.

— N'importe quoi, tu es en pleine forme, il n'y a qu'à te regarder, c'est moi qui suis exsangue ! »

Sa femme commit l'erreur de sourire :

« Exsangue ? Heureusement que c'est la troisième fois que tu reprends du koulibiac, ça devrait te retaper. Non, c'est moi qui suis au bord du gouffre. »

Hugo prit la mouche :

« Excuse-moi, Ariane, mais tu te fais du mal bien inutilement. Je ne vois d'ailleurs pas comment tu pourrais aller mal avec la vie de rêve que je te fais mener...

— Pardon ? La vie de rêve que tu me fais mener ? T'as raison, t'es malade, tu te prends pour Donald Trump.

— Pas du tout. Je te signale que, d'après Pierre, je suis probablement en train de couver une *mid-life crisis*. »

La jeune femme s'énerva :

« Quoi, cet épouvantail à golfeurs en préretraite ? Y a plus guère que les rédacteurs en chef de magazines masculins pour croire à ce truc-là ! »

Furieux, il haussa le ton :

« Pas du tout, j'ai tous les symptômes, figure-toi. Je suis déprimé, j'ai perdu mon bon sommeil, ma niaque légendaire, mon colossal goût de l'effort, une bonne part de ma belle libido aussi. »

Triomphal, il énumérait ses petites misères en comptant sur ses doigts.

Ariane n'était pas femme à se laisser ainsi moucher :

« Oui, mais moi, je suis VRAIMENT en train de devenir maboule. Tiens... je voudrais être TOI, rends-toi compte ! »

En face, un long silence interloqué. Elle reprit :

« Pas toi en tant que victime de la *mid-life crisis*, toi en tant qu'homme. Je voudrais vivre ta vie.

— Vivre ma vie, tu dis ?

— Quand tu rentres le soir, je suis jalouse. Je me dis que tu as passé une journée passionnante, avec de vrais enjeux, au lieu de t'éparpiller, comme moi, dans mille petits détails. Vie de femme équilibrée, mon cul ! Ma vie, aujourd'hui, c'est une succession de tâches répétitives, pas gratifiantes. Les enfants, les clientes, la maison, la boucle est sans fin. Une vie de hamster dans sa roue. Jusqu'à présent, je fermais ma gueule, parce que je sentais bien que le syndrome de la bourgeoise qui manque de reconnaissance, ça ne soulèverait pas un comité de soutien national, mais là, bon, comme tu as pu le remarquer, ça me monte au ciboulot. J'ai peur pour toi, Hugo, je ne sais pas jusqu'où je pourrais aller, niveau violence. J'ai parlé à maman, elle a été géniale, évidemment. (Soupir.) Elle m'a dit que Gertrude Stein a écrit que tous les complexes sociaux méritaient qu'on s'y intéresse et qu'il fallait qu'on en parle tous les deux.

— Mais pourtant, tu as ton petit travail qui te plaît bien, ma chérie…

— Je t'en supplie, arrête de me parler comme si j'étais Anne d'Angleterre ! Hugo, ça fait huit ans, je végète, la boîte végète, je ne sers à rien, à rien.

— Mais les enfants, tout de même, tu en profites bien…

— J'en profite ? Mon œil ! Je les nourris, je les lave, je les conduis au foot, à la danse, je les soigne, je les gronde, je les console, jour après jour, depuis leur naissance. Ils ne me voient même plus et, plus grave, je ne les vois même plus. C'est toi qui en profites, Hugo, des enfants, en passant trois fois moins de temps que moi auprès d'eux. Tu as remarqué la fête qu'ils te font quand tu rentres le soir ? Moi, c'est : “Maman, t'as encore oublié de signer le cahier de textes.” »

Hugo la regarda, interloqué :

« Mais qu'est-ce que tu crois, que mon boulot, c'est un concert de Madonna tous les jours ? Mais moi aussi, j'ai une vie répétitive, plombante ! Mes journées, c'est 80 % à régler des problèmes pour seulement 20 % à en poser à d'autres ! Moi aussi, figure-toi, j'ai envie de changer de braquet... Ariane, j'ai quarante-deux ans, je ne vois pas mes enfants grandir, je suis abonné à deux revues pour décideurs, je parle en kilo-euros, j'ai envie de chaque nouveau modèle Audi qui sort, je crois bien que je suis foutu. Tout à l'heure, je regardais la forêt, derrière la ZAC, et je me disais : "Oh, un rayon de soleil. Plutôt que continuer à négocier les prix de grues de levage manuelles, j'irais bien surprendre les petits à la sortie de l'école." C'est moi, figure-toi, qui échangerais bien ta vie contre la mienne. »

Ariane dit, comme frappée par la foudre :

« Et qu'est-ce qui nous empêche de le faire ? »

Hugo la regarda, elle le regarda et tous deux comprirent que quelque chose de colossal était en train d'avoir lieu au 12 de la rue du Gai-Pinson, Le Vésinet, Yvelines.

Pour la première fois, un homme et une femme, librement consentants, s'apprêtaient à expérimenter une vraie parité au sein du couple. Est-ce la conscience d'être à l'aube d'une révolution qui colla le tournis à nos héros, les fit hésiter ? En tout cas, après un long échange de regards, dans lequel le temps semblait suspendu, dans lequel s'ouvrirent tous les champs du possible, dans lequel l'abîme de l'incompréhension entre les sexes fut sur le point d'être comblé, Hugo reprit la parole, pour dire :

« Trêve de conneries. L'urgence, ce n'est pas que je me mette à vendre des boucles d'oreilles, c'est qu'il y ait du chauffage à la maison. Dès demain, j'appelle un huissier pour qu'il constate les retards du chantier. On va lui faire ravaler ses kilomètres de câble, à Dilabault. »

Une jambe appuyée sur la rambarde de l'escalier, l'autre en équilibre sur une pyramide de pots d'enduit vinylique, le petit homme cherchait l'angle parfait pour son cliché. Abribus, fou d'amour, s'essayait à de grands sauts désordonnés dans le but manifeste de faire un enfant à son bas de pantalon. Une nouvelle fois, Ariane songea que Maurice Cantuis avait tout, sauf une tronche d'huissier. Lorsqu'il s'était présenté à sa porte, une heure plus tôt, avec son drôle de bonnet posé sur ses boucles brunes, elle avait bien failli dire : « Ah, vous êtes M. Saïd, le menuisier ? Eh bien, ce n'est pas trop tôt, je vous attendais il y a trois semaines. » Heureusement, l'inconnu la prit de court, lui évitant de passer pour la petite-bourgeoise bourrée d'a priori racistes qu'elle n'était pas, ah ça, non, la main sur le cœur. Dans un phrasé d'académicien un peu étrange, il se présenta spontanément :

« Madame Marsiac ? Je suis Maurice Cantuis – il prononça Meurice Kuntuis – de l'Union des Jeunes Huissiers de Justice de France. Nous avons rendez-vous à 10 heures, pardonnez-moi, j'ai quelques minutes d'avance. »

Recruter à l'UJHJF, c'était une idée de Hugo. Parmi les nombreux sites Internet consacrés aux huissiers de justice, le mot « jeune » lui avait attiré l'œil. Ainsi, on pouvait recouvrer des fonds dans une démarche purement rock'n'roll ? Séduit, Hugo avait immédiatement pris rendez-vous avec le représentant de l'UJHJF le plus proche de chez lui. À Ariane, il avait expliqué : « Mieux vaut prendre un débutant, un type dynamique. On parlera le même langage. » Comme beaucoup d'hommes du « moyen âge », Hugo, persuadé d'être encore un gamin, passait son temps à revendiquer sa fraîcheur. Et très logiquement, une association clamant haut et fort sa jeunesse ne regroupait, elle aussi, que des quadragénaires ; le gamin qu'elle lui envoya était largement en âge de se souvenir de ce qu'il faisait le jour de la mort du général de Gaulle.

Ariane fut immédiatement séduite par le baby-huissier. Le fait qu'il soit arrivé en avance n'y était pas pour rien. La jeune femme était monstrueusement ponctuelle. Elle tenait ça de sa maman, bien entendu, à cette différence près que, chez Lise, rien ne prenait jamais de tournure maladive. Si la mère était simplement à l'heure, la fille, elle, était pathologiquement à l'heure. La plupart du temps, elle était même tellement ponctuelle qu'elle ne l'était plus, débarquant à ses rendez-vous avec quinze bonnes minutes d'avance. Même quand elle se forçait à partir en retard de chez elle, choisissant soigneusement l'itinéraire le plus encombré possible, Ariane arrivait la première. C'est un bien curieux tourment que d'être à l'heure dans un monde qui ne l'est pas ; victime de son étrange malédiction, la jeune femme passait le plus clair de son temps à attendre les autres. Rien d'étrange à ce qu'elle ressente une sympathie spontanée pour l'huissier.

Débarrassé de son bonnet, Maurice Cantuis ressemblait déjà plus à un « officier ministériel chargé de signifier les actes de procédure et de mettre à exécution les décisions de justice ». Il fit le tour de la maison en hochant la tête. L'air impassible d'un bonze tibétain, il prit des tonnes de notes. Principale différence avec des confrères seniors, expliqua-t-il d'un air fiérot ; tous les membres de l'UJHJF travaillaient sur Palm. Après avoir photographié chaque fissure murale, chaque radiateur abandonné à terre, chaque porte dégondée comme s'il s'était agi de Laetitia Casta en petite tenue, il demanda à parler à Ariane.

Conquise, la jeune femme répondit à ses questions. Le projet initial ? En plus de créer une véranda, il s'agissait de revoir une plomberie datant des années 1970, de rafraîchir le système électrique, de refaire les sols du rez-de-chaussée, de changer la cuisine, de modifier les volumes et de créer deux nouvelles pièces à l'étage. Trois fois rien, en somme. Le chantier avait commencé en septembre dernier. Il devait être terminé pour Noël. Deux bons mois après l'échéance prévue, M. Dilabault, le chef de chantier, M. Pédro, le plombier, M. Bouchikrian, le peintre, toujours flanqué de ses deux apprentis mutiques, M. Nervo, l'électricien, et M. Gonçalvo, le placoplâtrier, continuaient à se jeter mutuellement la pierre. Depuis quinze jours, ils prétendaient ne plus vouloir se parler et, afin de s'éviter, se présentaient successivement sur le chantier, ce qui, on s'en doute, n'arrangeait en rien la coordination des travaux. Aujourd'hui, c'était le tour de M. Bouchikrian, le peintre. En constatant qu'Ariane précisait toujours soigneusement la profession de chacun des ouvriers, comme s'ils avaient été M. Dilabault, LE général d'armée, ou M. Gonçalvo, LE célèbre chanteur lyrique, Maurice Cantuis sourit. Avec ses curieux cheveux multicolores – qui lui évoquaient le pelage d'un animal, mais lequel ? – et ses longues jambes minijupées, la jeune femme était décidément sympathique.

« Naturellement, s'enquit-il, vous avez prévu des indemnités de retard ?

— Bien sûr que non. Nous y avions bien pensé au moment des devis, mais M. Dilabault, le chef de chantier, nous l'a formellement déconseillé en disant que ça mettrait une sale ambiance entre les corps de métiers.

— Je vois, c'est le coup classique, si j'ose dire. Madame Marsiac, il y a quand même une question que je me pose. Si vous avez pris soin de rémunérer un chef de chantier, c'est pour qu'il coordonne lui-même les corps de métiers, non ?

— Je vois ce que vous voulez dire. À Dilabault de se démerder, n'est-ce pas ? C'est ce que je n'arrête pas de lui répéter, monsieur Cantuis, depuis six mois, et voilà le résultat. C'est drôle, vous parlez comme mon mari.

Je travaille à mi-temps, voyez-vous, alors c'est moi qui ai pris en charge la surveillance des travaux, mais j'ai bien du mal.

— À l'évidence, vous avez, si je puis me permettre, péché par excès de confiance. Inutile de vous en vouloir : depuis ma titularisation, en 1988, je n'ai jamais, je dis bien jamais, entendu parler d'un chantier qui se termine dans les temps. Des homicides sur plombiers, des éviscérations d'électriciens, ça oui, j'en ai vu pas mal, mais des travaux à l'heure, aucun. La main-d'œuvre, de nos jours, c'est à désespérer de l'âme humaine, tsss ! » Il prit la mine dégoûtée d'un chat glissant sur une flaque de javel. « Je vais copieusement charger votre procès-verbal, ça va de soi, mais le problème, madame, c'est que, dans votre dossier, il n'y a pas de date ferme de remise de travaux. »

Ça y est, il venait de se souvenir de l'animal que les cheveux de sa cliente lui évoquaient... Comment ça s'appelle, déjà, ces tout petits chiens qui ressemblent à des balais ? des chihuahuas ? Non. Ah, c'était rageant. Il continua :

« Certes, un contrat oral est un contrat tout de même, mais j'ai peur que vos recours judiciaires ne soient très limités. Mais, si j'osais, il y a autre chose... »

Ariane, intriguée, l'encouragea à oser. Maurice Cantuis avait une façon irrésistible d'avancer la bouche quand il parlait. Ce petit rond que formaient ses lèvres, c'était fascinant, presque obscène.

« Comme vous le savez, notre mot d'ordre, à l'UJHJF, c'est de moderniser l'image de notre profession, tant décriée, hélas ! Nous ne sommes pas là pour faire trembler les pauvres gens. Du moins, pas uniquement. Nous mettons un point d'honneur à offrir du conseil à nos clients. Or, tout à l'heure, reprit-il, alors que je photographiais l'étage, vous parliez avec M. Bouchikrian. Le peintre. Bien fortuitement, j'ai entendu votre conversation. Madame Marsiac, pardon de mon audace, mais ça n'allait pas du tout. Je ne crois pas un instant que M. Bouchikrian était sérieux, lorsqu'il vous a dit qu'en 2002 une belle peinture patinée est une peinture cloquée. Et vous... vous étiez trop gentille, trop conciliante. Vous parliez... vous parliez comme une femme. Ce qu'il faut quand on coordonne un chantier, c'est être un homme, ou, à défaut, être une femme qui se comporte comme un homme. »

Ariane sursauta :

« Là, vous m'intéressez, monsieur Cantuis. Et comment ça parle aux peintres, une femme qui se comporte comme un homme ?

— Eh bien, voyons... Dans votre cas, il ne s'agit pas de jouer les gros bras, avec votre gracieux physique, si je puis me permettre, ça ne passerait pas, mais de vous faire respecter. Dans le bâtiment, en imposer, il n'y a que ça qui marche. Vous pourriez dire, c'est un exemple, bien sûr, quelque chose comme : "M. Bouchikrian, je vous trouve très, très drôle. Votre histoire de « chic de la cloque », j'adore. Et comme moi aussi j'ai un bon sens de l'humour, si dans deux heures, les bulles des murs de mon palier sont toujours là, je vais prendre ce pot de peinture et le renverser sur votre Kangoo flambant neuve afin que vous aussi, vous soyez complètement troisième millénaire, dans votre véhicule à pois."

— C'est une bonne idée, fermeté, humour, vous êtes un homme très astucieux, un véritable lynx, si, moi aussi, je puis me permettre », répondit Ariane, songeuse.

Maurice Cantuis, ravi de son coup, rit en secouant les épaules. Tout à coup, sa décontraction se mit à jurer complètement avec sa mise austère. On eût dit Wim Duisenberg proposant un strip-poker à ses collègues de la Banque centrale européenne.

« Vous savez, quinze années à entrer chez dix personnes différentes par jour, ça développe l'intuition mieux que n'importe quel diplôme de psychologie ! Écoutez, pour votre chantier, je ne sais ce que je peux faire, mais si vous voulez, je peux vous apprendre à agir en homme ! Ce serait tout à fait cohérent avec la profession de foi de l'UJHJF ! Après tout, le sens premier du mot huissier, c'est "celui qui ouvre les portes" !

— Vous pouvez même faire plus que ça. Vous êtes libre, un soir de cette semaine ? Je voudrais que vous rencontriez mon mari. »

Maurice Cantuis prit place sur un canapé posé sur quatre parpaings, sol défoncé oblige. Il avait pris soin de revêtir un ensemble décontracté : un huissier de justice en *fridaywear*, c'était donc ça, se dirent les Marsiac, un monsieur en costume de velours et col roulé marron.

L'homme n'avait pas hésité longtemps avant d'accepter l'invitation d'Ariane. Dans sa profession, il était rare que les gens sympathisent, et cette dame lui avait fait de la peine, dans sa maison dévastée. Des chantiers ratés, il en avait vu, mais là, ça dépassait l'imaginable. Il s'était bien gardé de le dire, mais au rythme où les corps de métiers avaient avancé jusque-là, leurs travaux ne seraient pas finis avant la semaine 49 de la prochaine année civile. Maurice Cantuis pensait comme il parlait, avec des termes juridiques et des précisions d'homme de loi.

La jeune femme l'avait convié à huit heures et demie. Il s'était fait préciser : « 20 h 30, madame Marsiac, c'est bien ça ? » A 31, il avait sonné, bien au fait des usages qui exigent qu'on arrive légèrement en retard, afin de ne pas sortir la maîtresse de maison du bain. Ariane, sauvée en la circonstance par sa névrose de la ponctualité, était déjà derrière la porte, prête à ouvrir.

Elle portait un haut ajusté et un large pantalon imprimé de fleurs que l'huissier jugea hideux. (En fait, il venait de chez Marni – en soldes – et il était très, très bien.) Pour le reste, pas chien, Maurice Cantuis s'était senti tout à fait prêt à dresser un constat assurant à qui de droit qu'Ariane Marsiac était une bien jolie personne.

Deux enfants blonds d'âge scolaire avaient dévalé l'escalier, suivis d'un individu d'environ un mètre quatre-vingt-cinq, vêtu d'un complet un peu fripé, avait remarqué Cantuis. Tous trois l'avaient salué poliment. L'homme l'introduisit dans le salon tandis que la jeune femme montait coucher les enfants, ses bras entourant leurs épaules comme les deux anses d'une amphore, ronde et protectrice. Gracieuse, en plus, pensa l'huissier.

Hugo Marsiac lui avait offert à boire : Maurice demanda un jus de tomate non assaisonné, précisant qu'il ne buvait jamais d'alcool. Apparemment consterné par cette nouvelle, son hôte s'était installé en face de lui, son verre de côtes-du-roussillon en main, le fixant d'un œil morne sans parler. Maurice en déduisit finement qu'il devait être dépressif ou quelque chose. Un peu gêné, l'huissier s'agita dans le canapé, cherchant quelque chose d'urbain à dire, mais quoi ? « Vous avez une belle maison », en l'état, eût été un gros mensonge. « Vous aurez bientôt une belle maison », une provocation. « Vous avez une belle femme » aurait pu être mal interprété. Il choisit donc de faire un compliment sur le quadrupède qui tentait de déchiqueter le revers de son pantalon : « Quel charmant animal, il a l'air très joueur.

— Il n'est pas joueur, il est psychopathe, méfiez-vous. J'aurais dû le faire piquer depuis onze ans, mais ma femme dit que si je fais ça, c'est moi qu'elle fait abattre. Elle l'adore, que voulez-vous ! » soupira l'homme.

On continua pendant quelques minutes de parler du chien. Non, la consanguinité ne pouvait pas expliquer son curieux caractère, puisque, à l'évidence, Abribus n'appartenait à aucune race répertoriée par l'homme. Hélas, le traumatisme qu'il avait subi dans sa petite enfance restait opaque : aucun psychologue canin n'avait réussi à percer le mystère Abribus.

Le retour d'Ariane fut salué avec soulagement par les deux hommes. Elle proposa de passer à table sans plus attendre. L'entrée – soupe d'asperges congelées au Kiri, rebaptisée « velouté aux pointes d'asperges » – fut expédiée le temps de diverses considérations sur la félonie des ouvriers du bâtiment en général et des placoplâtriers en particulier. Puis, avec la daurade au thym, vint le temps des questions plus personnelles. Elles étaient étranges, jugea l'huissier. Était-il marié ? Divorcé, ah bon. Un grand fils, étudiant en droit. Les Marsiac avaient l'air fascinés par son métier. Il devait rencontrer toutes sortes de gens ; à coup sûr, avec son expérience, il en fallait beaucoup pour l'étonner, n'est-ce pas ? Maurice Cantuis opina. Ah ça oui. S'il avait eu la fibre artistique – ce qui, grâce à Dieu, lui avait été épargné –, il aurait pu écrire *La Comédie humaine – le retour*.

Très vite, l'huissier de justice commença à se demander ce qu'il faisait là. Dès qu'il ouvrait la bouche, Ariane regardait son mari, semblant guetter son approbation. Ce dernier observait l'invité comme un maquignon à la foire aux bœufs, les yeux mi-clos, l'air pas franc. Une fois le plateau de fromages posé sur la table, n'y tenant plus, Cantuis demanda :

« C'est un plaisir de dîner chez vous, monsieur et madame Marsiac, mais je me doute que vous ne m'avez pas fait venir uniquement pour vous remettre le P-V de constat ?

— En effet, monsieur Cantuis. » Ariane prit une grande respiration avant de continuer : « Voyez-vous, je vous ai trouvé très sympathique l'autre jour, vraiment. J'ai été très sensible à votre vision, si ouverte, de votre métier et des choses en général. »

(« Bon sang, mais elle m'allume », songea Maurice.)

« Nous ne nous connaissons pas du tout, poursuivit Ariane imperturbablement, mais je sens que nous nous entendrions à merveille. Alors voilà, mon mari et moi aurions une offre à vous faire. Une offre qui risque de vous étonner. Mais, apparemment, vous avez les idées larges. »

(« Ben voilà, se dit l'huissier, je le savais bien que, derrière la façade des maisons bourgeoises, se cachaient les dépravations les plus abjectes. Ils sont en train de me proposer une partouze. C'est infect. Mais c'est tentant. »)

« Voyez-vous, à cause de ce chantier, nous avons traversé des moments difficiles, Hugo et moi, ces derniers temps. Notre couple a bien failli y rester, mais nous nous aimons et nous avons décidé de faire tout ce qui est possible pour rester ensemble. Nous avons besoin d'un électrochoc. C'est là que vous intervenez. »

(« S'ils veulent que je les fouette, je refuse. Pas la femme, en tout cas », résolut Cantuis.)

« Je vous le dis tout de go, Maurice – je peux vous appeler Maurice ? –, cette idée ne vient pas de moi, prévint Hugo. Ma femme est une personne très imaginative, mais il y a des limites à tout. Je n'ai accepté que parce qu'Ariane m'a persuadé que c'est sans doute la dernière solution. »

(« Tu feras moins le malin dans une heure, allongé tout nu sur tes parpaings », sourit intérieurement l'huissier.)

« Voilà, mon mari et moi-même voudrions échanger nos vies. Pendant un an, je voudrais vivre et travailler comme un homme, tandis que lui prendrait ma place ici et au bureau. Mais, tout seuls, nous avons peur de ne pas y arriver. Pour que je devienne un homme et lui une femme, nous avons besoin d'un coach. Nous vous avons choisi. »

Comment décrire la tête de Maurice Cantuis à cet instant ? Les mots sont si petits face à un ahurissement si grand. Disons qu'il avait, puissance dix, la tête d'un joueur de loto qui découvre en direct à la télé qu'il lui manque le dernier chiffre pour avoir le gros lot. Mais qu'avec cinq numéros il fait quand même partie des grands gagnants.

Tout jeune et sémillant huissier de justice qu'il fût, Maurice n'avait en effet pas une vie très folichonne. On a beau être l'un des fers de lance de la très dynamique UJHJF, le quotidien d'un officier ministériel, c'est tout de même 99 % d'assignations, de commandements de payer, de procès-verbaux, de saisies, de sommations et autres protêts pour 1 % de déconne. La proposition des Marsiac était la chose la plus ahurissante qu'il avait entendue depuis qu'une septuagénaire s'était offerte à lui en échange de son silence, quinze ans plus tôt, lors d'un constat d'adultère.

Il réussit à balbutier :

« Mais pourquoi moi ?

— Parce que vous m'avez montré comment parler au peintre, sourit la jeune femme. Après votre départ, j'ai fait comme vous avez dit. Mon palier a été repeint dans l'après-midi. Et le lendemain, comme par miracle, tous les corps de métiers, qui pourtant sont censés ne plus communiquer entre eux depuis quatre semaines, étaient là dès 8 heures. C'est en voyant l'incroyable force de frappe psychologique d'un huissier que j'ai pensé que vous pourriez nous aider. En plus, ne m'avez-vous pas dit que le mot d'ordre de votre association, c'est le conseil ? Nous y sommes.

— Et qu'attendez-vous de moi, au juste ?

— Deux choses. D'abord, que vous fassiez votre boulot d'huissier, enchaîna Hugo. Notre expérience d'échange de vies doit se terminer le 31 décembre. Vous devrez, tous les mois, dresser un constat expliquant où en est notre “chantier” à nous deux. Vous serez notre garde-fou ; avec la neutralité qu'on est en droit d'attendre d'un représentant de votre profession, vous nous direz si nous allons trop loin ou pas assez.

Deuxième fonction et pas la moindre ; vous serez notre coach à l'américaine. Nous avons besoin d'un œil impartial pour nous guider, nous entraîner, nous encourager.

— Avant tout, il faudrait s'assurer de la faisabilité tant pratique que légale de votre échange professionnel, poursuivit l'huissier pensivement. Comment troquer deux carrières qui, j'imagine, ne se ressemblent pas ?

— Nous y avons pensé, bien entendu. Ça ne devrait pas poser trop de problèmes, assura Hugo. Je dirige une entreprise qui marche bien et mon second est un homme qui peut tenir la barre... le temps qu'Ariane apprenne le job, précisa-t-il en voyant sa femme qui, à cet instant, avait tout à fait la tête d'une contractuelle aux talons coincés dans une grille de métro.

— Et moi, poursuivit la jeune femme, je travaille avec une amie, qui, j'en suis sûre, marchera avec nous. Alors, vous acceptez de nous aider ? » demanda-t-elle presque timidement, en tirant sur son corsage.

L'huissier se dit qu'elle ressemblait à une écolière qui rajuste son chemisier avant d'entrer chez la directrice. Il sourit.

« Il y a encore une chose que j'ai du mal à comprendre : passe encore que Mme Marsiac ait envie d'occuper des fonctions plus prestigieuses... » (« Mais quel con », songea Ariane, qui pourtant ne l'interrompit pas.) « ... mais vous voulez VRAIMENT devenir une femme, monsieur Marsiac ?

— Oui. Enfin non, pas au sens où on l'entend habituellement. Je ne veux pas porter des prothèses de nichons et me mettre des couleurs sur la figure ; je ne suis pas trop du genre travelo, si vous voyez ce que je veux dire ! » Cantuis et lui eurent un gros rire de connivence, qui signifiait « entre couilles on se comprend », et qui consterna Ariane. « Ce que nous voudrions, avec ma femme, reprit-il, ce n'est pas échanger nos identités mais plutôt nos rôles, nos fonctions. Je suis fatigué, voyez-vous, de ma vie de cadre supérieur, la tête dans le guidon. Pendant ce temps, mes enfants grandissent et je ne les vois presque pas. Ariane, elle, prétend qu'elle manque de reconnaissance, ce qui me semble idiot, mais elle m'assure que c'est parce que je suis un abruti de bonhomme. J'aimerais bien, pendant quelques mois, qu'elle devienne à son tour un abruti de bonhomme. Et moi, une idiote qui manque de reconnaissance. Ainsi, nous nous comprendrions mieux, acheva-t-il avec un sérieux papal.

— Je vois. Il faudrait que je réfléchisse... Aider les gens à changer de sexe, même au sens figuré, voilà qui n'a jamais été envisagé dans la profession de foi de l'UJHJF ! »

Cantuis les regarda longuement. Échanger leurs vies ! Ces deux-là étaient barges, c'est sûr. Mais il était homme suffisamment avisé pour comprendre tout le profit qu'il pourrait tirer de cette aventure. Si l'expérience des Marsiac marchait, si le fait d'échanger leurs fonctions réussissait à ramener calme et harmonie dans leur foyer, ça se saurait fatalement. Les médias, toujours à l'affût d'un nouveau phénomène de société, en rendraient compte tôt ou tard... Et alors, alors...

Maurice revit la tête de l'attachée de presse scrogneugneu contactée par le président de l'UJHJF lors du lancement de l'association. C'était au début des années 1980, à l'époque où toutes les pimbêches de son espèce se mettaient des gros nœuds noirs sur le crâne. La fille avait secoué son bonnet d'Alsacienne en disant : « Je n'ai pas pour habitude de refuser des clients, mais franchement, rendre une profession comme la vôtre sympathique, c'est au-dessus de mes compétences. À moins de disposer du budget de la NASA, vous n'y arriverez jamais. »

Alors, il tenait peut-être sa revanche. Investissement minimal, profit maximal. Maurice se voyait déjà interviewé par Mireille Dumas, toutes boucles dehors, la bouche gourmande au moment d'entendre les secrets de sa méthode. « L'huissier qui ouvre la porte du bonheur conjugal » titrerait *Le Monde* dans un long portrait en page Horizons. Il serait l'orgueil de sa profession. Jean-Luc Bilâtre, son président, qui d'ordinaire le regardait toujours comme une blatte échouée dans un évier, lui taperait dans le dos, lui donnant du « sacré Maurice ».

« Oui, j'accepte, répondit-il gravement. Je suis très touché de votre confiance. »

À la fin de la soirée, l'affaire était conclue. On avait, depuis longtemps, laissé tomber les cérémonieux Monsieur Cantuis, Madame Marsiac, Monsieur Marsiac, pour s'appeler par son prénom. Maurice, enhardi par un verre de poire – accroc sans lendemain à son habituelle abstinence, assura-t-il, l'occasion était trop belle –, leur confia que tous ses amis l'appelaient Momo et s'enquit de leurs surnoms à eux. Ariane assura qu'ils n'en avaient aucun, échappant de peu au Riri chaleureusement suggéré par l'huissier.

L'homme avait bu peu, mais c'était déjà trop. Au moment de prendre congé, il dit, d'une voix pâteuse :

« J'ai un aveu à vous faire. Je ne suis pas tout à fait celui que vous croyez. Si nous devons travailler ensemble pendant une longue période, il faut mettre cartes sur table. Je suis bien huissier de justice. Mais je ne m'appelle pas Maurice Cantuis. Mon vrai nom, c'est Mohamed el-Kantaoui. Je suis français, mais mes parents sont marocains et j'ai été élevé dans la foi musulmane. J'ai préféré, pour des raisons évidentes, mener ma vie professionnelle sous un pseudonyme.

— Mais pourquoi donc ? » s'étonna la jeune femme.

L'huissier sourit tristement.

« Voyez-vous, dans mon métier, Ariane, les Arabes sont plutôt de l'autre côté de la porte.

— Comment avez-vous pu croire que ça changerait quelque chose pour nous ? s'exclama son mari. Bienvenue à notre coach à la marocaine ! »

Hugo avait pourtant tort de croire que ça ne changerait rien. Bientôt, il découvrirait que coach à l'américaine et coach à la marocaine, ça n'est pas tout à fait pareil.

Le lendemain, verre de poire oblige, Maurice Cantuis se réveilla la tête prise dans un diadème d'écrous. Il s'attela pourtant courageusement à sa nouvelle tâche. Un peu honteux à l'idée de confier son étrange rapport à son clerc, il le rédigea lui-même. Voici ce que les Marsiac reçurent peu après par la poste :

Maître Maurice Cantuis
Huissier de justice
Membre du directoire de l'UJHJF
16, avenue de la Longuepeine
78900 Laboueuse-sur-Seine

Laboueuse-sur-Seine, 28 février 2002
:

Cher Monsieur, chère Madame

Suite à notre rendez-vous du 27 février courant, je vous prie de trouver ci-joint ce rapport en trois parties, découpé comme suit :

1. Objectifs

Dans le cadre d'un différend marital de nature strictement privée, mais vraisemblablement circonstancié par d'importantes malfaçons sur un chantier de rénovation initié par vous-mêmes et placé sous la maîtrise d'œuvre de M. Dilabault Maurice, entrepreneur (voir, en annexe, le procès-verbal de constat établi par nos soins le 26 février de l'année courante), vous avez fait appel à nos services pour entreprendre une expérience socioconjugale inédite. Vous avez personnellement mandaté ma personne, à savoir Me Maurice Cantuis, huissier de justice à Laboueuse-sur-Seine, pour vous tenir lieu de « coach » (*sic*) bien que le *Journal officiel* préférât les termes d'« entraîneur » ou d'« accompagnateur ». Aux termes de nos accords, je devrai remplir cette mission sur une période de dix mois courant à compter de ce jour. Ma rémunération s'élèvera à une somme forfaitaire brute de 10 000 euros (dix mille), payable pour moitié à signature du contrat et pour moitié à remise du dernier rapport. Mon mandat consistera en deux parties complémentaires :

A) Constater par procès-verbal, mois par mois, l'évolution de votre expérience et, à l'échéance de mon mandat, le 31-12-2002, rendre mes conclusions en deux exemplaires.

B) Transformer simultanément M. Marsiac Hugo, né le 7 décembre 1960 à Levallois-Perret, en individu présentant toutes les caractéristiques comportementales d'une femme et son épouse, Mme Marsiac Ariane, née Honfleur le 3 juillet 1966 à Boulogne-Billancourt, en homme.

2. Faisabilité

Le mandé s'engage par la présente à tout mettre en œuvre pour que l'expérience réussisse. Cependant, il n'est tenu qu'à une obligation de moyens, et non de résultats : si, d'aventure, M. Marsiac Hugo échouait à devenir femme ou si son épouse, née Honfleur, rencontrait des difficultés majeures à se transformer en homme, leur coach/entraîneur/accompagnateur ne saurait en être tenu responsable, son rôle se bornant à de stricts conseils comportementaux. La faisabilité légale de leur échange de professions est laissée à la seule responsabilité des mandants : en cas d'impossibilité matérielle ou technique à conserver leur nouvel emploi jusqu'à la fin de la période précitée, le rôle du mandé se limitera à un simple avis juridique. Par ailleurs, la défection, à titre individuel, de M. ou Mme Marsiac entraînera la fin de l'expérience, le mandé ne s'engageant à compléter sa tâche qu'avec le plein accord de la totalité des signataires du contrat.

3. Mise en œuvre

La mise en œuvre de ce que nous appellerons « l'expérience Marsiac » prendra effet dès signature du contrat par les deux parties. Un travail personnel sera demandé à chacun des mandants ; pour ce faire, pendant le premier mois, ils recevront chaque lundi un volume de tâches à accomplir. Le mercredi, je me rendrai personnellement à leur domicile afin de constater leurs progrès et de réajuster, si besoin est, la somme et le type de travail qui leur sera demandé individuellement. Par avance, les mandants s'obligent à un respect moral des consignes du mandé.

Au terme de ce premier mois, un premier procès-verbal synthétisant le travail effectué sera établi. Il servira de base de référence pour le mois suivant. À titre indicatif, vous trouverez ci-après les consignes de la première semaine :

5 mars : Travail de recherche personnelle. Afin de définir la problématique « Qu'est-ce qu'un homme ? Qu'est-ce qu'une femme ? », M. et Mme Marsiac devront, chacun de leur côté, établir une liste des caractéristiques comportementales de chaque sexe.

Si le travail personnel est jugé satisfaisant, dans un mois, c'est-à-dire le 1er avril, l'expérience Marsiac proprement dite commencera, avec échange effectif des professions, fonctions et emplois du temps.

Merci de bien vouloir parapher chaque page de ce document et le signer à la fin en faisant précéder de la mention « lu et approuvé, bon pour accord ».

Fait à Laboueuse-sur-Seine,

ce 28 février 2002, en trois exemplaires.

# 3

## Mars

*« Malgré le mauvais temps,*
*mars prépare en secret le printemps. »*
Sagesse populaire

D'un grand sac en papier banalisé, Momo sortit un paquet de journaux féminins ainsi que la dizaine d'ouvrages qu'il s'était discrètement procurés le matin même à la librairie : *Les hommes viennent de Mars, les femmes viennent de Vénus*, *Ce que veulent les hommes*, *Les Femmes et leurs désirs*, *Comprendre enfin un homme*, *Les Douze Commandements pour rendre une femme heureuse*, *Relancez votre couple pour les nuls*.

C'était la première fois que l'huissier ouvrait ce genre de livre. Curieusement, il se prit à penser à Anne-Marie, sa femme. Ce qui ne lui arrivait plus guère que le 30 du mois lorsqu'il rédigeait son chèque de pension alimentaire. Il se demanda ce qui se serait passé s'il avait accepté de suivre cette thérapie de couple qu'elle avait vainement exigée, dix ans plus tôt. Puis il soupira, se cala confortablement dans le fauteuil de style Charles X commandé en gros *via* l'UJHJF (« donne une image plus dynamique que du Louis XVI », vantait la circulaire de l'association) et se mit à prendre des notes. Au fil de sa lecture, il eut le sentiment d'entrer dans un univers parallèle, peuplé de petits hommes gris exerçant l'étrange profession de psychothérapeute, une bande de gommeux capables de tirer des conclusions définitives de votre façon de poser des serviettes de bain sur un radiateur. Tout cela l'agaçait grandement. Mais, comme toujours, sa conscience professionnelle l'emporta. Et petit à petit, il en oublia son commandement de saisir de 10 h 15.

S'il n'avait pas été paralysé par des injections de toxine botulique, Ariane aurait volontiers plissé son front. Appliquée comme une petite fille, elle arrivait presque au bout de son devoir. En haut de sa feuille quadrillée, elle avait inscrit, de son écriture pointue :

« La liste des choses que les hommes font et nous pas :

— ignorer où se trouve leur chemise bleue ou leurs chaussures noires. S'en ficher ;

— ignorer où se trouve le réservoir d'eau du fer vapeur. S'en ficher encore plus ;

— savoir parler à quelqu'un qui vend quelque chose avec un moteur dedans ;

— confondre Ben Affleck et Ben Stiller ;

— tenir la télécommande bien serrée dans la main, comme un objet transitionnel pour tout-petits ;

— ne jamais parler de ses émotions ;

— rire en secouant les épaules ;

— être capable de localiser les robinets d'arrêt d'eau et le tableau électrique en un temps record dans une maison ;

— penser au sexe trois fois par quart d'heure (source : Shere Hite in *Marie-Claire* de novembre 2001) ;

— conduire d'une main, la paume à plat sur le volant et savoir imiter le bruit de son moteur ;

— avoir toujours peur de ne pas assurer sexuellement ;
— penser qu'il y a "forcément une solution" à tout ;
— au moindre conflit, se lever et quitter la pièce ;
— s'endormir d'un coup, vers 22 h 30. Parfois, se réveiller deux heures plus tard, au moment où leur femme s'endort ;
— être sensible à la flatterie ;
— engueuler la télévision quand on n'est pas d'accord avec l'arbitre ;
— adorer les séries télé. Surtout celles avec des extraterrestres ou des flics filmés par une caméra qui bouge dans tous les sens ;
— annoncer, tout fier : "À la maison, moi, j'AIDE beaucoup ma femme", sans même se rendre compte à quel point le verbe aider, dans ce contexte, est macho. Entend-on jamais une fille dire : "Moi, je suis moderne, le week-end, je mets un point d'honneur à AIDER mon mari à s'occuper des enfants" ? »

Face à elle, Hugo séchait misérablement. Il avait juste écrit :

« Liste des trucs énervants chez les femmes :
— avoir 32 produits de beauté dans sa salle de bains. En utiliser 4 ;
— être de mauvaise humeur plusieurs jours par mois. Si on leur demande pourquoi, répondre : "Je ne suis pas de mauvaise humeur et je t'emmerde" ;
— parler des heures au téléphone pour donner une seule information ;
— raconter ses accouchements ;
— être capable de suivre jusqu'au bout une émission de la chaîne Téva où des femmes comparent des autobronzants ;
— lire des articles intitulés "Sauver son couple avec le jiu-jitsu" ;
— ranger les ustensiles de cuisine dans des endroits idiots. »

Lorsque la sonnerie de la porte d'entrée retentit, il loucha sur la copie d'Ariane et rajouta en vitesse :

« – Aimer regarder des films à la télé. Surtout ceux avec des acteurs bellâtres déguisés en Tibétains et filmés en gros plans fixes pendant huit heures ;

— faire deux choses en même temps. »

(Tandis qu'elle rédigeait sa copie, sa femme était en effet en train de hurler : « 7 fois 4 ? » à son fils qui prenait un bain à l'étage.)

Momo fit une entrée magistrale. Brandissant deux gros sacs, il semblait illuminé par la grâce.

« Rassurez-vous, je ne m'installe pas, je vous ai apporté du matériel pédagogique », cria-t-il gaiement en laissant tomber ses bagages sur le carrelage de l'entrée. Il bondit vers Ariane, lui donna deux gros baisers sonores sur les joues et s'exclama : « Canon, ma poulette, ce petit corsage, c'est Pierre Cardin ? »

La jeune femme ouvrit des yeux grands comme les Galeries Lafayette. Ainsi, deux petits jours auraient suffi à transformer un huissier de justice en *fashion victim* ? Si Momo ne lui avait pas donné une référence de couturier ringard, si par exemple à la place il avait dit : « Classe, ton twin-set strassé Véronique Branquinho », elle en serait peut-être même tombée à la renverse. Mais déjà Cantuis s'était tourné vers Hugo, lui demandant :

« Alors, ces petits devoirs du soir, ça avance ? Montre-moi vite. »

Hugo ne releva pas cette soudaine utilisation du tutoiement. Il tendit sa feuille, que Maurice parcourut en haussant les sourcils. « C'est bien d'avoir essayé », sourit-il. La copie d'Ariane, en revanche, lui arracha des sifflements d'admiration.

« C'est formidable, ma poulette. On va tout remettre à plat, mais tu sembles avoir déjà compris plein de choses.

— Maurice, je vous trouve très gentil, vraiment, mais je ne suis pas votre poulette. »

Il éclata de rire.

« Allons, allons, Ariane, je suis sûr que toutes tes amies t'appellent poulette, poupoule, poule ou cocotte. C'était pour te montrer que je suis capable de pénétrer ton délicieux univers féminin, jeune fille ! »

Il se frotta les mains, tout content. De la lecture du courrier des lectrices du magazine *Filles*, Maurice-Mohamed avait tiré un enseignement qui le ravissait ; dès qu'elles s'aimaient bien, toutes les femmes s'affublaient de noms de gallinacés. C'était tordant. Est-ce que les hommes ont besoin d'enrober leurs amitiés viriles de surnoms de basse-cour ? Aucun garçon n'appelle son copain « mon porc » ou « mon jars ». Mais foin de sémantique comparée, il était là pour travailler.

De son côté aussi, il avait bien avancé. « Voilà le résultat de huit longues journées d'étude. J'ai tout acheté, tout lu et, ma modestie dût-elle en souffrir, tout compris. Je n'ai pas compté mes heures, mais je crois que ça en valait la peine », chantonna-t-il. Il distribua des polycopiés à ses clients comme on administre un sacrement.

Ils attaquèrent leur lecture. Ariane semblait mieux comprendre que Hugo. Elle lisait en tortillant ses bouts de cheveux, laissant échapper des petits bruits de respiration nasale approbateurs. Au bout de deux pages, son mari jeta le paquet de feuilles sur la table basse en grognant : « J'y comprends rien, à ces histoires de vagues et d'élastiques. Tu peux traduire, Momo ? »

Mohamed-Maurice brandit un index de doyen de la Sorbonne haranguant ses thésards.

« Les vagues et l'élastique, c'est la théorie de John Gray dans *Les hommes viennent de Mars, les femmes viennent de Vénus*. Un best-seller, limite la Bible et le Coran réunis. Il a fait fortune avec ça ; partout aux

États-Unis, il donne des conférences pour porter la bonne parole. Il dit que les femmes sont des vagues, leur humeur va et vient, il ne faut pas se formaliser. Les hommes, eux, sont plutôt comme des élastiques, capables de se tendre à l'extrême et de reprendre leur forme initiale. Il ne faut pas se formaliser non plus. C'est lumineux, non ?

— Mroufff.

— Ce que tu dois retenir, Hugo, c'est que les hommes et les femmes ne sont pas pareils. Du tout. Tous les spécialistes sont d'accord là-dessus. Dans *Si les hommes pouvaient parler*, le psychologue Alan Gratch décrit bien les émotions contraires qui nous animent, source de malentendus, et dans *Relancez votre couple*, la sexologue Dr Ruth n'a pas de mots assez durs pour les partenaires sexuels qui n'arrivent pas à créer ce climat d'empathie indispensable à…

— Pardon, Momo, mais je ne suis pas sûre que Hugo suive, interrompit Ariane. Va droit au but.

— Bon, après avoir compulsé douze ouvrages différents, j'ai fait ma synthèse. Vous la trouverez en dernière page du document. »

En effet, à la fin du polycopié, les Marsiac découvrirent un tableau récapitulatif. En ordonnée, on trouvait deux colonnes : Homme et Femme. En abscisse figuraient trois caractéristiques numérotées 1, 2 et 3 : Sous « Homme », on pouvait successivement lire : « Ne parle pas », « ne veut pas parler » et « maîtrise la nonchalance ». Sous « Femme », il était écrit : « Parle beaucoup », « a envie de parler encore plus » et « maîtrise la frivolité ».

Ce furent les derniers termes de chaque colonne qui intriguèrent le plus Hugo et Ariane. Momo prit un air de satisfaction mystérieux et expliqua :

« La nonchalance et la frivolité ? C'est ma petite théorie personnelle et je n'en suis pas mécontent. »

À cet instant, un moucheron voletant devant les yeux de l'huissier aurait pu découvrir, inscrits en filigrane dans ses pupilles, une demi-douzaine d'ouvrages intitulés *Nonchalance et frivolité, la clé des couples épanouis*, *Nonchalance et frivolité, le retour*, *Nonchalance et frivolité au lit*, etc., ainsi que des salles de conférence pleines, des lectrices pantelantes devant tant de finesse de cœur et d'esprit, des dizaines de milliers de gens tout prêts à lui assurer fortune et gloire. C'était écrit, le John Gray français serait issu de l'immigration marocaine. Quelle revanche pour le petit garçon aux cheveux trop crépus pour plaire aux filles, pour l'homme rejeté par une épouse qui lui reprochait de n'avoir pas renié la religion de son père, pour celui qui, plus d'une fois, avait entendu : « Atterris, tu vis plus au bled. Tu ne comprendras jamais rien aux femmes, mon pauvre Momo » ! À ces souvenirs, le sourire de l'huissier se figea. Il se ressaisit pour développer sa théorie.

« Nonchalance chez l'homme, frivolité chez la femme. À mon sens, la vraie différence entre les sexes est là. Prenez un homme : dans la vie, ce qu'il veut, c'est qu'on lui fiche la paix. Il est nonchalant. Il a tout son temps pour rappeler la fille, se marier, avoir des enfants, ranger ses chaussettes, finir son rapport sur l'impact du passage à l'euro chez les petits commerçants. C'est pour ça qu'il ne rebouche jamais le dentifrice. Et dans les rares cas où l'homme ne possède pas cet instinct de la décontraction, il y aspire. La femme, elle, n'est que très rarement une nonchalante authentique. Elle cherche la perfection en tout. Elle s'interroge, se pose des questions : Est-ce que mon couple va bien ? Est-ce que j'ai choisi le bon rouge à lèvres ? Le fait que mon mari ne soit pas rentré à 19 h 32 signifie-t-il qu'il a été écrasé par un camion ou, pire, qu'il me trompe ?.... que sais-je ? Dans les rares cas où la femme est intrinsèquement nonchalante, quand elle est en retard à la crèche ou qu'elle n'a toujours pas choisi de rideaux un an après avoir emménagé, elle en éprouve de la culpabilité. Par chance, elle a, à sa disposition, cette invention merveilleuse que j'ai découverte pas plus tard qu'hier en lisant la presse féminine : la frivolité. Pour s'évader de leur minuscule propension à la nonchalance, les femmes utilisent leur aptitude à se réjouir de choses qui paraissent dérisoires à leurs compagnons. » Momo brandit des coupures de journaux avant de continuer. « Ainsi, relevés au hasard dans le dernier *Elle*, j'ai noté que cette “paire de sandales rétro”, cette “jupe couleur poudre taillée dans le biais” et ce “repulpeur de lèvres” étaient autant de choses de nature à les combler. L'homme, lui, ne connaît pas la gracieuse ivresse d'une paire de boucles d'oreilles en forme d'étoiles roses acquise à moins de cinquante euros. Soit dit en passant, ça n'a rien d'un hasard si la société d'Ariane s'appelle F comme Frivole, les femmes ont un sixième sens pour aller à l'essentiel. Non, non, en vérité je vous le dis : la frivolité est bien l'apanage de la fille, comme la nonchalance est celui du garçon. Le représentant d'un des deux sexes qui viendrait à comprendre, mieux, à maîtriser le domaine de compétence de l'autre, accéderait à une conscience globale de l'univers psychologique des humains. Et c'est ce que je vous propose. Voilà. »

Les sociologues ont cette formule célèbre : « L'appartenance au milieu est le premier obstacle épistémologique. » Elle signifie que, dans une situation donnée, la vérité n'apparaît qu'à ceux qui ne sont pas partie prenante. En mettant au point sa théorie de la nonchalance et de la frivolité, l'huissier, aussi peu au fait de la psychologie conjugale qu'un lémurien des soubresauts du marché de l'art contemporain, avait peut-être découvert la pierre philosophale du couple. En tout cas, Maurice Cantuis était persuadé de tenir un truc énorme. Bien entendu, les mauvaises langues pourraient dire que sa théorie, fumeuse, marcherait aussi bien en inversant les deux notions principales : les femmes ne sont-elles pas nonchalantes devant leurs découverts bancaires et les hommes résolument frivoles face à une minijupe croisée le 14 août tandis que leur épouse est au Tréport avec les gosses ? Heureusement, les mauvaises langues, on s'en fout. En personnes sensées, les Marsiac préféraient s'intéresser à ceux qui, à l'instar de Momo, tentent d'innover, prennent des risques. Sa théorie rencontra donc un franc succès auprès du couple.

Ariane éclata de rire et se rencogna contre son Hugo dans le canapé :

« Chéri, dès demain, tu files t'acheter des sandales lamées et un kit à se faire des mèches toute seule ! Ah, on va t'en donner de la frivolité ! Moi, devenir nonchalante, ça me va très bien. »

Momo la reprit, sévère :

« Attention, jeune fille ! » (Momo faisait partie de ces gens qui disent « jeune fille » aux trentenaires, ce qui, loin de les flatter, pue l'apostrophe commerciale à plein nez et vous renvoie aussi sec à l'humiliant statut de « plus tellement jeune fille mais vraisemblablement dotée d'un pouvoir d'achat attractif ».) « Il ne s'agit pas de déguiser ce malheureux en reine du disco mais de lui ouvrir des horizons. C'est là que mon kit pédagogique intervient. »

Il ouvrit la première valise. Elle renfermait des livres, magazines, cassettes et DVD.

« Hugo, voici le matériel nécessaire pour comprendre ce qui se passe dans la tête d'une femme. À l'origine il devait tenir dans trois semi-remorques (explosion de rire des deux hommes, hiik, hiik, hiik) mais le temps nous étant compté, j'ai juste sélectionné l'essentiel. Il comporte la collection complète des cassettes de *Sex & the City*, deux disques de Julien Clerc, le DVD *La Forme avec Cindy Crawford*, une sélection des meilleurs moments du téléachat de RTL 9 ("En effet, expliqua-t-il, aucune femme ne résiste au téléachat de RTL 9, ni les très riches ni les pauvres, dès qu'elles voient une pierre à nettoyer l'argenterie, même si elles détestent nettoyer et qu'elles n'ont pas d'argenterie, elles pensent qu'elles vont mourir si elles ne l'achètent pas"), *J'élève mon enfant avec Edwige Antier,* un guide de huit cents pages, *J'élève ma cuisine avec Bernard Loiseau*, un guide de huit cents pages, *J'élève mon plumeau avec entrain*, un guide de huit cents pages, le spécial maigrir de *Elle* et le spécial mode de *Vogue* ("Je sais bien que tu les regardes, ces magazines, comme tous les hommes, mais là je te demande de les lire vraiment, de t'en imprégner, d'être capable d'avoir un avis dessus, tu comprends ce que je te dis, Hugo ?"), une carte de fidélité des parfumeries Marionnaud ("Pas forcément pour que tu t'en serves, mais pour que tu la portes sur toi à la place de ta carte Speedy, d'accord ?"). »

Ariane se récria qu'une telle vision des femmes était tout bonnement consternante, qu'il lui arrivait parfois de lire autre chose que la page numérologie de *Jalouse*, mais l'huissier la gourmanda : « Tuut, tuut, tut, Hugo ne doit pas devenir toi, il doit devenir familier de domaines féminins au sens générique du terme. Et puis c'est moi qui commande, femelle. » Momo, décidément de bonne humeur, éclata d'un rire de bûcheron ivre.

Comme on pouvait s'y attendre, le kit d'Ariane, lui, ne remplissait qu'une petite sacoche. Les hommes n'ont pas besoin de tonnes d'accessoires et, de toute manière, les femmes passent tant de temps à se gratter la tête en se demandant ce qu'il y a dans celle des garçons que le boulot était déjà à moitié fait. La jeune femme déballa donc sans étonnement l'alpha et l'oméga de la satisfaction masculine : une télécommande multifonctions. Elle faisait télé, câble, DVD, radio, portail électrique, climatiseur d'ambiance, guidage par satellite.

Cantuis regarda le butin de ses clients empilé sur la table basse et déclara :

« Quand vous saurez faire marcher tout ça, vous passerez partout. Dans une semaine, je serai de retour et je vous lancerai pour de bon dans la nature. »

La date officielle du début de l'expérience Marsiac fut fixée au 1er avril. La partie coaching, on l'a vu, était en bonne voie. Restait une formalité : avertir les collaborateurs, la famille et les amis de Hugo et Ariane de leur projet. Cette simple perspective n'inspirait à l'un aucune nonchalance, à l'autre pas le moindre détachement frivole, mais bien, des deux côtés, une trouille venue du fond des âges. On décida d'agir vite et de faire un tir groupé. Les amis du couple connaissaient et appréciaient – bien évidemment – Lise ; vendredi soir, ils les réuniraient tous pour les prévenir. Seuls Nicard et Sophie, les futurs bras droits d'Ariane et Hugo, seraient mis au courant en tête à tête.

Cette nuit-là, Hugo et Ariane s'endormirent l'un contre l'autre, emboîtés comme des cuillères à soupe dans un tiroir. Ça ne leur était plus arrivé depuis longtemps.

L'Audi fit un gai « pouic-pouic » lorsque Hugo actionna la télécommande de fermeture automatique des portes. Déambulant sur le parking de Jeloutou, l'homme songea, déchiré, que bientôt il devrait échanger cette merveille contre la petite Opel de sa femme. Il revit la carrosserie rose et cabossée de la voiture d'Ariane et une main géante lui serra la poitrine. Adieu, cuir moelleux et amortisseurs de soie, place à la minibétaillère à catho, ses banquettes raides, sa moquette synthétique jonchée des poils d'Abribus. Mais il n'avait pas le choix. Le matin même, chattemite, il avait demandé à sa femme : « Mon amour chéri, pendant l'expérience, je pourrai garder l'A6 ? » et elle avait répondu sur le même ton : « Oh, c'est drôle, on dirait la pub du type qui veut piquer la bagnole de sa femme, mais à l'envers ! Va mourir, femelle fourbe. »

Hugo, nerveux comme une jeune mariée au matin de ses noces, rejoignit Nicard, sirotant son « long sucré » devant la machine à café. Rayonnant dans son complet rayé, Adolphe lui tendit un gobelet de « court sans sucre » :

« Grande nouvelle, Hugo. La commande de déplaqueuses à gazon est rentrée, une rare splendeur, vous verriez ça, c'est à se mettre à genoux devant.

— Il faut qu'on parle, Adolphe. »

Une heure plus tard, dans le bureau de Hugo, Nicard, livide, tenta de résumer la situation. S'il avait bien tout suivi, son patron s'apprêtait à prendre quelques mois sabbatiques, pour des raisons personnelles qu'il ne tenait pas à détailler. Dès le lundi prochain, sa femme, Ariane, le remplacerait à la tête de Jeloutou et il comptait sur son bras droit pour lui faciliter la tâche. Aux salariés, on dirait que le boss est aux États-Unis, à la recherche de partenariats possibles avec des confrères américains. Adolphe, d'une voix étranglée d'émotion, ajouta :

« Hugo, ça fait quinze ans que nous travaillons ensemble. Vos raisons personnelles, je ne les devine que trop bien. Depuis des mois, vous semblez ailleurs. Vous êtes malade, vous partez vous faire soigner, c'est ça ? »

Marsiac crut habile de ne pas le détromper totalement. Bon, il se passait bien « quelque chose » dont il ne voulait pas parler, mais son état n'avait rien d'affolant. Nicard, qui avait toute sa confiance, devait rester le seul homme à connaître la vérité ; en fait, jusqu'en décembre, Hugo serait chez lui, au Vésinet. Il insista sur le nouveau rôle d'Ariane.

« Il faudra l'aider. Ma femme est une autodidacte. Comme nous. Mais son champ de compétence professionnelle est assez éloigné du nôtre.

— Éloigné ? À quel point, éloigné ? Pardon, Hugo, j'ai déjà croisé Madame votre épouse mais nous n'avons jamais eu l'occasion de parler de son métier. Enfin, j'imagine que, pour prendre votre place, elle doit avoir de solides notions de gestion et de management. »

Marsiac grommela :

« Elle vend des bijoux. Fantaisie. À domicile. Avec sa meilleure amie. »

Adolphe Nicard eut un tic nerveux qui envoya son bras droit tracer sur sa poitrine un signe de croix inachevé.

Sophie Baignon manqua s'étouffer avec sa salade tomates-crevettes. Ce qui déclenchait son hilarité n'étant pas tant ce qu'elle venait d'entendre, mais la tête des convives autour de la table. Le visage de son mari, Pierre, n'était plus qu'un bloc de marbre agité de frissons de répugnance. Lise Honfleur, image vivante de l'incrédulité, tortillait son pendentif en jute – œuvre d'un collectif de Péruviennes affiliées à une structure de commerce équitable – sans rien dire. Les autres invités échangeaient les regards éloquents de ceux qui anticipent un débriefing poilant, tout à l'heure dans la voiture.

En fait, Sophie savait déjà. La veille, en repassant à l'atelier, Ariane lui avait exposé le projet. À sa meilleure amie, à son associée, elle devait bien la primeur de la révélation. Et si elle n'était pas d'accord pour prendre Hugo en stage, l'expérience tomberait à l'eau. Sophie avait d'abord trouvé l'idée irréaliste : « Je ne doute pas un instant que la location de gros matériel soit la voie royale vers l'épanouissement, ma puce, mais je ne vois pas trop ce que je vais bien pouvoir faire de ton mari à l'atelier. » Ariane s'était récriée : « Mais Hugo, c'est le meilleur vendeur de tout le grand Ouest parisien ! Il vendrait des fers à friser au pape ou une cornemuse à un lapin s'il voulait. Et puis t'imagines, pour les clientes, voir rentrer cette merveille de la nature dans leur salon, le choc ? Il va nous doubler le chiffre rien qu'en les regardant, mon joli mari. En plus, tu te rends compte, Soso, l'exemple que ça pourrait être pour Pierre ? Tu l'imagines, ton mec, en train de finir son repassage pendant que tu regardes ton *Télé-foot*, peinarde ? »

Sophie, qui n'en imaginait ni n'en demandait pas tant, consentit pourtant à tenter l'aventure. À part lui confier sa propre carte de crédit, elle ne voyait pas grand-chose qu'elle pût refuser à Ariane.

Une fois passé le choc du *coming out* des Marsiac, au 12 de la rue du Gai-Pinson, la conversation reprit des couleurs. « Pourquoi ? » était la question qui revenait sur toutes les lèvres. Assez vite, des regards soupçonneux se portèrent sur Ariane. Une idée aussi tordue, ça ne pouvait venir que d'une femme, n'est-ce pas ? Hugo, fair-play, prit la parole pour expliquer qu'il avait au moins autant de raisons qu'elle de vouloir changer de vie : devant une assemblée composée à 90 % de CSP +, il renonça à faire valoir sa trouille de finir en con de cadre, mais il convainquit tout le monde en expliquant qu'à quarante-deux ans, il avait bien mérité de voir grandir ses enfants.

Pierre avait retrouvé l'usage de la parole pour poser une avalanche de questions : Hugo comptait-il vraiment confier son compte en banque à sa femme ? Bien entendu. Devrait-il se contenter du salaire d'Ariane jusqu'à la fin de l'année ? Sans doute, mais la jeune femme aurait à payer toutes les factures qu'il réglait habituellement. Pourrait-il, au moins, à distance, garder des contacts avec Jeloutou ? Hors de question. Ce serait de la triche. Règle d'or pour Hugo comme pour Ariane : ne jamais chercher à savoir ce que fait l'autre au bureau. Qui assurerait les gestes techniques complexes, comme coiffer la petite fille le matin, aller à Auchan, sélectionner le programme du lave-linge, accompagner les sorties de classe au musée Carnavalet? Hugo, bien évidemment. À chaque réponse, le journaliste se tassait un peu plus sur son siège. Sur le seuil de la porte, au moment du départ, il s'inquiéta de leur tennis du lundi. Hugo, implorant, regarda sa femme. Elle sourit : « Ça, je vous le laisse. J'ai du cœur, qu'est-ce que vous croyez. Je me doute que la santé de Pierre ne supporterait pas un arrêt brutal du sport. »

Lise était restée pour aider sa fille à débarrasser. À sa façon sèche de manipuler les assiettes, Ariane comprit qu'elle avait très envie de lui parler mais qu'elle attendait son feu vert. Elle attaqua donc la première.

« Alors, maman, t'en penses quoi? On va bien se marrer, non?

— Non, chérie, on ne va pas se marrer. Ce que tu t'apprêtes à vivre, je l'ai vécu, pendant vingt ans. Une femme qui vit comme un homme, c'est pire qu'une horreur, c'est une erreur. Alors ce que je pense, c'est que j'ai complètement raté ton éducation.

— Maman, c'est un peu tard pour mon éducation. Je vais te faire une confidence. J'ai trente-deux ans.

— D'abord, tu n'as pas trente-deux ans, tu en as trente-six.

— Tu finasses. Pourtant, tu devrais être contente, cette parité conjugale, c'est un peu la continuité de ton combat féministe, non?

— Chérie, arrête de déconner. Depuis que je sais parler, je me bats pour que les femmes aient le droit de vivre à côté des hommes dans la dignité. Pas pour qu'elles se substituent à eux. Cette confusion des rôles, c'est le pire des années 1970, c'est le lancer de soutien-gorge devant le préfet Foucher, c'est les Américaines qui voulaient habiller leurs petits garçons en filles… c'est le Moyen Âge du féminisme.

— Bon, alors je ne pourrai pas compter sur toi pour m'aider?

— Je ne suis pas du genre à laisser tomber mon enfant, tu me connais. Mais poussons ton raisonnement jusqu'au bout : ne t'étonne pas si à l'avenir je te parle comme une belle-mère. Désormais, ma fille s'appelle Hugo Marsiac. »

L'intéressé, prudemment réfugié derrière la porte de la cuisine pendant toute la conversation, pâlit. Il n'en avait pas tant demandé.

Maître Maurice Cantuis
Huissier de justice
Membre du directoire de l'UJHJF
16, avenue de la Longuepeine
78900 Laboueuse-sur-Seine

Code dossier : « Expérience MARSIAC »

Procès-verbal de constat : Mois de mars 2002

Attention : document à conserver en interne pour le moment.

Récapitulatif des opérations :

— Début des travaux pratiques : effectué.

— Mise au courant de la famille et des proches : effectuée.

— Mise en place des nouveaux emplois du temps : les clients ont satisfait à leurs entraînements. J'ai autorisé l'expérience Marsiac à débuter le 1er avril.

— Observations générales : bonne mise en route. Les deux parties semblent coopérer avec enthousiasme.

— À surveiller : l'adhésion des proches au programme.

Objectifs pour avril :

— rencontrer, et convaincre Mme Ariane mère de l'intérêt de l'expérience au cours du prochain mois;

— l'entraînement de Hugo Marsiac. Il semble un peu en retrait par rapport à son épouse. Forcer sur les travaux pratiques ?

# 4

## Avril

*« Fleur d'avril ne tient qu'à un fil. »*

Sagesse populaire

« Comme on dit, monsieur Marsiac, qui paie ses dettes s'enrichit », susurra le chef de chantier en glissant une facture de cinq mille euros (hors taxes) sous le nez de Hugo.

Ce dernier la repoussa d'une pichenette en ricanant :

« La fortune ne vient pas en dormant, monsieur Dilabault. De quelles dettes me parlez-vous ? C'est vous qui êtes en retard. Pas de progrès du chantier, pas de chèque. Quand aurez-vous terminé le rez-de-chaussée ? »

L'homme de l'art resta évasif.

« Prudence est mère de sûreté. » Mais il avait bon espoir de lui réserver « une agréable surprise à l'horizon juin 2002 ».

Hugo agita son index de droite à gauche. Non, non, non, fini de rigoler. Il se leva et lui demanda sèchement de le suivre sur le chantier. Minutieux, il nota sur un carnet chaque plinthe manquante, chaque gaine de câble flottante, chaque joint de carrelage de guingois, chaque défaut des plafonds, sols et murs, puis demanda à Dilabault de contresigner ses remarques. Le chef de chantier s'épongea le front.

« Ça fait longtemps qu'on n'a pas vu votre dame ; elle revient bientôt ? »

Hugo répliqua d'un ton sec qu'elle avait donné « un nouvel essor à ses activités professionnelles » et que désormais c'était lui qui s'occuperait du chantier. « Que tout soit très clair entre nous. Si les choses n'accélèrent pas, je vais être votre pire cauchemar, monsieur Dilabault. »

L'homme ouvrit la bouche, la referma, la rouvrit, émit un faible « bendidon » et la referma tout à fait. Il n'avait même plus de proverbe pour dire son désarroi.

En remontant dans sa chambre, Hugo esquissa un geste de victoire, bras repliés sur la poitrine. Ah ça, avec un homme à la maison, les choses allaient changer ! Pour fêter ce premier triomphe, il alluma Série Club ; depuis le temps qu'il rêvait de se taper un épisode de *Supercopter* à des heures ouvrables, il n'allait pas se priver de cette petite joie. L'horloge du décodeur indiqua 11 h 19. Ça lui fit une impression bizarre. Mais pourquoi se sentir contrarié par le fait d'être devant la télé à 11 h 19, il ne travaillait plus, après tout… Et puis il se souvint. 11 h 19, c'était une minute de moins que 11 h 20, l'heure à laquelle les enfants sortaient de l'école, d'après le planning qu'Ariane avait affiché sur le frigo. Pour le coup, il bondit hors de la chambre, *zzzzip*, tel Supercopter fondant sur les forces du mal, tous lance-roquettes dehors.

Ariane essuya ses mains moites contre son tailleur-pantalon. Assise dans le vaste fauteuil de cuir, elle se sentait minuscule et dérisoire, comme un chewing-gum collé sur un pneu de camion. Elle essaya de penser à quelque chose d'apaisant, d'encourageant. Cet ensemble, par exemple, un très bon achat. Pas cher, en plus. Du velours anis, classique sans être ennuyeux, décidément elle aimait bien la forme trompette du pantalon. Pourtant, jamais elle n'aurait imaginé porter avec plaisir un truc pareil. « Tailleur-pantalon », rien que l'expression renvoyait brutalement au *dress code* de la cadrette années 1980. Hélas, même le souvenir de la façon dont sa mère s'habillait à l'époque ne suffit pas à lui rendre le sourire. La scène qu'elle venait de vivre avec Nicard l'avait littéralement glacée. Elle essaya une nouvelle fois la pensée positive, martelant l'expression éminemment dilabaldienne : « Le ridicule ne tue pas, le ridicule ne tue pas, le ridicule ne tue pas. »

Dire qu'elle avait mis toutes les chances de son côté ! Ses dossiers, elle les avait bossés. Chiffre d'affaires, marge brute, certification ISO 9002, évolution de la demande de la clientèle au cours des dix dernières années, ventilation des stocks, depuis quinze jours, Ariane avait l'impression d'être devenue la super Jaimie de la location du gros matériel. Et, au dernier moment, la boulette.

Maudit Nicard ! Dès qu'elle l'avait vu, elle avait senti chez lui une antipathie compacte, brutale, animale. Une femme a des capteurs extrasensoriels pour ces choses-là. Spontanément, elle avait détesté son sourire faux derche, son haleine de sortie de messe, sa façon de la détailler de haut en bas, regard en angle. Pourtant, au téléphone, la veille, il lui avait fait mille grâces, l'assurant de son soutien « sans réserve », eu égard aux « excellents rapports professionnels qu'il entretenait depuis toujours avec son époux ». Une chose avait été bizarre, tout de même. Alors qu'il terminait la conversation en la chargeant de « souhaiter un prompt rétablissement à son mari », Ariane, stupéfaite, s'était exclamée : « Mais il va très bien, Hugo, monsieur Nicard, rassurez-vous, au moment où je vous parle, il est en train de finir une série de vingt pompes dans le jardin. » Adolphe avait alors dit :

« Voilà qui me rassure », avec une voix plus contrariée que réellement soulagée.

En tout cas, ce matin, à l'arrivée d'Ariane chez Jeloutou, tout le staff l'attendait, aligné dans l'entrée comme le personnel des ladies anglaises dans les films d'avant-guerre. Nicard avait certainement fait exprès, rien que pour la faire passer pour une conne.

Elle avait pourtant fait front, régurgitant avec application son discours répété dans l'Audi, tandis qu'elle se tortillait sur ce putain de siège chauffant impossible à éteindre. « Plaisir de travailler ensemble… fierté de la confiance que lui avait témoignée son mari… optimisme pour l'avenir, blablabla. » Nicard avait alors demandé, d'une petite voix sucrée parfaitement détestable :

« Nous avons hâte de voir ce qu'un regard féminin apportera à l'entreprise. Vous avez sûrement quelques projets dans ce sens, madame Marsiac ? »

Ariane, horrifiée, avait bredouillé avant de lancer, sûre d'elle :

« Bien entendu, ma première décision sera d'instaurer, à compétences égales, une rigoureuse parité des salaires hommes-femmes à l'intérieur de l'entreprise. »

C'est en regardant autour d'elle qu'elle s'était souvenue que le personnel du Jeloutou de Bachelay, Yvelines, ne comptait qu'une seule salariée. L'hôtesse-standardiste, qui, à cet instant précis, la regardait sans comprendre. Et tandis que les commerciaux et techniciens se poussaient du coude, Nicard avait eu un mince rictus, qui, tel le sourire du chat du Cheshire, planait encore comme une menace sur la tête de la présidente-directrice générale en intérim.

Tant pis pour son orgueil. Dans un quart d'heure, elle devrait conduire sa première réunion. Elle avait besoin d'aide. Elle composa un numéro de portable. Un homme, un seul, pourrait la tirer de ce mauvais pas. Il répondit dès la première sonnerie : « Ariane, c'est toi ? Je me doutais que tu allais m'appeler. C'est dur, hein ? Allez, raconte tout à ton Momo. »

Hugo pila juste devant la directrice de l'école, postée, raide et digne, sur le trottoir. Au bout de chaque bras de cette vivante image du reproche, pendait un enfant Marsiac. En voyant leur père, les petits poussèrent des cris de joie.

« Salut, les crapauds. Désolé, madame Brillon, un imprévu sur le chantier. Et la voiture de ma femme a refusé de démarrer pendant dix minutes, vous savez ce que c'est, ces petites cylindrées, c'est capricieux. »

Oui, hélas, n'ayant pas les moyens de s'offrir une grosse berline comme d'autres, la directrice savait ce que c'était. Mais elle savait aussi que ce genre de panne s'anticipe, afin de ne pas laisser des enfants si jeunes dans le désarroi.

« Voyons, madame Brillon, ils ne peuvent pas être plus en sécurité qu'entre vos mains attentives. »

Elle répondit qu'elle ne parlait pas d'Hector et Louise mais de ses cent quatre-vingt-sept autres élèves qui attendaient, au réfectoire, la présence du chef d'établissement pour commencer leur déjeuner.

Le ton déplut au chef d'entreprise qui, hélas, s'énerva. Il expliqua qu'un retard de vingt petites minutes ne justifiait pas que l'on chiât un porte-avions et qu'interdire à des enfants de commencer à manger en l'absence de la directrice était bien une méthode de facho à la con. Ce à quoi Mme Brillon répliqua que c'était surtout une directive du ministère de l'Éducation nationale : dans le cadre du plan Vigipirate, les portes de l'école devaient être fermées à clé au moment des repas. Puis elle ajouta, dans un sourire glacial :

« En vous attendant, j'ai eu tout loisir de discuter avec vos enfants. Tandis que je recoiffais Louise – la pauvre biquette ne voyait rien, avec son curieux toupet lui retombant sur les yeux –, ils m'ont expliqué que leur maman était devenue leur papa et réciproquement. Votre vie privée ne me regarde pas. Mais je constate que tout ça démarre sous les meilleurs auspices. Bien des choses à Mme Marsiac. »

Dans la voiture, tandis que Hugo sifflait entre ses dents « connasse, connasse », les enfants demandèrent ce qu'il y avait à manger. Et merde. Bah, il trouverait bien quelque chose dans le frigo. Puis il eut une meilleure idée. « Si on allait au McDo, les crapauds ? »

Ariane eut l'impression que le groupe Noir Désir au grand complet donnait un concert à l'arrière de l'Audi. Ce chargeur de CD, quel son, par rapport au minable crin-crin de l'Agila, inexplicablement coincé sur Radio Bleue depuis dix mois, sans doute un défaut du constructeur ! Elle entonna à tue-tête le refrain de *Le vent nous portera*. En revoyant les deux Post-it que Hugo avait collés sur le tableau de bord : « N'oublie pas de passer la cinquième à 110 ! » et « Méfie-toi, elle est plus large qu'on ne croit ! », elle sourit. Ça allait mieux, ce soir. Sa conversation avec Momo l'avait remise d'aplomb. L'huissier avait insisté sur le nécessaire « travail de la nonchalance » à effectuer dans le cadre de sa prise de fonctions. « Bien sûr qu'ils t'attendent avec la kalachnikov, qu'est-ce que tu crois ? Tu vendais des boucles d'oreilles, tu prétends leur apprendre à louer des grues hydrauliques, tu ne penses tout de même pas qu'ils vont te faire la haie d'honneur avec leurs tractopelles ? Il faut que tu apprennes, que tu fasses tes preuves, et en attendant, la seule attitude possible, c'est "rien à foutre" : nonchalance, nonchalance avant tout, d'accord ? »

D'accord.

Rien à foutre, donc, que Nicard l'ait présentée à tous les collaborateurs comme « l'épouse de M. Marsiac, qui nous fait l'amitié de remplir un CDD à la direction générale ». Rien à foutre d'avoir été incapable de confirmer à Benchetrit l'opportunité de rehausser les tarifs de location à la semaine des pompes à fioul, alors même que dix paires d'yeux curieux étaient braquées sur elle. Rien à foutre de constater qu'après ça, tous les cadres assistant à la réunion ne s'étaient plus adressés qu'à Nicard par-dessus son épaule. Rien à foutre que sa seule décision de la journée ait été de changer la machine à café du hall, engin néandertalien délivrant un jus infect. Rien à foutre de la tête d'Adolphe Nicard à ce moment-là.

Rien à foutre, rien à foutre. Elle avait serré les dents. Même si, à l'intérieur, tout son être criait : « Merde, ils pourraient au moins être aimables, je suis jolie, quand même. »

Ariane Marsiac découvrait que, dans l'univers de la location de gros matériel, finesse et galanterie n'étaient pas vertus cardinales.

Abribus claquait des mâchoires dans l'air, le regard hostile. Hugo le repoussa délicatement du pied et enfourna le gros poulet qu'il venait d'enduire de moutarde forte. Il ne savait pas trop ce que le terme « pâte de marsala » indiqué dans la recette signifiait, mais ça serait sûrement tout aussi bon. Le livre disait « cinquante minutes de cuisson », ce qui lui sembla ridiculement long par rapport à la taille du volatile. Quand on pense qu'un toast, c'est deux minutes, un poulet, épais comme environ douze toasts côte à côte, ça doit chercher dans la – petite – demi-heure. Il regarda sa montre : 19 h 40, tout serait prêt pour le retour d'Ariane.

Il se demanda ce qu'il lui raconterait de sa journée. Fallait-il parler de la prise de bec avec la directrice, tout à l'heure ? Non, sûrement pas. De Louise, se tenant le ventre à la sortie du McDo, qu'il avait dû garder à la maison tout l'après-midi ? Ça, il aurait du mal à y couper. De Lise, appelée à la rescousse le temps de retrouver Sophie à l'atelier pour un premier rendez-vous ? Impossible à cacher aussi, la petite raconterait sûrement à Ariane qu'elle avait passé l'après-midi à jouer à « Alerte à Porto Alegre » avec sa grand-mère.

En revanche, Hugo ne tenait pas à s'étendre sur son rendez-vous avec l'associée de sa femme. Son nouveau métier lui était apparu plus costaud que prévu. En fait, rien ne s'était passé comme il l'avait imaginé. À son grand étonnement, il avait trouvé la comptabilité de F comme frivole plutôt bien tenue. La SARL réalisait un chiffre d'affaires annuel certes modeste (47 980 euros TTC) mais les charges étaient minimes, les deux associées sous-traitant la fabrication et ne se rémunérant qu'à la commission. Depuis cinq ans, la société équilibrait son bilan, dégageant même des bénéfices symboliques. Il sentait que cette petite boîte avait un potentiel. Mais son enthousiasme était retombé quand Sophie avait tenté de lui expliquer les rudiments du métier :

« Naturellement, tu connais les formes de base, en bijouterie : ça c'est quoi, d'après toi ?

— Un collier.

— Non, c'est un sautoir. Et ça ?

— Ça c'est un collier.

— Mais encore ?

— Ben quoi, un collier, c'est tout, avec des tonnes de perlouzes et un machin doré pour fermer.

— Non, c'est ce qu'on appelle un collier de chien, ça se porte collé au cou. Bon, on va avoir du boulot pour te mettre à niveau. Et les pierres, tu connais les pierres, au moins ?

— Ah ça, oui, hélas, au moment de nos fiançailles, lorsque ta copine m'a persuadé que “seul le blanc va avec tout”, j'ai bien compris que ce qui plaît aux femmes ça s'appelle un diamant et c'est cher.

— Rassure-toi, ici, on ne fait pas les pierres précieuses. Aucun de nos bijoux ne dépasse le prix symbolique de cent cinquante euros. Comme tu t'en doutes, nous travaillons principalement les pierres dures : agate, cornaline, sardoine, cristal de roche, jade, jaspe, malachite, labrador, obsidienne, onyx, tu suis ? »

Non, Hugo ne suivait pas. Entendre des trucs comme « Tu vois, les topazes, c'est jaune. Sauf quand c'est rose » lui trouait le derche, y a pas d'autre mot. Mais il n'avait pas osé le dire. À la fin de l'après-midi, tout ce qu'il avait retenu des explications de Sophie, c'est la différence entre les pierres semi-précieuses et les pierres fines. Et pour cause. Il n'y en a pas.

Sur le chemin du retour, il avait appelé Momo. « Dis donc, c'est du vrai boulot, leur machin. T'as rien, dans ta doc de bonnes femmes, sur la bijouterie, histoire que je bachote pendant le week-end ? » Non, Momo n'avait rien en stock. Mais il engagea Hugo à user et abuser de la... frivolité, bien entendu :

« Pourquoi elles assurent, les gonzesses, en bijoux ? Parce qu'elles aiment ça. Elles trouvent ça beau, elles aiment se pavaner avec, elles en parlent entre elles. Ce qu'il te faut, pour bien mémoriser, c'est faire pareil. Il ne s'agit pas d'apprendre par cœur dans un livre, il s'agit de sentir les choses. N'hésite pas à tripoter les cailloux, à passer les bracelets pour voir l'effet que ça fait sur la peau, à poser des questions à ton associée, tranquillement, à l'heure du thé, en copines, elle sera ravie de papoter avec toi.

— Momo, Sophie, c'est pas trop le genre Lapsang et petits-fours. Je vais avoir l'air d'un con.

— À mon avis, tu as déjà l'air d'un con. Fais-moi confiance. Si tu n'es pas prêt quand tu vas rencontrer les clientes, ça va être une boucherie. Obéis-moi : dès qu'un truc commence à te coller le bourdon, adopte l'attitude frivolité, pense à autre chose. »

Et pour la première fois, à envisager un avenir professionnel sans tronçonneuses pneumatiques ni pelleteuses 13 chevaux, Hugo Marsiac sentit son cœur se serrer.

Un bruit de graviers violemment projetés contre les parpaings. L'Audi, Ariane à son volant, venait de prendre le virage du jardin à au moins cinquante à l'heure. Hugo ferma les yeux, exaspéré. Abribus lâcha une pétarade étonnée et trottina vers la porte d'entrée.

La jeune femme, joyeuse, jeta son manteau dans l'entrée et sauta au cou de son mari :

« Salut, la fille ! Ça sent bon dis donc, ton petit frichti. T'as passé une bonne journée, ma chérie ? Hé, les crapauds, venez embrasser votre papa qui revient de la ZAC dans sa grosse auto. »

À voir sa femme si gaie, Hugo, consterné, conclut qu'elle s'était très bien débrouillée de son baptême du feu. Il n'allait pas se ridiculiser en confiant son désarroi. Il prétendit donc que son emploi du temps, lui aussi, avait été un lit de roses.

Tandis que l'on dégustait un poulet cru aux saveurs de Destop, Hugo évoqua sa joie d'être enfin père « au sens noble du terme » et du charme de cet artisanat fascinant qu'il avait découvert dans l'après midi : « J'ai eu l'impression d'avoir poussé au milieu des opales et des lapis-lazuli, tu te rends compte ? » Ariane renchérit en parlant de la bonne ambiance qui régnait chez Jeloutou, de l'accueil chaleureux qu'on lui avait réservé, du paternalisme affectueux de Nicard et conclut, gourmande : « Le métier rentre plus vite que je ne l'aurais cru. »

Bien entendu, Hugo ignorait que l'entrain de sa femme n'était que le stigmate d'un douloureux travail de nonchalance, comme Ariane était loin d'attribuer la gaieté de son mari à de louables efforts de frivolité. Momo avait déjà fait du bon boulot.

Lise Honfleur ouvrit la porte. Face à elle se tenait un petit homme qui lui fit penser à un enfant déguisé en courgette. Bonnet vert, pardessus vert, pantalon vert, il dévoila une immense rangée de dents blanches :

« Bonsoir, je suis Maurice Cantuis. Madame Ariane mère, I prisioume ? »

La plaisanterie tomba à plat. Traiter une femme, même celle-là, de douairière n'est pas finaud. Et bien qu'elle eût préféré se confesser à l'église plutôt que de l'avouer, Lise Honfleur était bourrée d'a priori vis-à-vis du « coach » de sa fille.

« J'ai entendu parler de vous. Entrez, Hugo est là. Ariane ne devrait plus tarder. »

De l'étage descendaient les cris des enfants prenant leur bain et, en écho, la grosse voix de leur père qui leur intimait l'ordre d'arrêter de jouer avec le sèche-cheveux dans la baignoire.

Lise Honfleur leva un sourcil inquiet, cria à son gendre qu'elle pouvait monter si nécessaire, mais ce dernier déclina, hurlant qu'il avait la situation bien en main.

On s'assit donc dans le canapé en attendant le couple. Lise regardait Maurice. Maurice regardait Lise. L'huissier la trouva très belle, d'une beauté de lis à peine fané. Plus douce que sa fille, assurément. Plus ronde, plus pleine. Plus désirable, en un sens. Il tenta de faire son aimable, la félicitant de son dévouement à l'égard de sa famille.

« Je ne fais que dépanner. L'agence a promis de trouver une jeune fille au pair avant la fin du mois. »

Un silence s'installa. Maurice Cantuis sentit bien qu'il ne le supporterait pas longtemps. Son métier lui avait pourtant appris ce qu'il nommait la « GBS » (gestion des blancs lors des saisies) : lorsqu'un débiteur est à court d'arguments, laisser planer le silence est le meilleur moyen d'augmenter sa gêne, sa confusion, son désir de rachat, donc de le pousser à sortir son chéquier. Mais face à cette jolie dame qui ne lui devait rien, Momo se sentait un peu perdu. Il remit une louche de flagornerie, répétant qu'en sa personne, les Marsiac possédaient un ange descendu du ciel. Lise Honfleur l'arrêta d'un signe de la main :

« Moi, descendue du ciel ? Ça me ferait mal. Monsieur Cantuis, je vous remercie de vos compliments mais ils me semblent hors de propos. La seule qualité que je me reconnais sans modestie, c'est la franchise. Et je n'aime pas beaucoup la tournure qu'ont pris les événements depuis que vous êtes entré dans la vie de mes enfants. »

L'huissier fit un tout petit « beuh ».

« J'ai entendu parler de théories plus ou moins fumeuses sur la frivolité, la nonchalance, pourquoi pas l'aérobic ou la culture de la betterave ? Je vois que ma fille s'est embarquée dans une aventure à l'issue incertaine, entraînant son mari, mon gendre que j'aime tendrement. Personne ne semble s'inquiéter des effets de cet étrange échange sur mes petits-enfants. Alors je vous demande, monsieur Cantuis, ce que vous avez derrière la tête en vous associant à ces lubies. »

Tout en parlant, elle s'était mise en colère. Maurice ne pouvait supporter l'idée qu'une femme si belle, si élégante, soit son ennemie. Il se déclara très étonné, vraiment, de son animosité de principe envers un « officier ministériel nommé par le garde des Sceaux », tout de même. Elle semblait ignorer que lorsqu'il avait rencontré les Marsiac, le couple était en perdition ; c'étaient eux qui lui avaient demandé de l'aide. Cantuis se dit « désagréablement surpris de constater qu'une personne aussi éclairée ne s'associe pas avec enthousiasme à une espèce de bouleversement, à tout le moins une expérience ayant le potentiel de changer la donne des rapports hommes/femmes dans le monde occidental ». Dans la foulée, il lui demanda si elle accepterait de dîner en tête à tête avec lui.

Lise Honfleur haïssait deux choses dans la vie : les officiers ministériels nommés par le garde des Sceaux (c'est elle qui avait inventé le slogan « Mort aux vaches » en mai 1968) et les gens qui semblent ne jamais douter de rien. Mais il avait dit « une » espèce de bouleversement et non « un » espèce de bouleversement, et ça, c'était un bon point. Parce que Maurice Cantuis savait que les articles s'accordent en genre avec les substantifs auxquels ils se rapportent, Lise Honfleur dit que oui, elle était d'accord pour dîner avec lui.

Le training des Marsiac avançait bien. Après l'exposition de sa théorie de la nonchalance et de la frivolité, Momo était passé aux travaux pratiques.

La semaine suivante, Hugo avait été initié au b.a.-ba de toute femme moderne : faire deux choses en même temps. Après des exercices élémentaires (téléphoner tout en enduisant de chapelure une cuisse de dinde, garder sa concentration devant une émission du téléachat lorsqu'un bain coule), les choses s'étaient corsées. Vers la fin du mois, Momo passa à du plus costaud : s'habiller et se coiffer en même temps, puis sermonner un enfant et opérer un créneau automobile simultanément. Pour cette dernière opération, Momo avait interprété le petit garçon dissipé et la voiture était figurée par un tabouret sur roulettes à garer entre deux fauteuils. Ariane, écroulée, avait encouragé son mari : « Ne te retourne pas pour donner la tarte, lance ta main au hasard, mais souviens-toi que tu n'as plus de break, alors vas-y mollo, dans une petite auto, ça finit toujours par tomber sur un enfant. » Quand était arrivé son tour, elle avait moins ri. Après lui avoir appris à marcher avec les jambes comme deux parenthèses et à regarder les gens en plein dans les pupilles, Maurice jugea indispensable de lui faire travailler son aplomb naturel. La nonchalance, c'est bien, mais quand on est chef d'entreprise, gare à ne pas passer pour une évaporée vaguasse. Ariane avait donc dû faire semblant de présider une assemblée générale. Les coussins du canapé tenaient lieu d'administrateurs (« On n'est pas bien loin de la réalité », commenta Hugo). Elle avait beaucoup appris ce soir-là, à commencer par des trucs tout bêtes :

« Tu n'es plus une jolie maîtresse de maison vésigondine, tu es le boss, alors arrive la dernière aux réunions. Ne salue jamais d'un "Bonjour, messieurs" timide, mais plutôt d'un "Messieurs, bonjour", très fort, en laissant tomber tes dossiers, ploc, juste devant ta place. Et pense à éloigner ton buste de la table ; les gens qui se collent au bord ont toujours l'air aux abois. Souris, mais pas tout le temps, est-ce que tu crois que quand Bernard Arnaud préside le conseil d'administration de LVMH, il se fend la pêche comme un présentateur de *Vidéo-gag* ? Ne te laisse jamais piéger par des gens qui te demanderaient de trancher un point important dans la minute. Tu es la patronne, c'est toi qui décides des délais. Ne dis pas : « Je vais y réfléchir », mais « Je vous ferai connaître ma réponse en temps utile »…

Deux heures plus tard, Ariane monta se coucher, la tête comme un melon, tandis que Hugo sortait des serviettes éponge de la machine. Désormais, il savait faire la différence entre le « tiit » du micro-ondes et le « tuut » de fin de programme du sèche-linge.

Pierre pencha la tête sur le côté, sourire contrit du faux modeste désolé d'avoir écrasé un copain. 6-2, 6-1, du beau boulot, propre, net, comme il les aimait. Il donna un affectueux coup de raquette sur les fesses de Hugo :

« Eh bien, ma poule, ça a l'air de rentrer, le métier de gonzesse. T'as vraiment joué comme une vendeuse de boucles d'oreilles.

— Fous-moi la paix, Pierrot. C'est normal si j'ai pas touché une balle, mon horoscope est pourri cette semaine. »

Pierre Baignon marqua un temps d'arrêt horrifié avant de comprendre que son copain plaisantait. Ils rirent de bon cœur et parlèrent d'autre chose. Ce n'est qu'au moment de se quitter que Pierrot revint à la charge :

« Ça va, t'es content, ça se met en place, votre petite expérience ? Sophie refuse de me parler de ce qui se passe à l'atelier.

— Tu sais, c'est très récent. Mais je découvre des trucs que je ne soupçonnais pas.

— Comme quoi ?

— Ça reste entre nous ? Alors voilà. Moi, pour te dire la vérité, je rame encore pas mal. Je crois que tu n'avais pas tort, je dois être un peu dépressif. Hier, quand la petite a vomi son Big Mac sur mes genoux, j'ai eu envie de pleurer. Mais Ariane a l'air de très bien s'en tirer, chez Jeloutou. Je n'ai pas le droit d'échouer. »

Pierre grimaça et, pour une fois, sa tendinite naissante n'y était pour rien.

« Je le savais que c'était une idée à la con. Je le savais. »

« Manquerait plus que ce malheureux garçon pense m'impressionner avec cet horrible endroit tape-à-l'œil », se dit Lise en décochant à Maurice une rafale de sourires approbateurs. Cantuis l'avait invitée dans un de ces restaurants à la mode où l'on paie très cher pour se faire maltraiter. Au serveur qui la regardait comme une sorte de gastéropode s'apprêtant à baver sur la nappe damassée, elle avait commandé le « délice aux mille légumes tout frais cueillis ». Devant sa terrine de brocolis-carottes en gelée, elle avait conclu que la direction en voulait personnellement à ses clients. Momo, lui, rayonnait. Il déclara la décoration – violine, avec, au mur, comme de gros intestins peints en beige – « top classe ». Et la clientèle – essentiellement composée de concessionnaires Suzuki à épouses voyantes et d'ex-gloires de la télé parlant trop fort – « folklo ». Lise avait décidé d'être plus maligne que lors de leur dernière rencontre. Si elle voulait percer Momo à jour, il faudrait s'y prendre autrement. Elle avait donc fait la douce, l'épatée, la femme toujours d'accord avec ce que disent les hommes. À l'entrée, elle l'avait branché sur sa jeunesse. Oui, Maurice avait bien été ce prototype du petit Beur écartelé entre un sentiment d'appartenance à la culture natale de ses parents et l'envie de se fondre dans un pays dont il avait demandé, à sa majorité, la nationalité. Spontanément, l'homme avait enchaîné avec sa formation, classique mais ardue. « Maîtrise de droit, stage de deux ans dans une étude d'huissier puis examen professionnel plutôt coriace, rien de très rock'n'roll », précisa-t-il avec coquetterie. Son appartenance à l'UJHJF, « une véritable bouffée d'air frais dans une profession tant décriée ». Sa foi dans des valeurs d'humanité, de justice, de partage, ayant, pour beaucoup, motivé son désir d'aider les Marsiac. Tout cela sembla éminemment louche à Lise ; trop lisse pour être honnête, l'huissier de justice ? C'est après le plat principal – des grenadins de veau (crus) à la coriandre (fanée) – que les choses s'étaient gâtées. Croyant jouer finement, Lise avait évoqué l'ex-femme de Momo, s'enquérant des raisons pour lesquelles on pouvait bien avoir envie de divorcer d'un garçon visiblement « ouvert, honnête et travailleur ».

L'huissier lui avait alors souri :

« Et si on arrêtait de jouer, Lise ? Vous croyez que je ne vous vois pas venir, depuis tout à l'heure, avec vos questions ? Vous pensiez que j'allais vous avouer : "Ben oui, ma fatma, je la cognais bien un peu, mais elle l'avait cherché ?" Désolé, les raisons pour lesquelles ma femme et moi avons divorcé ne regardent que nous. Mais je peux vous affirmer qu'elles n'ont rien à voir avec le cliché éculé du musulman phallocrate. »

Lise s'absorba dans la contemplation du « chaud-froid de groseilles à maquereaux » pour masquer son visage congestionné de honte. Il voulait jouer cartes sur table ? Très bien.

« Maurice, qu'est-ce que je fais ici, avec vous, ce soir ?

— C'est tout simple. Depuis que je vous ai vue, j'ai envie de vous. »

En d'autres circonstances, la perspective de s'ébattre avec une courgette aurait certainement dû réveiller le sens de l'humour de Lise Honfleur, mais, ce soir-là, de surprise, elle ne put que se draper dignement dans sa carte Vermeil.

« Mais vous n'y pensez pas, je pourrais être votre mère !

— Vous n'êtes pas ma mère. Ma mère pèse quatre-vingts kilos. Je sais que je n'ai aucune chance avec vous pour le moment. Mais peut-être, avec le temps, vous apprendrez à m'aimer », ajouta-t-il dans un murmure théâtral.

Lise Honfleur rentra chez elle, seule, en se disant que Maurice Cantuis était peut-être un type dangereux, mais que c'était tout sauf un imbécile.

Maître Maurice Cantuis
Huissier de justice
Membre du directoire de l'UJHJF

Code dossier : « Expérience MARSIAC »
Procès-verbal de constat : Mois d'avril 2002
Attention, document à conserver en interne pour le moment.

Récapitulatif des opérations :
— Mise en place des nouveaux emplois du temps : effectuée. Comme prévu, les deux parties semblent rencontrer quelques difficultés à se fondre dans leur nouvel univers. Rien là que de bien normal. Correctement coachés, Hugo et Ariane Marsiac devraient s'intégrer sans peine.
— Coopération de la famille et des proches : là encore, pas de difficulté majeure. Un petit fond d'hostilité de la part de Mme Honfleur, dont j'espère bien venir à bout au plus vite. Les enfants et amis semblent avoir adhéré au projet à 100 %.

— Déroulement des travaux pratiques : en bonne voie. De gros progrès ont été réalisés par les deux parties.

Objectif pour juin : après la gestuelle, travailler le mental des deux volontaires. Une batterie de QCM devrait nous aider. À l'heure actuelle, Ariane Marsiac se situe toujours très haut dans l'échelle de la féminité : malgré mes mises en garde, elle continue à se toucher tout le temps les cheveux et à se regarder dans chaque miroir qui traîne. Hugo, lui, persiste à rire en secouant les épaules et à ne se souvenir ni de son poids, ni de son ascendant astral, ni du prénom de sa coiffeuse. Il nous reste bien du chemin à parcourir.

— Observations générales : il semble indispensable, pour la suite des opérations, de radicaliser plus avant les comportements des protagonistes. Plus que jamais, nos mots d'ordre seront nonchalance, frivolité.

# 5

## Mai

*« Petite pluie de mai rend tout le monde gai. »*

Sagesse populaire

« Le problème, monsieur Marsiac, c'est que ça va fissurer grave, c'est sûr et certain. » Entre deux prophéties également apocalyptiques, M. Gonçalvo poussait des soupirs de pomponnette contrite.

Annoncé par Dilabault pour le 14 mai, rue du Gai-Pinson, le retour du placoplâtrier avait pourtant donné lieu à des scènes d'allégresse. En apprenant la nouvelle, Hugo avait laissé tomber sa réorganisation des placards de la cuisine pour sabler le Champomy avec Hector et Louise. Et Dieu sait qu'il y tenait, à cette « rationalisation des rangements » : en deux jours, il avait pu établir son diagnostic. Cette cuisine, c'était n'importe quoi. Le salé mélangé au sucré, les spatules à trois cents mètres de la cuisinière, les assiettes ébréchées empilées avec les neuves, il s'était dit que si sa femme comptait manager Jeloutou comme elle tenait ses placards, ça allait être du joli. Puis il s'en était voulu de cette réflexion sexiste et n'avait plus pensé qu'à sa joie de revoir Gonçalvo.

Le jour dit et à l'heure dite, le placoplâtrier avait fait son entrée. Mais ça n'était plus le Gonçalvo d'antan, la mine rubiconde et le verbe haut. L'artisan semblait avoir rétréci ; il baissait la tête et ses joues amaigries reposaient sur un double menton vidé de sa substance. Très vite, Dilabault avait lâché le fin mot de l'histoire : « Souvent femme varie, bien fol qui s'y fie », l'épouse du placoplâtrier s'était tirée. Avec un Espagnol, en plus. Par un effet de vases communicants subtil, c'est en comprenant qu'elle ne reviendrait plus que Gonçalvo, lui, avait regagné les pénates des Marsiac. « Contre la douleur, il n'y a que le travail. » En constatant que l'homme de l'art semblait encore plus dépressif que lui, Hugo eut un élan de sympathie spontanée.

Hélas, la détresse de Gonçalvo avait gangrené jusqu'à son légendaire enthousiasme professionnel. C'est d'une main molle qu'il empocha le chèque d'avance de trois mille euros (hors taxes) que lui tendait Hugo. En faisant le tour du chantier, il jugea le travail de l'apprenti qui l'avait remplacé « ni fait ni à faire ». Il faudrait tout recommencer, sans ça, les plafonds, les murs, les portes, tout allait « fissurer grave ». Mais, se sentant responsable de ce désastre, il entendait bien se rattraper à moindres frais, dût-il « travailler jour et nuit... De toute façon, plus personne ne m'attend à la maison, alors... », avait-il conclu, ses bons gros yeux humides. Même Abribus, ce cœur de pierre, avait senti le pathétique de la situation et lancé un jappement triste.

Hugo dut donc prendre son téléphone pour annoncer à Ariane une bonne et une mauvaise nouvelle. Gonçalvo s'était remis au boulot. Mais il ne comptait même plus s'arrêter le week-end.

Nicard s'avança, la bouche gourmande :

« Ariane, je crois qu'il faut que nous parlions d'urgence, pour le licenciement de Flanvart, je ne sais pas si vous le remettez, c'est le commercial que nous soupçonnons d'espionner pour Toutalouer. Il nous menace des prud'hommes, qu'est-ce qu'on fait, on lâche à vingt mille euros d'indemnités ?

— Je remets très bien Flanvart, Adolphe. Inutile de me rappeler sans arrêt qui est qui et ce que je dois faire. Je m'en voudrais de vous faire perdre votre précieux temps. Je n'ai pas encore pris… Euh, je vous ferai connaître ma décision en temps et en heure. »

Adolphe se retira avec le faciès du type qui vient de se prendre une tombée de guano sur le crâne.

Entre les deux, les choses s'étaient tendues. Tout ce que disait Ariane, tout ce qu'elle faisait, tout ce qu'elle était en somme semblait lui provoquer des haut-le-cœur. Si encore il avait été franc du collier, clairement en colère, mais non, son hostilité restait glaciale, polie, minérale. Le matin, il la détaillait de pied en cap, sourcils dressés, réprobation muette, tête de vieille dame pincée face aux piercings de son petit-fils. Après, tout au long de la journée, Nicard faisait son possible pour ne plus la regarder. Dans les réunions, il contemplait fixement ses dossiers et, quand il s'adressait à elle, il visait son front, afin d'éviter le fameux *eye contact* cher aux managers modernes. Hélas, non seulement Adolphe Nicard n'était pas moderne, mais il en tirait une satisfaction méchante. Un moment tentée de se venger en braquant perpétuellement son regard sur l'entrejambe de son bras droit, Ariane avait vite compris que, dans un univers professionnel composé à 99,99 % d'hommes, ce trait d'humour risquait d'être surinterprété. Donc, elle ne faisait rien et comme ça n'était pas son genre, son humeur s'en ressentait.

Depuis sa prise de fonctions, elle avait pourtant beaucoup changé. Comprenant que son profil bas des premiers jours ne faisait qu'aggraver la hargne de Nicard, la jeune femme avait mis en application les leçons de Momo. Désormais, elle était lapidaire, sèche, cassante. Patronale, se disait-elle. Et elle détestait ça.

Elle repensa à Flanvart. Après des semaines de rumeurs sur son compte, Adolphe avait décidé de diligenter ce qu'il appelait « une petite enquête », comprendre un flicage en bonne et due forme, par un professionnel. Tout ce que le détective privé avait rapporté, c'était quelques clichés de Nicolas Flanvart entrant dans l'entrepôt Toutalouer de Livry-Gargan un vendredi de RTT vers 16 heures. L'homme s'était défendu en disant qu'il y rendait visite à son beau-frère, commercial, comme lui, dans l'entreprise concurrente. Ce qui, vérifications faites, s'était révélé exact. Mais, pour Nicard, c'était un aveu de culpabilité flagrante : « Deux membres de la même famille travaillant pour des ennemis de toujours, ça devait bien finir par une entente scélérate. » En conséquence, il avait décidé de se débarrasser de l'employé pour « faute lourde ». Devant une flagrante absence de preuves, l'homme avait, très logiquement, montré les dents. Depuis, chez Jeloutou l'ambiance était au « Mossad ». « Dans un secteur aussi concurrentiel que celui de la location de gros matériel, on ne rigole pas avec les recettes maison », avait tristement commenté le commissaire aux comptes. Sommée de trancher, Ariane avait d'abord fait valoir qu'en droit le doute profite à l'accusé. Mettre au chômage un jeune père de famille sur une simple suspicion, voilà bien un procédé nazi. Adolphe s'était cabré sous le mot et avait sifflé à mi-voix :

« Nazi, rien que ça. Prenez garde, vos belles préoccupations sociales nous conduiront peut-être à nourrir un serpent dans le giron de l'entreprise. Et dites-vous bien que le mal est déjà fait ; chez Jeloutou, personne ne voudra plus travailler avec ce traître. »

Ariane avait demandé une semaine de réflexion. Et ce matin, sept jours plus tard très exactement, Nicard était donc revenu à la charge.

Elle prit son téléphone et demanda à parler à Nicolas Flanvart d'urgence.

« Non, madame Bartoli, essayez plutôt une autre bague. Moi, ce jaune, je trouve que ça ne vous va pas du tout. »

La cliente reposa la topaze sur le présentoir, interloquée. Quel curieux type. En ouvrant sa porte, tout à l'heure, elle aurait dû se méfier. Maud Bartoli s'attendait à recevoir Ariane Marsiac, comme à chaque fois, et tout à coup, se retrouver, en tenue d'intérieur légère, face à un tel gaillard ! Sur le coup, ce sentiment de vulnérabilité l'avait proprement glacée... Et depuis dix minutes, il n'avait pas desserré les mâchoires, sauf pour faire des grimaces désapprobatrices devant tout ce qu'elle essayait. Elle lui demanda, un peu sèche :

« Et que verriez-vous qui m'aille, dans tout ça ?

— Ça, ce bracelet. Vos poignets sont bien, vous devriez les montrer. Et si vous changiez de style ? C'est joli, toutes ces plumes, non ? »

Maud Bartoli le regarda, les yeux ronds. Le bracelet en question était comme un petit nuage de cristal de roche entouré de plumettes vaporeuses, roses et parme. Le bijou idéal pour Sissi adolescente, à la veille d'attaquer François-Joseph par la face Nord. Or, Mme Bartoli avait une bonne soixantaine d'années et un mari qui la surnommait, sans plus d'affection que ça, « Goering ». Chez F comme Frivole, en général, elle choisissait des bijoux noirs, ou gris, ou carrés, ou plats. Pas des jarretières de mariée montées sur organza.

Elle raccompagna Hugo Marsiac vers la sortie. Sur le pas de la porte, ses derniers mots furent : « Ne le prenez pas mal, mais la prochaine fois, je préférerais que ce soit la petite jeune femme d'avant qui me rende visite. »

Hugo se gratta la tête. Depuis une semaine que Sophie l'avait lâché dans la nature, il tâtonnait. Quel discours tenir, quelle attitude adopter, quelle plus-value apporter lorsque l'on est *un* vendeur, débutant de surcroît, face à des régiments de bonnes femmes ayant biberonné du bijou fantaisie depuis leur premier déguisement de Barbie ? Au départ, Sophie lui avait dit : « Utilise ton charme, sois sexy ! Dans la mesure où tu n'y connais presque rien, ta seule chance de leur vendre quelque chose, c'est de leur donner envie de coucher avec toi. » La naïveté de cette réflexion l'avait estomaqué. Quelle façon rétrograde de voir le business ! Lui, le chef d'entreprise, savait mieux que quiconque que l'époque n'était plus aux minauderies et au baratinage de bas étage. Un client n'achetait que s'il avait de sérieuses garanties ; les trois mots qui avaient fait la réussite de Jeloutou étaient : qualité, conseils, prix. Halte à l'infantilisation, les gens ne se laissaient plus mener par le bout du nez ! C'est donc exprès qu'il avait décidé de prendre les clientes de F comme Frivole à rebrousse-poil ; au lieu de tenter de les convaincre coûte que coûte, il entendait jouer la transparence et la sincérité. Si une femme essayait un bijou lui allant comme des bigoudis à une mouche, il le lui dirait. Sur le coup, elle ne serait peut-être pas très contente, mais plus tard, après avoir choisi une autre pièce de la collection, elle le remercierait et garderait en mémoire qu'un bijou F comme Frivole est un bijou qui vous va vraiment. Hélas, sur le terrain, la théorie de Hugo montra vite ses limites : décontenancées par son faciès morose, les clientes n'achetaient rien du tout.

Après avoir téléphoné à la maison pour s'assurer que, comme chaque mercredi midi, les enfants étaient bien rentrés du centre aéré, il jeta un œil aux listings de l'année précédente. A pareille date, Ariane avait déjà réalisé trois mille cinq cents euros de chiffre d'affaires. Lui n'en était qu'à trois cent soixante-dix, et encore, sur un malentendu : une vieille cliente vésigondine, visiblement portée sur la boisson, lui avait raflé tout un présentoir en pensant probablement que les prix étaient en francs.

Hugo gara l'Agila entre deux berlines truffées de rehausseurs pour fesses de nains. À La Celle-Saint-Cloud, la rue Édouard-Balladur méritait bien son surnom de « Mercedes Alley ». De chaque côté s'élevaient des genres de minichâteaux assez laids, mais dont le plus modeste devait facilement chercher dans le million d'euros. Il se dirigea vers le portail de la maison Mansart où il était attendu en se disant que, ce coup-ci, il allait tenter la technique de Sophie. Après avoir renoncé à sa réussite professionnelle et à sa belle maîtrise des choses, il se dit que perdre son intégrité morale était un moindre mal.

« Vous voulez une cigarette ? » Ariane, décontenancée, accepta l'offre. Elle fumait à peu près un paquet par décennie, mais pensa qu'à elle aussi un peu de nicotine donnerait de l'ardeur. Nicolas Flanvart était pâle comme une gomme d'écolier. La jeune femme savait que c'était à elle d'entrer dans le vif du sujet. Rassembler son courage ne lui prit guère de temps ; à cet instant, elle n'en avait aucun. Elle inspira une bouffée de condamnée à mort et se lança.

« Vous connaissez les soupçons graves qui pèsent sur vous. Je voudrais connaître votre version des faits.

— Ma version des faits ? Mais c'est la seule qui soit vraie ! Le mari de ma sœur travaille chez Toutalouer, je l'aime bien, je vais parfois le voir. C'est tout.

— Moi aussi, j'aime bien mon beau-frère. Mais quand j'ai envie de le voir, je ne lui rends pas visite à son bureau, je l'invite à dîner chez moi.

— Si votre beau-frère faisait le même métier que vous, j'imagine que ça vous amuserait de connaître son lieu de travail. Christian vient de débuter chez Toutalouer et j'ai pensé que je pourrais lui donner des conseils.

— Des conseils sous forme de documents internes de son principal concurrent, vous avez une sacrée conception de la famille...

— Mais je n'ai jamais donné de documents internes ! Sur les grotesques photos de Nicard, on me voit juste entrer avec le catalogue de Jeloutou. N'importe qui peut se le procurer en magasin ou sur Internet. » L'homme ajouta, la voix tremblante : « Je ne suis pas une taupe, madame Marsiac ; au contraire, tout ce que j'ai fait, c'était aussi pour Jeloutou.

— C'est ça, et dans cinq minutes, vous allez me faire croire qu'en fait vous espionniez Toutalouer pour notre compte ?

— Bien sûr que non. Espionner, traîtrise, qu'est-ce que c'est que ces mots ? Je travaille dans la location de gros matériel, moi, pas pour le Pentagone ! La vérité, madame Marsiac, je vais vous la dire parce que je n'ai rien à perdre, vu que vous allez me débarquer de toute façon. »

Il alluma une autre cigarette. Ses mains étrangement longues tremblaient un peu. Ariane remarqua que Nicolas Flanvart était beau, sans plus d'émotion que ça, comme on note une information en passant.

« Je pense que Jeloutou est une entreprise vieillissante, repliée sur elle-même. Se renseigner sur la concurrence, parler avec les confrères, s'ouvrir à d'autres conceptions du métier que celles que l'on pratique depuis dix ans, bref tout ce qu'on me reproche devrait au contraire être un des leitmotivs de la direction générale. Par mon beau-frère, j'ai appris incidemment que Toutalouer allait lancer en septembre une carte de fidélité "révolutionnaire" ; je n'ai pas pu en savoir plus, mais c'est déjà une info qui devrait nous alerter. Quand je l'ai dit à Adolphe Nicard, il s'est contenté de me traiter de vipère. De toute façon, en grand paranoïaque, il vit dans sa tour d'ivoire, persuadé que rien ne pourra jamais nous arriver parce que nous sommes le leader historique dans la région. »

Ariane buvait du petit-lait, ravie, pour une fois, d'entendre quelqu'un taper sur l'icône maison. Elle se récria :

« Je vous arrête. Adolphe Nicard est un collaborateur précieux, irremplaçable même. Il est la mémoire de l'entreprise, le garant de son bon fonctionnement. Cela dit, je ne suis pas insensible à vos arguments. Depuis mon arrivée, il y a un mois, j'ai pu constater, moi aussi, une certaine... comment dirais-je, inertie dans l'équipe. Monsieur Flanvart, je ne suis pas sûre de vouloir vous licencier. »

Le commercial la regarda sans comprendre.

« Ah bon ?

— Vous avez des enfants, je crois ? »

Il leva un sourcil.

« Euh, deux. Le dernier est encore en maternelle.

— Bien. Êtes-vous prêt à me jurer sur leur tête que vous n'avez rien fait qui puisse nuire à Jeloutou ?

— Je vous le jure.

— Je vous crois. Flanvart, vous garderez donc votre poste. Et je vais même faire mieux. » Ariane lui décocha un exemplaire de ce « sourire empreint de bonté patronale force 3 » qu'elle avait mis au point devant sa glace quelques jours plus tôt. « Je vous charge de devenir notre fenêtre sur l'extérieur. Mettez donc à profit votre "soif d'ouverture" (elle eut un petit rire sec, comme le boss plein de morgue d'*Ally MacBeal*) et rédigez-moi, pour dans un mois, un rapport sur la concurrence de Jeloutou. Dans la région mais aussi ailleurs, dans toute la France. Leurs idées, leurs modes de management, leurs résultats. Je veux un audit complet. On vous prend pour un espion, chez Jeloutou ? Eh bien, vous allez le devenir. Mais en toute légalité. Et pour le compte de l'entreprise à laquelle, j'en suis sûre, vous êtes toujours resté fidèle. »

L'homme entré dans le bureau pour se faire virer ressortit donc avec une promotion. Restait « simplement » à prévenir Nicard. Ariane n'était pas du genre à remettre à plus tard les catastrophes qui pourraient lui tomber dessus tout de suite. Elle fila donc dans le bureau de son bras droit pour le convier à déjeuner.

Il argua qu'il était déjà 11 h 45, que son épouse avait sûrement prépa... La jeune femme ne lâcha pas le morceau, l'interrompant d'un tonitruant « Soyons fous, soyons fous, le Flunch nous attend ». C'était une blague, bien évidemment, mais Nicard ne la comprit pas et rétorqua, le nez pincé : « Du temps de votre mari, nous déjeunions plutôt à la Dinde dodue, pour la direction générale, c'est une question de standing. »

Curieusement, Ariane se sentait plus exaltée qu'inquiète. Cela lui rappelait la première fois qu'elle était partie accoucher. Un mélange d'appréhension joyeuse, de résignation et de sérénité. Il *fallait* y aller. Antoinette Nicard n'aurait qu'à remettre ses côtelettes au congélateur.

« Vous êtes une apparition, madame Delsol. » Hugo secouait la tête, comme s'il n'en croyait pas ses yeux.

« Et ce que vous ne savez pas, c'est qu'en plus, je m'appelle Marie ! » La jeune femme émit un gloussement sans joie. Pendant un long moment, elle ne se quitta plus des yeux dans la glace. Enfin, elle se tourna vers Hugo : « Vous êtes sûr que ça ne fait pas trop ? » Elle avait prononcé « trhau » en faisant bouger ses paupières de haut en bas à toute vitesse.

Le vendeur songea que si, ça faisait « trhau ». Mais ici, tout faisait « trhau » : la maîtresse de maison maquillée comme une meneuse de revue, le salon de la maîtresse de maison, qu'on aurait dit sorti de chez ces décorateurs tape-à-l'œil du faubourg Saint-Martin, le déshabillé mauve de la maîtresse de maison, le yorkshire prognathe de la maîtresse de maison, l'employée de la maîtresse de maison, affublée d'une blouse rose d'esthéticienne. Certes, dans sa suggestion de présentation, le vendeur avait un peu « chargé la mule » : au bracelet refusé par la cliente précédente, il avait ajouté le collier, les boucles d'oreilles et les deux bagues assorties. Se débarrasser de ces accessoires de poupée de foire était devenu le challenge de la journée.

Ainsi décorée, la malheureuse Mme Delsol ressemblait à une houppette à poudre géante. C'est en tout cas la seule image qui vint à l'esprit de Hugo : quand il était petit, sa mère possédait un de ces pompons dans lequel il aimait enfouir son museau en cachette. Des petits morceaux restaient parfois coincés dans son nez, ça le chatouillait, il adorait ça. Ça sentait Chanel n° 5, le fond de teint et la poussière, un peu.

Il reposa prudemment son miroir estampillé FF sur la vitre de la table basse, une odalisque nue en laiton. Il secoua la tête, grave :

« Madame Delsol, pardon d'être direct, mais je crois qu'une femme comme vous peut tout se permettre. Si *vous* ne portez pas ces bijoux, qui le fera ? Je vais vous faire une confidence. Il y a un quart d'heure, j'étais chez une autre cliente. Elle a essayé, elle aussi, la ligne Poupoupidou. Bien évidemment, elle en était folle. Mais j'ai estimé de mon devoir professionnel de l'en empêcher. Elle avait l'air, comment vous dire, d'une houppette à poudre géante. »

Regloussements de la cliente.

« Mais ça a dû être terriblement embarrassant pour vous, mon pauvre monsieur… ?

— Marsiac, Hugo Marsiac. Je suis le… frère de la personne qui venait vous voir auparavant. »

Le reste de la conversation fut à l'avenant. Marie Delsol regardait Hugo avec un appétit croissant. Ce dernier, bien décidé à rester dans son rôle, lui prodiguait mille compliments sur son cou, ses oreilles, ses mains, ses attaches fines, son teint de lait, blablabla. Consterné, il s'aperçut que flagorner était beaucoup plus facile qu'il n'aurait cru. Ce jour-là, il mit au point la technique qu'il qualifierait plus tard de « pipeautage automatique » : bonimenter, bonimenter, exactement comme lorsqu'on a vingt ans et qu'on drague dans les boîtes de nuit. Mais dans un but bien moins avouable : le chiffre d'affaires.

Vingt minutes plus tard, il ressortit de la rue Édouard-Balladur avec un chèque de cinq cents euros. À la panoplie Poupoupidou, la cliente avait ajouté une jolie bague de petit doigt en turquoise. Il se sentit sale.

D'un coup d'épaule fébrile, Ariane projeta Adolphe Nicard dans sa voiture. Elle avait d'abord voulu pousser jusqu'à Paris et l'inviter chez Mange, un nouveau restau de la Rive gauche au concept audacieux : là-bas, tout se mangeait, des couverts aux assiettes en passant par l'addition. Mais la réflexion d'Adolphe l'avait refroidie et, prudemment, elle choisit la sécurité. Direction la Dinde dodue, auberge de charme idéalement située sur la RN12. Lorsqu'il ne recevait pas de séminaires d'entreprise, cet élégant établissement ouvrait les portes de sa chaumière de style anglo-normand à des touristes de passage dans le grand Ouest ou à des couples de CSP + adultères. Plusieurs fois déjà, Hugo y avait invité sa femme : c'était l'endroit idéal pour se livrer au « Qui parle perd ! », un petit jeu qu'ils avaient mis au point peu après leur rencontre. Estomaqués tous deux de la propension de certains couples à passer un repas entier sans rien se dire, dès qu'ils entraient dans un restaurant, les Marsiac repéraient une table de « clients » potentiels et s'installaient tout près. Chacun choisissait alors son pion : le plus souvent, Ariane décidait de jouer avec la femme et Hugo avec l'homme. De leur table, ils les observaient, l'air de rien. Le premier des deux pions qui adressait la parole à son vis-à-vis faisait perdre son joueur, obligé d'offrir le champagne au gagnant. Qu'est-ce qu'ils avaient pu picoler et se bidonner grâce au « Qui parle perd ! », s'attendrit Ariane. Elle songea, avec un frisson, que son déjeuner avec Nicard risquait bien de la faire basculer dans le camp des pions.

Dans la voiture, elle s'appliqua à rouler vite. À ses côtés, Adolphe était recroquevillé contre la portière, une main fermement agrippée à la poignée du plafond. Un spécialiste du langage corporel passant par hasard à la hauteur de l'Audi y aurait vu un bien beau spécimen d'hostilité larvée.

La jeune femme se gara à côté d'un car Rev'Mont-Saint-Michel. À l'intérieur du restaurant, comme prévu, une trentaine de retraités, bobs Costa Croisières vissés sur le crâne, attaquaient leurs œufs mimosa.

On les installa un peu à l'écart du groupe, face à une cheminée d'où montaient des fumerolles d'entrecôte grillée. Ariane laissa Adolphe choisir le vin. Il inspecta la carte, ses lunettes demi-lune au bout du nez, en disant : « J'imagine que vous ne buvez pas à midi, je m'en vais regarder du côté des demi-bouteilles. » La jeune femme le détrompa. Oh que si, elle était capable de boire « comme un homme », surtout aujourd'hui. Elle mit un point d'honneur à refuser l'Évian que son bras droit lui proposait et commanda, comme lui, une côte de bœuf. Bleue. Avec des frites. Et de la béarnaise. Pendant le repas, ils évoquèrent les affaires en cours chez Jeloutou, en évitant soigneusement d'aborder le cas Flanvart. On passa un long moment sur les nouvelles directives européennes concernant l'homologation des flèches télescopiques automotrices tout-terrain de douze à vingt mètres. On aborda aussi la question des bétonnières trois cent cinquante litres, qui se louaient mal, Dieu sait pourquoi. Le moment était-il venu de les supprimer du catalogue ? Ariane, une fois ou deux, tenta de faire glisser la conversation sur un terrain plus personnel. Quel avait été le parcours de Nicard, avant de rencontrer Hugo ? s'enquit-elle timidement. Un seul regard suffit à lui faire ravaler sa question. Avec le dessert, profiteroles pour lui, profiteroles pour elle donc, elle se lança.

« Adolphe, j'ai reçu Flanvart après vous avoir parlé ce matin. »

À cet instant, la bande de Rev'Mont-Saint-Michel estima qu'il était grand temps de mettre un peu d'ambiance. Une, deux, dix, bientôt vingt voix aigrelettes entonnèrent à tue-tête : « J'ai ap-por-té des ro-ses, pour ma jo-lie ma-man... »

Ariane, imperturbable, décida de continuer :

« Après avoir écouté sa version des faits, j'ai eu une idée.

— Pardon ? Je n'entends rien. »

Les vieux chanteurs à la gueule de bois reprirent le refrain en canon. Ne manquait que Jacques Martin pour battre la mesure et l'on se serait cru aux heures les plus sombres des après-midi dominicaux d'Antenne 2 dans les années 1970.

« Adolphe, je crois que Flanvart est innocent. Je lui ai donné une nouvelle chance.

— Voyez-vous ça ? »

La chanson racontait l'histoire, plutôt primesautière, d'un enfant qui visite sa mère mourante à l'hôpital. Le rictus de Nicard, lui aussi, évoquait quelqu'un en fin de vie.

« Il est fouineur ? Eh bien, profitons-en pour le faire travailler dans le bon sens. Je lui ai confié un audit sur la concurrence. »

La jolie maman de l'enfant aux roses blanches était désormais décédée, comme on dit à l'Assistance publique. Le groupe, assommé par ses vapeurs de calva, s'apprêtait à regagner son car. Dans le silence revenu, Adolphe Nicard rugit :

« Là, je crois que vous dépassez les bornes. »

Deux heures. Leur engueulade dura deux heures. Les retraités devaient déjà apercevoir la silhouette du Mont-Saint-Michel lorsqu'ils demandèrent l'addition. Tout y passa. Le camouflet qu'Ariane venait d'infliger à son bras droit, sa méconnaissance totale du monde de l'entreprise, sa légèreté – « Offrir du galon à un traître ! On marche sur la tête ! » – et, plus grave, l'incroyable mépris dont Nicard s'était senti l'objet lorsque Hugo lui avait signifié son départ sans aucune explication. Il ne pouvait plus continuer à travailler chez Jeloutou dans ces conditions. Il voulait partir.

La jeune femme le laissa parler jusqu'au bout, puis tenta de rectifier, l'un après l'autre, chacun de ses arguments à charge avant de conclure : « Voilà mon avis. Mais je comprends parfaitement votre désir de partir. Il y a des gens, plus ils se voient, plus ils s'aiment, nous, c'est le contraire. C'est comme ça, on n'y peut rien. Vous voulez quitter Jeloutou ? D'accord. Mais je ne veux pas de votre démission. Je vous demande une chose, une seule : laissez-moi ma chance, faites-moi confiance jusqu'au mois d'août. Si, en septembre, vous voulez toujours partir, vous le ferez avec les grosses indemnités auxquelles vous avez droit, je m'y engage. »

Elle n'avait pas pleuré, elle n'avait pas parlé comme un patron arrogant, ni comme une petite fille affolée d'avoir cassé un vase. Elle avait parlé comme un homme normal.

Adolphe Nicard topa là.

C'est toujours triste, un week-end de mai sous la pluie. Surtout quand dans toute la maison s'élève la voix déchirante d'Amalia Rodrigues. Gonçalvo passait désormais douze heures par jour chez les Marsiac. Son ghettoblaster croûté de plâtre ne jouait que la compil *Fados de la desolaçao*. L'artisan ne parlait presque pas, mais toute la journée, il sifflotait lugubrement, Abribus à ses pieds. Le chien, curieusement, s'était pris d'affection pour lui. Depuis le début de l'échange entre Hugo et Ariane, l'animal paraissait déstabilisé : parfois, il grognait en voyant sa maîtresse rentrer et, plus étonnant encore, il semblait s'être complètement désintéressé de son maître, ne lui manifestant même plus de hargne. Devenu transparent, Hugo se prenait à regretter le temps où le canicho-teckel, au moins, semblait savoir qui était l'homme à abattre à la maison.

Impossible de se réfugier à l'extérieur, le jardin n'était plus qu'un champ de boue et d'échantillons de pavés de béton mêlés. Les Marsiac s'étaient retirés dans leur chambre, le moral plutôt bas. La veille, ils avaient appris que l'agence Au pair-Au poil n'avait strictement aucune candidate à leur proposer pour le moment. Ariane était mortifiée de demander à sa mère de la dépanner pour le troisième mois consécutif. Hugo aussi, mais pour d'autres raisons. Depuis qu'il voyait Lise tous les jours et qu'elle s'était mis en tête de le traiter comme son fils, sa gentillesse, sa serviabilité, son perpétuel entrain, son humeur égale avaient eu le temps de lui taper sur le système.

En ce dimanche après-midi, assis sur leur lit, Hugo et Ariane ne parlaient pas. Ça, non. Depuis le 1er avril, ils ne parlaient plus. Oh, ils échangeaient bien des informations sur la maison, les travaux, les enfants, mais désormais, chacun de leurs échanges était teinté de suspicion : et si j'en disais trop sur le boulot, et si l'autre essayait de me tirer les vers du nez, et si, et si ?

Appuyés l'un contre l'autre, leurs enfants nichés contre leurs épaules, ils regardaient *Vidéo-gag*. Les petits riaient à gorge déployée devant ces bébés qui tombent sur du carrelage, ces mariés obèses effondrés sur le linoléum d'une salle des fêtes, ces Japonaises à vélo doublées avec l'accent du Midi. Ça, plus Amalia Rodrigues, plus les sanglots du tandem Gonçalvo-Abribus, plus la disette de jeune fille au pair, plus la pluie qui giflait les carreaux, c'était tout simplement à se pendre. Ariane écrasa une petite larme sur sa joue. Elle regarda Hugo qui, le visage caché dans les cheveux de Louise, chantonnait le thème de *Titanic*.

C'est cet instant que choisit Momo pour s'annoncer. Un procès-verbal de constat plus long que prévu lui avait fait rater la dernière séance de coaching, mais comme il passait dans le quartier, il s'était permis de sonner, à tout hasard. Il leur avait apporté de nouveaux exercices tordants. Hugo devrait finir tous les albums de photos en retard, en mettant des ronds sur les *i* de ses légendes et des tonnes de points d'exclamation. Pendant ce temps-là, Ariane s'entraînerait à allumer un barbecue avec un vieux fond d'alcool à brûler et du charbon de bois oublié sous la pluie.

Rien qu'en voyant la tête des Marsiac, il comprit. Hugo avait le visage cartonné comme une plaque de BA 13. Les cernes d'Ariane lui attaquaient les pommettes. Tous deux demandèrent à lui parler en tête à tête. L'huissier se frotta les mains. Le métier rentrait bien.

Maître Maurice Cantuis
Huissier de justice
Membre du directoire de l'UJHJF

Code dossier : : « Expérience MARSIAC »

Procès-verbal de constat : Mois de mai 2002

Attention, document à conserver en interne pour le moment.

Récapitulatif des opérations :

— Progrès dans l'évolution des nouvelles raisons sociales des Marsiac : très nets, bien que les intéressés semblent en douter. Eu l'occasion de parler en privé à chacune des parties. Les problèmes rencontrés semblent de même nature. En effet :

1) Ariane Marsiac est confrontée à l'hostilité ouverte de son directeur général. Il lui a offert sa démission, ce qu'elle a vécu comme un échec, voire, je cite, « une complète catastrophe, si Hugo apprend ça il va me couper en morceaux ». À mon sens, elle a tort de s'en faire. Certes, pour l'instant, il n'est

pas souhaitable que son époux ait connaissance de ce point précis. Mais sur le fond, tel que l'événement m'a été décrit, la réaction de ma cliente – qui n'a pas refusé ce départ, se contentant de l'ajourner – a été celle d'un homme, ce qui constitue un net progrès.

2) Hugo Marsiac semble grandement déstabilisé par les techniques commerciales en vigueur dans la vente à domicile de bijoux fantaisie. Il m'a dit, je cite : « Je me dégoûte, j'ai l'impression d'être devenu une vieille pute. »

— Observations générales : Les choses suivent leur cours naturel et prévisible. Le mois de juin devrait marquer un point de pivot dans l'évolution des rôles. Là où ils en sont, mes clients ont besoin de frapper un grand coup.

# 6

## Juin

*« En juin, soleil qui donne*
*n'a jamais ruiné personne. »*
Sagesse populaire

« Turup, turup, turupruprup. » Le portable de Hugo entonna gaiement les premiers accords de *Ma sorcière bien-aimée*. Une idée de Louise, lassée d'entendre le *Requiem* de Fauré s'élever de la poitrine de son père dix fois par jour. Aidée de son grand frère, elle avait appelé un de ces innombrables numéros à 1 euro la seconde et, en moins d'une demi-heure, pouf, le tour avait été joué. Hugo s'était laissé faire de bon cœur. Sauf que le premier morceau sélectionné par Louise était un tube de la chanteuse Lorie. Un homme de quarante-deux ans dont le portable chantonne « Je suis prête pour l'amour », voilà qui n'aurait pas arrangé ses rapports avec Mme Brillon, la directrice de l'école. Alors il avait rappelé « Dring folies » et pour moins de soixante-dix euros, il avait réussi à télécharger le générique de la sorcière bien-aimée.

Il laissa tomber sa raquette et courut répondre, sous les glapissements de Pierre. Par chance, le cancer de la gorge du journaliste n'avait pas encore atteint ses cordes vocales.

« Mais t'es dingue ? Il était pour moi, ce point !

— Laisse, j'attends un coup de fil important d'une cliente, Pierrot.

— Mais tu vas pas te la jouer débordé ? Qu'est-ce qu'il y a, ta manucure t'a mis en retard ?

— Ta gueule !.... Madame Montey ? Oui, c'est Hugo Marsiac ! Quelle joie de vous entendre si vite ! Alors, qu'est-ce qu'il dit de notre parure Brin d'azur, ce petit mari ? Il adore ? A la bonne heure ! Non, ne vous inquiétez pas, vous me posterez le chèque quand vous aurez une minute, je sais ce que c'est, avec les enfants, la maison, pas une minute à soi... Comment ? Il a dit que ça n'était pas assez cher ? Voilà un homme amoureux ! Ça n'est que justice, madame Montey ! Mais vous savez, pour le prix, ça peut s'arranger, il n'a qu'à ajouter un zéro au chèque, ha ha ha. »

Après avoir félicité Mme Montey sur son goût exquis et son mari gentil, Hugo raccrocha.

Pierre s'était assis par terre et le regardait avec l'expression mi-fascinée, mi-dégoûtée d'un garçonnet devant la page centrale de *Playboy*.

« Elle est comment, cette bonne femme ?

— Âge indéterminable, soixante-quinze kilos, le profil de Raymond Barre. Mais elle est gentille et très rigolote.

— Mais tu t'es entendu, Hugo ? "Alors, qu'est-ce qu'il dit de notre parure Brin d'azur, ce petit mari ?" Gnagnagnan. Tu lui as parlé comme... comme une fiotte.

— Tu n'as rien compris. Il faut être sympa si tu veux leur vendre quelque chose. Et tu n'es pas bien placé pour parler de fiotte, vu que tu passes tes journées à pister des rugbymen sous leur douche pour avoir des infos à coller dans tes papiers. Je t'explique : aujourd'hui, j'ai eu une petite idée. Prêter les bijoux aux clientes que nous connaissons bien et leur laisser le choix d'acheter ou non. Mme Montey, c'est mon premier succès. Tu permets que j'appelle ta femme pour le lui dire ?

— Ah non, on en est à 40/15 ! »

Après avoir gagné le match, Hugo, radieux, appela Sophie. Ils étaient devenus très proches, tous les deux. Oh, rien d'ambigu, juste une amitié, une vraie, une amitié d'hommes, aurait pu dire Hugo deux mois plus tôt, sauf que les mollets de sa nouvelle associée étaient quand même bien plus jolis à regarder que les jambons velus de Pierrot.

Ils se connaissaient depuis dix ans, mais paradoxalement, leurs conjoints respectifs les avaient tenus éloignés l'un de l'autre. Avant, quand Soso appelait à la maison, c'était toujours pour Ariane. Aux yeux de la jeune femme, plus qu'un individu, Hugo Marsiac était un état civil : le mari-de-ma-meilleure-amie. Sans existence propre, il était un concept, une fonction, une entité un peu désincarnée, rattachée à ce vaste sous-groupe humain que les femmes désignent sous le terme générique « les mecs des autres ». De son côté, dans l'esprit de Hugo, Sophie ne trouvait de définition que vis-à-vis de Pierre et Ariane : épouse du premier, associée de la seconde, elle lui semblait à la fois familière et floue. Mais, depuis quelques semaines, ils avaient eu le temps de mieux se connaître. Avec étonnement, Sophie avait découvert le côté carré de Hugo, « rationnel au-delà du raisonnable », disait-elle. Quand elle s'écriait : « Attends, on ne vend pas des mines antipersonnel, arrête de te prendre la tête avec tes scrupules », il répondait : « J'ai du sang protestant, tu ne peux pas comprendre » et, en effet, elle ne comprenait pas. De son côté, il avait été touché par la qualité d'écoute de la jeune femme. Quelques jours après avoir vendu la parure Poupoupidou, sur les conseils de Momo, il était allé lui parler. Il lui avait dit son malaise, sa répugnance à embobiner les clientes. Sophie avait éclaté de rire. Mais non, personne n'embobinait personne :

« Hugo, tu prends vraiment les femmes pour des connes ? Personne n'est dupe. Elles ne te prendront que ce qui leur plaît, ce qui leur va, ce dont elles ont les moyens, ne t'inquiète pas. Ton show, là, c'est juste un emballage cadeau, une petite valeur ajoutée aux bijoux. Ne t'inquiète pas, tu ne manipules personne. Avant, si elles n'achetaient rien, c'est que tu les en empêchais, avec ta tronche en biais. Tu fais du sexisme à l'envers. En fait, c'est toi qui te fais avoir, quand tu crois que tu les mènes par le bout du nez. »

Dans la tête de Hugo, le petit voyant « frivolité » s'était mis à clignoter. C'était donc ça, la frivolité des femmes, une espèce de jeu tacite, un parti pris de légèreté, quelque chose de délibéré et de plutôt rusé, en fait. Il s'était senti tout soulagé. Depuis, il n'hésitait plus à parler avec Sophie ; régulièrement, son associée lui rappelait ce mot d'ordre : « Marre-toi, Hugo, marre-toi ! Si tu ne t'amuses pas, dans ce métier, t'es foutu. » En rentrant du tennis, il passa dix bonnes minutes à papoter avec elle au téléphone puis conclut : « C'est drôle, Mme Montey a dit que les bijoux n'étaient pas assez chers, je ne sais pas pourquoi, mais j'ai senti qu'il y avait là quelque chose à creuser. J'y pense ce soir et on en reparle demain. Au fait, qu'est-ce que tu leur fais, ce soir, à la maison ? Des artichauts ? C'est une bonne idée ; dis-moi, toi, tu la moutardes, la vinaigrette des artichauts ? »

Quand il poussa la porte du 12, rue du Gai-Pinson, il trouva une ruche en ébullition. Ariane, déjà rentrée, s'agitait dans la cuisine. Il se força à ne pas penser à l'état dans lequel il allait retrouver ses placards. Dans le salon se tenaient Lise, Gonçalvo et Momo, ainsi que deux jeunes filles qu'il ne connaissait pas. Les enfants, lavés de frais, toutes boucles dehors, des bouilles à faire de la pub pour des friandises italiennes, mettaient le couvert. Plus étrange encore,

Abribus se dressait devant lui, son petit corps tendu d'allégresse, sautillant en marche arrière comme un dauphin de Marineland. Hugo se retourna pour voir à qui s'adressait cette démonstration d'affection, mais non, il n'y avait personne derrière lui. Il fut tenté de prendre l'animal dans ses bras, puis se ravisa, flairant un coup bas.

« Qu'est-ce qui se passe ? chuchota-t-il, inquiet, à sa femme.

— Ah, chéri, tu tombes bien. Regarde, Momo est venu nous apporter nos TP de la semaine. Tu vas rire, il faut que tu t'entraînes à dire du mal des gens en rentrant des dîners dans la voiture et que moi, l'air stupéfait, je te réponde : "Ah bon, mais où t'as vu que la bouche de Ghislaine, c'est du plastique et pas une vraie ?"

— Très bien, très bien, mais c'est qui tous ces gens, dans le salon ?

— Ah, eux ? Eh bien, tu auras peut-être reconnu ma mère, Lise Honfleur, qui ne voulait pas partir sans t'avoir embrassé, ha ha, et M. Gonçalvo le placoplâtrier du monde élégant, qui compte finir le cellier dans la nuit.

— Ariane, ne te fous pas de ma gueule. C'est qui, les gonzesses ?

— Elles s'appellent Gudrün et Innocente. C'est l'agence qui nous les envoie, un vrai miracle, il ne nous reste plus qu'à faire notre choix. Naturellement, j'ai préféré t'attendre, le casting de jeunes filles, c'est ton rayon, maintenant. Fais connaissance, vas-y, moi je prépare le repas, ça va me détendre. J'ai demandé à tout le monde de rester dîner, c'est plus sympa, non ? »

Hugo songea qu'elle aurait pu lui demander son avis avant d'inviter tout ce monde au dernier moment. Il trouva que cette façon de mélanger les genres manquait de finesse : comment les deux candidates au poste d'au-pair allaient-elles prendre cette compétition en direct, face à un huissier de justice qui plus est ?

Enfin, en voyant sa femme enfourner le rôti de veau Orlov qu'il avait prévu pour le dîner du lendemain, il pâlit. Depuis que Hugo tournait tous les soirs une page de *Chérie, j'ai faim !*, le livre de recettes que Pierre lui avait offert en ricanant, le niveau gastronomique de la rue du Gai-Pinson s'était considérablement amélioré, mais la logistique ne souffrait plus d'improvisation. Toutefois, il jugea prudent de ne pas faire de commentaire désagréable et rejoignit les deux jeunes filles, en grande conversation dans le salon.

Pas un instant il ne pensa à imputer la décontraction brouillonne et chaleureuse de sa femme au fait qu'elle était en train de devenir un homme. Pas un instant il ne comprit que, de son côté, ces derniers jours, il s'était sévèrement bobonnifié.

« Bonjour. Laquelle de vous deux est Innocente ? »

Gonçalvo pouffa. En homme qui – hélas – a tout compris de la félonie des femmes, il avait déjà deviné que la hiératique liane africaine chaussée de plates-formes imprimées léopard avait plus de chances de s'appeler Innocente que la solide Nordique qui lui décochait de bons gros sourires.

La liane coula ses jambes immenses vers lui. Hugo avait rarement vu une créature aussi attirante. Un peu ému, il s'enquit de ses références. Innocente sortit un paquet de lettres de son sac Hello Kitty. D'après ce qui était écrit, la jeune fille était une sorte d'hybride entre Mary Poppins et la nounou de Scarlet O'Hara. Dans un français d'académicien, elle déclara que oui, elle avait élevé ses quatre frères et sœurs quasiment seule. Oui, elle avait son permis de conduire. Oui, elle adorait cuisiner, et faire le repassage, aussi.

Momo, qui ne la quittait pas des yeux, semblait nager dans le fleuve de lait et de miel du paradis musulman. Gonçalvo sifflotait *Quand on n'a que l'amour* avec entrain. Lise Honfleur fronçait les sourcils, méfiante. Ariane, elle, se retenait de rire.

On en vint à Gudrün. La jeune femme, dont l'arrière-train semblait arriver à la hauteur de la malléole de sa concurrente, avait fort peu de références ; à dix-huit ans, elle débutait tout juste dans la carrière d'au-pair. Elle montra une lettre de recommandation en suédois, précisant candidement qu'elle la tenait de son oncle, dont elle avait gardé les enfants quinze jours l'été précédent. À part ça, Gudrün ne savait pas conduire, ni repasser les chemises « à cause des plis » et avoua bien volontiers qu'elle était allergique à l'herbe, au sable et à l'eau de mer.

Momo et Gonçalvo s'étaient depuis longtemps désintéressés de son cas. Agglutinés autour d'Innocente, ils se disputaient le privilège d'aller lui chercher qui un verre de Coca, qui un Apéricube goût jambon.

On passa à table. Hector s'assit auprès de la jeune Sénégalaise, tandis que Louise, méfiante, choisit de s'installer entre sa mère et sa grand-mère. Le dîner fut plutôt gai. Innocente stupéfia tout le monde en posant le plateau de fromages en équilibre sur sa tête pour desservir. Momo, vantant sa souplesse, lui proposa immédiatement de lui donner des cours de danse du ventre. Gonçalvo lui dit de ne pas s'en faire, pour le petit coup qu'elle venait de donner au passage dans le chambranle de la porte neuve, il avait toute la nuit pour rattraper ça. La seule qui ne semblait pas être tombée sous le charme, c'était Lise. Tendue, elle passa le plus clair de son temps à entretenir Gudrün de son pays natal. Était-il vrai que les Suédois étaient très en avance, du point de vue du commerce équitable ? Ah, ça oui ! En trempant ses chips dans le Ketchup, la jeune fille assura qu'elle n'avalait rien qui ne soit estampillé du label Max Havelaar. Et l'écologie, le recyclage des déchets, c'était une cause nationale, non ? Gudrün expliqua qu'en effet elle avait pour habitude d'emporter partout huit poubelles différentes afin d'optimiser son tri.

Hugo, lui, observait la scène sans rien dire. Il fut étonné de voir Ariane papoter longuement avec Gonçalvo. Il crut d'abord que l'heure était aux confidences ; sans doute le placoplâtrier avait-il envie de s'épancher sur le départ de sa femme. Mais en tendant l'oreille, Hugo s'aperçut qu'ils ne parlaient pas du tout de ça. Ariane Marsiac, sa femme, un mètre soixante-sept en jupon rose et créoles strassées, était tout simplement en train de se faire expliquer les vertus des échafaudages roulants en aluminium *versus* les échafaudages roulants en acier.

À la fin du repas, les jeunes filles se virent offrir leur retour en taxi, et la promesse qu'on les rappellerait très vite. Lise, légèrement barbouillée, prit congé juste après avoir aidé Ariane à coucher les enfants. Elle salua Momo d'un énigmatique « Jeune herbe réjouit les veaux ».

Gonçalvo, songeur, redescendit dans sa grotte pour « avancer ses enduits ». Momo distribua ses devoirs du lundi. Il s'agissait de réfléchir à « une idée de nature à vraiment révolutionner votre entreprise. Une idée qui imprime vos pattes d'homme et de femme plongés dans des univers hostiles ». Puis il se prétendit « bien trop à plat pour animer le moindre atelier ce soir » et disparut dans un claquement de langue. Le voyant si rayonnant, Hugo et Ariane suspectèrent Innocente de lui avoir donné rencard au bout de la rue. Ils étaient loin de se douter que l'huissier, madré comme un renard, était tout simplement en train de savourer ce miracle : avoir rendu Lise Honfleur jalouse.

Seule ombre d'une soirée que Momo avait goûtée comme une friandise, cette curieuse sortie du jeune Hector, alors qu'ils s'étaient croisés dans l'entrée. « Toi, je t'aime pas », avait soufflé le mouflet entre les dents. Lorsque ses rapports avec la grand-mère de l'enfant seraient pacifiés, il faudrait qu'il lui en parle. Le gamin n'était sûrement pas raciste, pas avec des parents normaux. Il devait y avoir autre chose : Hector avait-il compris que sa mamie était en train de tomber amoureuse de lui ? Était-il tout simplement jaloux, le petit homme ? C'est en tout cas l'explication que Momo choisit de retenir ce soir-là.

Restés seuls, Ariane demanda à Hugo de rendre son verdict sur les deux aspirantes au-pair. Elle ne se faisait guère d'illusions. Entre une ravissante aussi galonnée qu'un général russe et une fille à histoires, moche et inexpérimentée, le suspense serait de courte durée. Hugo, en effet, trancha tout de suite.

« Évidemment, il faut prendre Gudrün. Si tu veux mon avis, l'Innocente est beaucoup trop bien pour être honnête. Avec elle, je sens qu'on n'aura que des ennuis. »

À cet instant, Ariane comprit que, sans le savoir, son mari était arrivé sur l'autre rive avant elle.

La nuit fit son boulot : elle porta conseil. De 1 heure à 1 h 45, les Marsiac firent l'amour avec un entrain qu'ils ne se connaissaient plus guère. Ariane ne se formalisa pas de constater que son mari tentait en permanence de basculer sous elle. Ces derniers temps, elle ne détestait pas se tenir au-dessus ; assise sur lui, elle éprouvait une sensation de domination tout à fait grisante. Puis elle s'endormit comme on tombe, du côté droit du lit, place naguère réservée de Hugo, tandis que ce dernier s'éclipsait pour fumer au rez-de-chaussée. Le lendemain, ils se réveillèrent très tôt et se ruèrent à leurs bureaux respectifs dans un bel ensemble. Tous deux avaient trouvé une idée géniale. Croyaient-ils.

Hugo ne s'inquiéta pas des toussotements de l'Agila. En attendant qu'elle daigne démarrer, il mit l'autoradio. Il ne comprit pas pourquoi Ariane l'avait laissé bloqué sur Radio Bleue alors qu'il suffit d'appuyer sur le bouton Research pour changer de chaîne. Les chiffres digitaux se calèrent sur Chérie FM. Ravi de sa trouvaille, il se mit à chantonner « Joue pas, pas avec moi » en se dandinant. Sur le mot « moi », il se souvint du clip original et tourna ses pouces vers sa poitrine. Ces derniers temps, les vieux tubes des années 1980 faisaient sa joie. Ah, Ricchi et Poveri ! *Sara perche ti amo*, quelle mélodie géniale ! Daniel Balavoine ! *Mon fils, ma bataille*, citez-moi une chanson plus émouvante ! Et dire que pendant toutes ces années, il était passé complètement à côté du talent de Jean-Jacques Goldman !

Enfin, la petite voiture rose s'ébroua. Il regarda par la vitre. Dieu qu'il faisait beau ! Ces rosiers en fleurs grimpant sur tous les portails du quartier, un véritable enchantement. Il se dit que la vie était comme une plante persistante, un végétal taillé pour résister à la succession de saisons. Tout peut toujours refleurir, même après un rude hiver. Cette métaphore lui en rappela une autre, qui le consterna. Dire qu'il y a encore deux mois, il voyait la vie comme l'A13. Comme une autoroute ! Avec des péages partout ! Mais quel con, quel gros con de cadre il était alors ! Il se gara devant l'atelier de F comme Frivole en sifflotant : « Comme un ouragan qui soufflait sur moi, l'amour a tout emporté. »

La salle de réunion était comble. Ariane avait expressément demandé à chacun des employés de Jeloutou d'être là. Avant d'entrer dans l'arène, la jeune femme jeta un bref coup d'œil dans le miroir du couloir. En se voyant, elle se dit : « Tiens, Yvon Gattaz ! » Dans l'effervescence de sa trouvaille nocturne, elle s'était habillée selon la technique bien masculine dite « du haut de la pile ». Or, depuis qu'elle avait dû céder son grand dressing-room à Hugo contre trois planches de l'armoire du palier, elle entassait ses vêtements plus qu'elle ne les rangeait. Donc, le matin même, ce qui lui était tombé sous la main, c'était ce complet marine et cette chemise gris souris. Ariane avait sauté dans des mocassins confortables et hop, direction l'Audi. Voilà de quoi elle avait l'air maintenant, d'un ex-patron du CNPF retraité au siècle dernier. Dire qu'il y a trois mois, elle déambulait, gracieuse, dans sa panoplie de Marie-France Garaud postmoderne ! Milieu des années 1970, fin des années 1980... En quelques semaines, elle avait donc pris quinze ans ! En temps normal, ce constat l'aurait horrifiée, là, elle se contenta d'en sourire. Aucune importance, elle avait d'autres chats à fouetter.

Hugo colla un gros bécot à Sophie, c'est-à-dire qu'il avança la bouche en plaquant sa joue latéralement contre la sienne. C'est comme ça qu'il embrassait les gens, désormais. Il la félicita de sa blouse à volants toute neuve. Elle eut un geste de dénégation navrée :

« Oh, t'es sûr, j'ai pas l'air d'une vieille petite fille ?

— Mais non, c'est blanc, c'est romantique, c'est pile été 2002 ! Et puis tu as seize ans, tu auras toujours seize ans, Soso !

— T'es mignon. Elle est bien, aussi, ta chemise, Hugo. Sur un cintre, le turquoise, ça fout un peu les jetons, hein, y a toujours une dérive "Samantha Fox été 1987" possible, mais je dois dire que sur toi, c'est somptueux.

— Oh, c'est juste une petite couillonnade de chez Celio. Vingt euros ; à ce prix-là, ç'aurait été un crime de la laisser à l'ennemi, pas vrai ? »

Ils parlèrent chiffons un moment. Dans les tribus bantoues, il est de tradition de n'aborder les sujets importants qu'après avoir longuement palabré de la migration des gnous. C'est une question de politesse. Quand deux copines se rencontrent, c'est la même chose, il y a des préséances. Sophie et Hugo enchaînèrent avec les enfants. Gudrün ne devant prendre ses fonctions que le lendemain, Hugo les avait laissés, « une fois n'est pas coutume », à la cantine. Il culpabilisait un peu. Pas trop, en fait. Il trouvait Hector un peu nerveux en ce moment. Bah, ce serait à surveiller, c'est tout. Enfin, Marsiac estima qu'il pouvait parler de son grand projet à Sophie. Il se dirigea vers le grand meuble de chiffonnier et sortit une dizaine de croquis d'un tiroir en disant : « Ça, tu reconnais ? »

Nicard regardait Ariane. Dans ses yeux, désormais, il y avait plus de résignation que de répugnance. La décision de la patronne de réinstaller, à sa seule intention, l'antique machine à café devant la porte de son bureau devait y être pour quelque chose. Ou la perspective, peut-être, de la quille en or massif qui l'attendait après l'été.

Elle attaqua son speech. Désormais, elle n'avait plus peur. Ses mots se posaient les uns derrière les autres, sans précipitation, formant des phrases. C'est tout ce qu'elle leur demandait.

« Je vous ai tous réunis car j'ai pris connaissance du rapport de Nicolas Flanvart. C'est un excellent travail dont je tenais à le féliciter publiquement. »

Ce dernier décocha un sourire extatique à la patronne. Dans la salle, personne ne réagit. La méfiance envers le Iago de la location de gros matériel était toujours à vif.

« Il apparaît clairement que, dans notre métier, ce qui fait la différence, c'est le service. Chez Jeloutou, nous le savons depuis longtemps : notre bible fondatrice, dont je profite pour saluer au passage l'un des deux rédacteurs ici présent, Adolphe Nicard, spécifie que l'assistance à la location est la pierre angulaire de notre entreprise. Ce principe a fait notre réussite, mais pourrait bien causer notre perte. »

Elle fit planer le suspense, exprès, comme sur Paris-Première, quand Tom Ford ferme un peu les yeux avant de se prononcer sur les tendances de la saison prochaine. Les quinze hommes étaient suspendus à ses lèvres. Fini le temps où l'on s'adressait à Nicard par-dessus son épaule.

« En effet, si, comme disait Coco Chanel, "la copie est un hommage", alors nous avons la totalité de notre concurrence à plat ventre devant notre savoir-faire. » Elle eut un demi-sourire, pas mécontente de sa formule. Puis elle dramatisa : « Partout, ce ne sont que cassage des prix, cartes de réductions concurrentes, formules "six bétonneuses pour le prix de cinq", promotions "louez le projeteur d'enduits, nous vous offrons le pistolet à gouttelettes", j'en passe ! Des procédés déloyaux, mais pas illégaux, hélas ! Reste que les copieurs ne sont jamais des créateurs. L'imagination est toujours de notre côté ! D'après Flanvart, nous sommes encore leaders chez les industriels et les artisans, mais Toutalouer, Loumoidonc et Louloutout nous bouffent de la part de marché sur les particuliers. C'est là qu'il faut attaquer. C'est là que j'ai quelque chose d'inédit à vous proposer. »

Re-silence. Re-plissement d'yeux entendu.

« Qui parmi vous est marié ? »

Une forêt d'index se leva.

« Bien. Évidemment, il vous arrive d'être clients chez Jeloutou. Qui, parmi vous, a une femme qui se charge elle-même des gros travaux ? »

Tout à coup, les tempêtes de 1999 semblèrent être de retour dans la ZAC de Bachelay, Yvelines. La forêt de doigts se coucha instantanément.

« Imaginez que vos épouses n'aient pas un mari bricoleur. Ou qu'elles soient célibataires, comme 30 % des Françaises. Seraient-elles clientes ? Non, évidemment. Eh bien, c'est là que Jeloutou peut beaucoup. Mon idée est tellement simple qu'il fallait une femme pour y penser. »

Les commerciaux sourirent. Ariane espéra simplement qu'ils avaient perçu tout le second degré de sa sortie.

« Nous allons louer nos machines avec, en option,

des bonshommes à mettre dessus. Des beaux, évidemment. Grands, petits, bruns, blonds, pour tous les goûts. Disponibles sur le catalogue, comme le reste de la gamme. »

« Tu vois, Soso, j'aurais peut-être pas dû, mais l'autre jour, en cherchant du bolduc pour le paquet cadeau de Mme Ménard, je suis tombé sur tes dessins. C'est d'une beauté ! (Hugo secoua les doigts.) Vu tes indications "rubis, or, platine", j'ai compris que ces bijoux n'étaient pas réalisables avec des matériaux bon marché. Pourtant (il marqua une pause et agita l'index), je pense que ces croquis représentent l'avenir de F comme Frivole.

— Hugo, on n'est pas place Vendôme, attention à ne pas nous monter le bourrichon. La haute joaillerie, ce n'est pas notre métier.

— Je sais. Mais ça peut le devenir. J'ai bien vu, aussi, que les pierres précieuses fascinent d'autant plus les femmes qu'elles n'ont pas les moyens de les acheter. Alors, j'ai eu une idée. Ces bijoux, nous allons les fabriquer. Pour les louer.

— Les louer, Hugo ? T'es maboul ? Louer des diamants, comme des tractopelles ?

— Oui. Louer les choses, c'est mon boulot depuis vingt ans. Sans me vanter, Ariane a raison de dire que je suis le plus grand loueur de tout le grand Ouest. Je sais y faire, crois-moi. Des diamants, des tractopelles, au fond, c'est pareil. Si tu mets de côté la matière, la taille, le poids, le prix, l'encombrement, la maniabilité et les services rendus, c'est kif-kif.

— Mais comment tu vas faire, pour les assurances, le vol, tout ça ?

— T'inquiète, je connais ça par cœur. Et puis il n'y a pas que la location.

— Si, tu m'inquiètes. Tu veux qu'on présente nos bijoux dans un entrepôt préfabriqué de Bachelay ? Frivoloutou, c'est ça ?

— Mais non ! Écoute-moi. Les clientes, dès qu'elles auront une soirée, un anniversaire, une occasion sympa, elles prendront le réflexe de nous appeler et paf, on arrivera avec les mallettes. Et c'est là que c'est machiavélique. Lors de mes tournées, j'ai bien vu que, neuf fois sur dix, les bourgeoises qui pleurent sur leurs petits moyens nous enfument. D'après mes calculs, dans le quartier, huit maisons sur dix sont assujetties à l'ISF. Donc, après une semaine de peau à peau, quand les filles vont devoir rendre les solitaires et les boucles d'oreilles en rubis qu'elles nous auront loués, ça va leur faire le même effet que si on leur arrachait leur couffin à la sortie de la maternité. Les PEL, les Codevi, les portefeuilles des maris, ça va y aller sec. Je te fiche mon billet que tes bijoux, on ne va pas se contenter d'en louer, on va en vendre. Des wagons. Et cuir et poil, Soso.

— C'est monstrueux, cette vision des femmes, mon pauvre Hugo, sourit-elle, ravie. Mais tu as raison, tu as mille fois raison ! C'est pas qu'on est connes, ça non, mais nos bijoux, c'est comme vos bagnoles, des fois, ça nous ramollit le cerveau ! »

Sophie sautillait d'allégresse sur place. Tout à coup, elle s'arrêta net.

« Attends, mais comment on va faire ? Il faut bien commencer. Tu connais la trésorerie. Comment on va financer l'achat des pierres précieuses ?

— De l'argent, j'en ai, tu le sais bien. Tu as du talent, je crois à tes créations, je te finance. »

Sophie le regarda, bouche bée.

« C'est hors de question. Hugo, je ne veux pas de ton fric. Si Ariane avait eu cette idée, elle ne t'aurait jamais demandé un sou. On se serait démerdées sans nos mecs. Je refuse. »

Il sourcilla. Il ne s'attendait pas à ça. Jamais personne n'avait refusé son argent auparavant. Surtout pas sa femme ! Ah, ces samedis de soldes ! Ces soi-disant bonnes affaires ! En dix ans, il aurait pu racheter deux grosses PME, avec le sens des économies d'Ariane ! Hugo nouvelle formule décocha mentalement à Hugo ancienne formule un sourire entendu. Mais pas question d'alourdir son casier de phallocrate face à son associée.

« OK. Nous irons à la banque proposer notre projet. »

Sophie sourit. Hugo avait gagné.

Dans la salle de réunion de Jeloutou, on aurait entendu voler une flèche télescopique automotrice. Dans l'attente de la réaction d'Adolphe Nicard, les commerciaux s'étaient composé des visages de joueurs de poker. Le directeur général retroussa ses babines, dévoilant des gencives couleur endive bouillie.

« Louer des hommes avec les machines… Ce que vous proposez au juste, madame Marsiac, c'est de la prostitution ou du service ? »

Ariane se sentit devenir de la couleur de la muqueuse buccale de son bras droit. Quelle conne. Elle qui avait imaginé une sortie triomphale sous les vivats du personnel, une haie d'honneur de catalogues brandis pour l'escorter jusqu'au parking ! Elle se força à penser à quelque chose d'agréable pour retrouver un faciès serein. Le moelleux de la direction de l'Audi, tiens, ça c'était bien.

« C'est la même chose, en moins macho et en plus rentable, je l'espère, que notre vieille réduction "– 10 % aux dames non accompagnées". »

Adolphe se leva pesamment. Il s'approcha d'Ariane, très, très lentement et monta ses mains à hauteur de son visage.

Alors, l'incroyable se produisit.

Alors, Adolphe Nicard donna l'accolade à Ariane.

Alors, il dit, haut et fort : « Bravo, c'est une grande idée ! »

Puis ce fut comme un rêve. Les commerciaux se regardèrent, ahuris, et se levèrent pour applaudir leur patronne.

Le portable de Lise Honfleur chanta *l'Internationale*. Elle interrompit sa méditation ayurvédique pour répondre. Sa fille, la voix vibrante d'émotion : « Maman, ça y est, enfin, je les ai eus !

— De quoi parles-tu, chérie ? De tes petits embarras de fin de mois ? Ne t'inquiète pas, ça n'est pas sale et à ton âge, il était grand temps.

— Non, des salariés ! J'ai eu une idée, faut que je t'explique... »

Lise, des accents de dignité outragée, se mit à piailler :

« Ariane, ton dernier coup de fil remonte à avril. Depuis, il s'est passé plein de choses. La fête des mères, mon anniversaire, tout ça. Pas de nouvelles. J'ai gardé tes enfants pendant deux mois tous les jours, et la seule personne qui m'ait vraiment remerciée, c'est ton mari. J'entends, en y mettant le temps et les formes ; sur une idée de Sophie, il a eu la délicatesse de me faire fabriquer spécialement un sautoir en capsules de Coca rebrodées par des Paraguayennes très méritantes. Je ne suis pas du genre à tenir des comptes, mais je te trouve un peu gonflée de m'appeler pour me parler de toi, de toi et encore de toi. Moi, je voudrais te parler d'Hector. Il ne va pas bien, en ce moment et...

— Maman, on vient d'entrer dans mon bureau. Je ne peux pas te parler, je te rappelle. »

Bien sûr qu'elle aurait pu parler. Personne n'était entré dans son bureau ; déjà, toute l'équipe était au boulot, à la recherche des intérimaires chippendales dont la patronne avait exigé que l'on bouclât le casting avant la fin du mois. Mais l'idée de se faire administrer un cours de morale, là, maintenant, c'était au-dessus de ses forces. Ariane préférait encore l'époque où la perfection de sa mère l'agaçait au-delà des mots. Elle sentit monter sa colère. Après tout, depuis la naissance d'Hector, presque neuf ans plus tôt, la jeune femme s'était presque entièrement dévouée à ses enfants. Le calcul était rapide : sur les cent neuf derniers mois, Ariane en avait passé cent six au service exclusif des petits. Alors, lui faire un porte-avions pour une parenthèse de trois mois, c'était dégueulasse, ni plus, ni moins. Elle comprit que, désormais, elle éprouvait pour l'auteur de ses jours des sentiments de bru à belle-mère.

De nouveau, *l'Internationale*. De nouveau, Lise interrompit sa séance. Momo, tout sucre tout miel.

« Il ne manquait plus que vous, Maurice.

— Ça me fait plaisir d'apprendre que je vous manquais, Lise. Moi aussi, j'ai beaucoup pensé à vous. J'avais envie d'entendre votre voix.

— Eh bien, c'est fait, vous l'entendez. Quel vent vous amène ? La nuée de sauterelles sénégalaises a repris sa route vers le sud et vous a laissé fort dépourvu, c'est ça ? »

Momo, ravi : « Je ne vous savais pas raciste. »

L'huissier était décidément un malin. Lise enfourcha illico ses grands chevaux.

« Maurice, cette fille est une sinistre petite poule et ça n'a rien à voir avec sa couleur. Avant de me traiter de raciste, vous devriez savoir que j'ai commencé à pétitionner contre l'apartheid avant même votre naissance. Sale bougnoule.

— Vous êtes drôle. Aujourd'hui, j'ai eu une dure journée, vous savez. Une saisie pas marrante chez un couple surendetté ; des cambrioleurs avaient dû passer avant moi, ils n'avaient même pas laissé le lit et la table réglementaires, vous vous rendez compte ? Comment travailler convenablement, dans ces conditions ?

— Vous avez raison. Y a vraiment des gens qui font un sale boulot.

— Petite coquine, encore un trait d'humour ! Votre impertinence va me manquer. Savoir que, le lundi soir, je ne vous verrai plus rue du Gai-Pinson, ça va me faire, tiens, un triste pinçon au cœur.

— Vous aussi, vous êtes drôle, l'huissier. Qu'est-ce que vous voulez au juste ?

— Toujours la même chose. Vous revoir.

— Vous êtes enragé, ma parole. Et pour quoi, cette fois-ci ?

— Vous parler de votre petit-fils. Sérieusement. L'autre soir, il m'a dit une chose qui m'a inquiété et... Ça n'est pas racontable au téléphone.

— Ah bon, vous voulez parler d'Hector ? Et c'est tout ?

— Bien entendu, qu'allez-vous imaginer ? Je ne suis pas idiot, j'ai bien compris que je n'avais aucune chance avec vous, aucune, même si mon cœur est pur et mes desseins, nobles. »

Il fit un soupir de tourte au potiron éventrée. Sans être dupe une seule seconde de ces poses, Lise se sentit fondre.

« Bon, d'accord, où et quand ? »

Dans un bel ensemble, l'Agila et l'Audi pilèrent devant l'école. Les Marsiac se regardèrent, inquiets. Ni l'un ni l'autre n'avaient eu le temps de repasser se changer, aussi Hugo arborait-il toujours sa chemise étriquée turquoise et Ariane sa panoplie d'Yvon Gattaz. Ils se prirent par la main pour entrer. Une directrice d'école qui vous convoque le soir même pour vous parler de votre fils, c'est rarement pour vous annoncer qu'il a enfin réussi à mémoriser la table de 8.

Après avoir chaleureusement salué Ariane et tendu une main molle à Hugo, la chef d'établissement referma la porte de son bureau derrière eux. Au mur, des dessins d'enfants, mi-touchants mi-fayots, avec des représentations de la directrice entourée de cœurs légendés « Madame Brillon, notre soleil ». Les étagères trop minces (Éducation nationale) croulaient sous le poids des œuvres complètes de Bruno Bettelheim, Françoise Dolto et Donald Winnicott. Hugo comprit que ce ne serait pas de la tarte.

La directrice sortit un dossier au nom d'Hector et en extirpa son carnet de notes avec deux doigts, comme on tient un vieux Sopalin souillé. Puis elle leur tint à peu près le discours... oh, le discours que la plupart des parents, hélas, auront entendu au moins une fois dans leur vie. Combien d'entre nous ont échappé à la cure de tranquillisants, au lendemain d'une de ces rencontres vespérales avec un chef d'établissement ? En gros, l'heure était grave et les résultats du petit aussi. Son carnet présentait l'aspect d'une rangée d'oisillons repliés en boule sur un fil électrique. Seul point positif : en montrant une égale nullité dans toutes les matières, l'écolier manifestait une régularité louable. De la part d'un sujet jusque-là bon élève, c'était bien évidemment très inquiétant. La question des cours de rattrapage, de l'étude dirigée, du redoublement se posait. « Et pourquoi pas les mines de sel » ? rugit intérieurement Hugo.

Mme Brillon se fit le plaisir d'ajouter, perfide : « Mais peut-être les récents changements dans l'organisation familiale auront-ils déstabilisé votre fils ? »

Bouche bée, Hugo regarda Ariane. Sentant qu'il allait exploser, d'un petit signe de tête, il lui demanda de répondre. C'était toujours elle qui parlait aux enseignantes, d'ordinaire. Dans l'école, elle connaissait tout le monde et son dynamisme lors des fêtes de fin d'année faisait l'admiration de tous. Elle n'avait pas son pareil pour vous déguiser un enfant en radis ou pour vendre des quatre-quarts rances quinze euros pièce. Elle seule saurait temporiser, calmer Mme Brillon, sauver son fiston de l'opprobre scolaire. Ariane regardait la directrice, apparemment impassible. Puis elle ouvrit la bouche. Alors, pour la seconde fois d'une journée qui avait pourtant bien commencé, l'incroyable se produisit.

« Espèce de... folle. Que savez-vous de notre vie ? De quel droit parlez-vous de mon fils comme ça ? Je vous interdis de vous mêler de nos affaires. Hector n'est pas déstabilisé, juste un peu... nonchalant. » C'était le seul mot qui lui était venu à l'esprit.

Horrifié, Hugo lui ferma la bouche du plat de la main.

« Madame Brillon, je suis désolé. Ma femme est très fatiguée. Ça n'est pas du tout ce qu'elle voulait dire. Nous allons parler de ce problème avec Hector. En effet, ces mauvais résultats sont probablement des signaux qu'il nous envoie. Nous en tiendrons compte, bien entendu. Mais, vous le savez comme moi, au primaire, les redoublements sont plus efficaces en fin de cycle. Que penseriez-vous de réenvisager la question en fin de CM2 ? » Cette info, qu'il assena avec une assurance de pédopsychiatre, il la tenait d'une autre maman, avec qui il avait longuement papoté la veille à la sortie de l'école. « Notre fils a toujours été un élève sérieux, ne croyez-vous pas qu'il mérite une chance ? »

Le regard de Mme Brillon, écarquillé comme celui d'un Mickey d'accueil, passa alternativement de Hugo à Ariane. Elle dit qu'elle allait réfléchir. L'entretien était clos. À la porte du bureau, la jeune femme bredouilla des excuses sans conviction. Mais c'est la main de Hugo que la directrice serra longuement, non sans perplexité.

Maître Maurice Cantuis
Huissier de justice
Membre du directoire de l'UJHJF

Code dossier : « Expérience MARSIAC »
Procès-verbal de constat : Mois de juin 2002
Attention, document à conserver en interne pour le moment.

Récapitulatif des opérations :

– Progrès dans l'évolution des nouvelles raisons sociales des Marsiac. Un mois très constructif. Petit à petit, vaille que vaille, pousse que pousse, nous sommes arrivés là où nous devions aller. Après s'être habitués à la vie de l'autre, les Marsiac ont pris les rênes de leurs nouveaux pouvoirs. Reste à consolider les acquis. Seul motif d'inquiétude : les choses me semblent parfois prises trop à cœur. Si chacun de mes clients venait à apprendre les initiatives de l'autre, des tensions ne manqueraient pas d'apparaître.

– Progrès dans l'évolution de leurs

nouvelles identités. Succès complet. En effet :

1) Hugo Marsiac est devenu une femme. Son taux de frivolité dépasse désormais les 80 %. Physiquement, il est quasi inchangé – si l'on excepte sa nouvelle mise de styliste milanais et les quelques kilos qu'il a perdus depuis qu'il a tout le temps peur de grossir. Mais, psychologiquement, les progrès sont à peine croyables. J'en veux pour preuve la réflexion suivante : la semaine dernière, lors d'un TP du lundi portant sur les hommes et femmes emblématiques de leur époque, il a prononcé la phrase : « Je trouve que Lætitia Casta a les dents en avant. »

2) Ariane Marsiac est – presque – un homme. Elle ne parle guère plus, ou alors, juste pour donner des informations. Elle semble vouloir changer l'Audi contre une Velsatis « au couple inégalable ». J'estime son taux de nonchalance à 70 %. Ce taux devrait atteindre les 100 % courant juillet, lors qu'elle aura définitivement renoncé à toute référence féminine. Entendu lors de la séance précitée le fâcheux : « On dira ce qu'on voudra, mais niveau chute de reins antillaise, personne n'atteindra jamais la perfection de Julien Clerc. »

– Observations générales : Tout va pour le mieux. Deux détails restent à régler.

1) Les enfants du couple ne semblent pas bien saisir tout l'enjeu de l'expé-

rience de leurs parents. Dans l'impossibilité de leur parler moi-même (mes fonctions m'amènent rarement à dialoguer avec des personnes enfantines), je compte beaucoup sur l'appui de Lise Honfleur, leur grand-mère. Notre prochain entretien, en juillet, devrait nous permettre d'élaborer ensemble une stratégie pour l'avenir.

2) Les Marsiac n'ont pas pris l'entière mesure de leurs transformations. Il semblerait qu'ils perçoivent très bien la mutation de leur conjoint, mais pas tellement la leur. Je me demande si ça ne pourrait pas, dans l'avenir, être source de complications.

# 7

## Juillet

*« Pleurs de femme et pluie de juillet,*
*gros ruisseaux n'ont jamais fait. »*

Sagesse populaire

Dilabault hocha la tête, pensif :

« Qui veut tuer son chien l'accuse de la rage, mademoiselle Gudrün. »

Pensant que le proverbe signifiait que ses patrons s'apprêtaient à la découper en morceaux, la Suédoise poussa un cri d'effroi. Son français ne s'était guère amélioré au contact du babil lusitano-vésigondin de Gonçalvo. Pour tout dire, elle ne saisissait qu'un mot sur quatre des longs discours du placoplâtrier. C'est donc avec un vif plaisir qu'elle voyait débarquer le chef de chantier deux fois par semaine. En attendant Hugo, ils papotaient de tout et de rien. Ça pouvait durer longtemps ; depuis un mois, Hugo semblait avoir perdu tout sens de l'heure. Est-ce parce que la nouvelle ligne de F comme Frivole lui prenait tout son temps ? Ou alors, était-il vraiment devenu femme, une vraie, pas comme Ariane ? On ne saurait dire. Mais désormais, c'est en demi-heures que se comptaient les retards de l'ancien patron de Jeloutou.

En cette glorieuse matinée de juillet, Gudrün avait donc entrepris de s'épancher auprès de Dilabault. Elle se sentait mal, dans cette famille. Les enfants, ça allait encore, mais les parents étaient bizarres, non ? Elle appréhendait déjà les vacances à la mer, en août. Son patron ne lui avait-il pas reproché la veille sa nonchalance envers Hector et Louise ? Après avoir expliqué à Gudrün le sens de ce mot (« Ça veut dire qu'on est feignasse »), le chef de chantier, gourmand, avait saisi l'occasion d'énoncer : « Qui veut tuer son chien l'accuse de la rage », une phrase de nature à terrifier n'importe quelle au-pair peu au fait des subtilités métaphoriques de nos beaux proverbes de France.

Sur ces entrefaites, Hugo débarqua, ses enfants sur les talons. En voyant qu'à plus de midi la Suédoise glandouillait encore en tee-shirt dans la cuisine, il fronça les sourcils en pensant : « Il va falloir qu'on fasse quelque chose, pour celle-là. Ce soir, je demanderai à Ariane de lui parler, elle a de l'autorité, c'est peut-être mieux si ça vient d'elle. »

Il dit :

« Gudrün, coucou, vous nous reconnaissez ? Vous avez eu le temps de préparer un repas ? Non ? Eh bien, c'est dommage. Voyez-vous, c'est l'heure du déjeuner, on rentre de l'école, les enfants sont affamés et moi je dois repartir... »

Son fils l'interrompit :

« Mais, Papa, tu m'avais dit que tu m'accompagnerais au foot...

— Je sais, poussin...

— Ne m'appelle pas poussin, je ne suis plus un bébé.

— OK. Voyez-vous, Hector, je n'ai pas vraiment le choix de rester avec vous pour le moment, mais je serai de retour très tôt, promis. »

Le petit garçon se rembrunit. « Oh, non, ça ne va pas recommencer », se dit Hugo.

Quinze jours plus tôt, en sortant de leur rendez-vous avec Mme Brillon, les Marsiac s'étaient précipités à la maison. Ils s'en doutaient : dans le vaisseau spatial intergalactique qui lui tenait lieu de lit, leur fils faisait semblant de dormir, guettant le bruit de leurs pas dans l'escalier. Sans éveiller Louise, ils l'emmenèrent dans leur chambre. Tard dans la nuit, ils avaient parlé.

Il ne s'agissait pas de le gronder pour ses mauvaises notes ; pour être désemparés, les Marsiac n'étaient pas devenus complètement abrutis et sans cœur. Assez vite, le petit garçon avait craché le morceau. Il n'en pouvait plus. À l'école, les copains se moquaient de lui, surnommant son père « la fille », à cause de ses vêtements, ou « Barbie », à cause de sa voiture rose. À la maison, il détestait voir Hugo préparer les habits du lendemain, shampouiner les têtes, ranger les jeux vidéo en pestant, prononcer des phrases telles que : « Reprends du gratin de courgettes, je me suis donné du mal pour le préparer » ou « Doucement sur les Dragibus, c'est pas bon pour les dents ». Avant, son père était normal, il refilait du Ketchup en douce sous la table, il balançait les baskets au pif dans l'armoire, il oubliait de retourner le sablier du brossage de dents, bref, il contribuait au désordre. Plus grave, Hector qualifia de « filleux » le nouveau métier de son papa. Cet adjectif, inventé un jour de colère contre sa sœur, synthétisait tout ce qu'il détestait au monde. Était filleux, entendez abject, tout ce qui était rose, doux, mou, fleuri, enrubanné, tendre. Papa était donc devenu filleux et le monde du petit garçon s'était écroulé. Le pire, c'est qu'il n'avait même pas fait attention aux signaux d'alarme que lui envoyait son fils : fin mai, Hector avait sciemment échangé le cadeau de fête des mères préparé à l'école contre celui de la fête des pères. Son papa avait donc poussé des cris de joie devant un tablier de cuisine décoré de cœurs fuchsia sans même percevoir qu'il s'agissait d'un appel au secours.

Pas un instant l'enfant ne s'était plaint de sa mère. Ça n'était pas son changement d'identité à elle qui était en cause. Hector n'en avait que pour son père et, loin de soulager Ariane, ça lui fit un sale pincement au cœur.

Les Marsiac pensèrent qu'ils devaient la vérité à leur fils. Ils expliquèrent, plus longuement qu'au mois de mars, ce qui se passait entre eux. L'inhabituel de la situation, son côté réversible, aussi. Allons, personne n'avait forcé personne, ça marchait super bien. Ne voyait-il pas combien ses parents étaient en forme ? L'enfant observa les visages inquiets penchés sur lui, les ombres qui leur faisaient comme deux huîtres sous les yeux, les parenthèses autour de la bouche et ne répondit pas. Hugo et Ariane essayèrent de convaincre Hector que les vieux schémas « papa au bureau, maman à la maison » étaient complètement ringards, réacs, dépassés ! Sur ce chapitre, ils obtinrent un succès mitigé ; on le sait, à côté de n'importe quel enfant de moins de dix ans, un islamiste armé est un modèle d'ouverture d'esprit et de tolérance. Avant de remonter se coucher, on en vint aux serments. C'est promis, Papa ferait un effort ; pas question de reprendre son métier avant le terme prévu, bien entendu, mais il ferait attention à se réserver des moments entre hommes avec son fils. De son côté, Ariane s'entendit prononcer la phrase suivante : « Allez, courage, fiston, si tu mets un bon coup de collier à l'école jusqu'à la fin de l'année, je t'offrirai un nouveau vélo. »

Ni le père ni la mère ne dormirent bien cette nuit-là. C'est sur Hugo que tombèrent les tonnes de culpabilité qui accompagnent volontiers ce type de conversation intergénérationnelle. Mais, de son côté, Ariane tenta jusqu'à l'aube de comprendre à quel moment la situation lui avait échappé. Depuis la naissance d'Hector, elle s'était toujours crue « inconsciemment branchée sur le psychisme de ses enfants » ;

avec Sophie, vingt fois elles avaient parlé de ce truc-là, ce truc de mère qui les faisait se réveiller avant même que leurs petits ne les supplient de venir chasser le monstre poilu prêt à les engloutir. Là, elle n'avait rien senti, rien vu venir.

Quinze jours plus tard, en voyant le visage de son fils se fermer de nouveau, Hugo décida de ne pas se laisser intoxiquer par ce chantage affectif. Sophie l'attendait à l'atelier, après il devait passer en coup de vent chez Auchan, il essaierait de rentrer avant 19 heures pour faire une partie de « Cosaques » avec Hector et roule ! Ses enfants n'étaient pas les plus malheureux du monde, merde ! Et l'estomac en vrille, il entreprit de se ronger les ongles en s'autopersuadant que tout le monde, dans cette famille, était très épanoui.

Il apprenait décidément vite. De sa nouvelle féminité, il découvrait l'implacable corollaire : la culpabilité. La plupart des femmes se sentent partout, tout le temps, toujours coupables. De n'être pas assez jolies, pas assez blondes, pas assez à la mode. Ou trop. De ne pas assez travailler. Ou trop. De ne pas passer assez de temps auprès de leurs enfants. Ou de trop les couver. Dans son nouvel univers, c'est bien ce sentiment bizarre qui déplaisait le plus à Hugo. En un temps record, il avait compris qu'il devrait adopter son négatif, cette autre caractéristique purement féminine, le déni, qui consiste à dire partout et tout le temps : « Tout va bien. » Il est comme une ombre à paupières. Il ne sert à rien, même pas à se convaincre soi-même. Mais il est réputé rendre tout plus joli et, à ce titre, il est indispensable.

Lise Honfleur mordit à belles dents dans son steak de soja. Se sentant en forme, elle entreprit de chercher querelle à Momo.

« Vous savez ce que c'est, votre problème, Mohamed ? Vous avez renié votre maghrébinité.

— Appelez-moi Maurice, s'il vous plaît. Ma quoi ?

— Votre maghrébinité, votre identité de Nord-Africain, quoi ! Le fait que vous veniez d'un pays rude, peuplé d'hommes rugueux, comme faits d'un bloc mais magnifiés par un souffle poétique hors du commun. En vivant à l'occidentale, vous avez perdu votre sève.

— Vous voudriez que j'aille faire mes commandements de payer habillé en Bédouin ? Je n'ai plus de famille là-bas. Ils sont tous sur Chatou, Nanterre ; mes cousins les plus éloignés sont à Mantes. Je n'ai mis les pieds au Maroc que deux fois. La première au Club Med, l'autre en séminaire de l'UJHJF à Marrakech.

— Je vous plains de n'avoir pas de vraies racines. Moi, c'est la Normandie. Un pays pas commode non plus, niveau météo, mais une race d'hommes fiers et dignes, comme la vôtre.

— Lise, tous les Normands que je connais démarrent au calva à 7 heures du matin.

— Précisément. Ce sont des gens qui, depuis des générations, ont réussi à conserver leurs traditions. »

Momo, piqué au vif, se redressa sur sa chaise en bambou d'élevage.

« Moi aussi, je porte la culture de mes ancêtres en moi. Je ne me la drape pas sur la tête comme certains, mais elle est là et bien là. Mon amour des femmes mûres et plantureuses, par exemple, c'est très oriental.

— Vous savez ce qu'elles vous disent, les femmes mûres et plantureuses ?

— Qu'est-ce qui vous fait croire que je parlais de vous ? Ah, ah, ah ! Vous savez ce que vous êtes, Lise ? Vous êtes Liz avec un *z*, comme la Taylor, une furie, un mythe. Et vous êtes aussi une Jiminy. Les Jiminy, ce sont les nouveaux bobos américains, je l'ai lu dans *l'Obs*, c'est forcément vrai.

— Mais qu'est-ce que c'est que ce truc ?

— Ça vient de Pinocchio, vous savez, le conte pour enfants ; Jiminy, c'est le petit criquet qui symbolise sa bonne conscience, l'accompagne partout et lui dit ce qu'il doit faire. Les Jiminy's, aux États-Unis, ce sont ces citoyens modèles, engagés, militants, qui cassent les couilles des gens en leur donnant tout le temps des leçons sur tout. »

Momo avait dit ça de la manière la plus angélique qui soit. Lise, vexée à mort, répondit par un grand sourire.

« Même pas mal. Je comprends parfaitement qu'un homme éconduit soit amer. Mais puisque je vous découvre branché contes pour enfants, je croyais que vous vouliez me parler d'Hector ? »

Cantuis raconta à Lise la scène du dîner casting de jeunes filles au pair. La grand-mère hocha la tête ; tout ça ne l'étonnait pas. Hector ne lui avait pas fait de confidences, mais elle voyait bien que ça n'allait pas. Impossible d'avoir des infos par Ariane et Hugo : sa fille ne parlait plus que par monosyllabes et son gendre, constamment débordé, avait le chic pour interrompre toutes ses conversations téléphoniques en glapissant que quelque chose attachait dans une casserole. Bah, le surlendemain, elle devait emmener les petits quinze jours chez elle en Normandie, avant que leurs parents ne les récupèrent pour le mois d'août. Là-bas, devant un grand pot de crème fraîche et une poignée de fraises du jardin, elle saurait bien faire parler Hector et Louise.

À la fin du repas, Lise tortilla le papier kraft du carré de chocolat bio déposé dans la soucoupe de son déca colombien. Sans relever les yeux, elle glissa très vite :

« Momo, je voulais vous remercier. En ce moment, vous êtes une des seules personnes qui semble se soucier de mes petits-enfants. Ça me touche… au-delà des mots. »

L'huissier se garda de rétablir la vérité. Les marmots des Marsiac ne le préoccupaient que dans la mesure où leur mauvaise humeur risquait de contrecarrer ses plans. Mais il comprit qu'il tenait là une occasion en or de marquer des points. D'un bon sourire, il l'arrêta :

« Tatata, je suis un être humain, rien au monde ne m'émeut tant que la détresse d'un enfant. »

Et soudain, Lise Honfleur lui trouva de la profondeur dans le regard.

Sur le sol de l'Agila, les enveloppes ouvertes s'entassaient. Au feu rouge, Hugo fit « oh là là » en découvrant son relevé bancaire. Sept cents euros de découvert ! Mais comment avait-il fait pour si mal gérer son budget ? Ses mille deux cents euros mensuels auraient dû lui suffire, maintenant qu'Ariane payait toutes les grosses dépenses de la maison. Son argent de poche avait filé et tout ce dont il se souvenait, c'était d'avoir acheté un lot de boxer-shorts en promotion à La Redoute le mois dernier. Il n'avait pas regardé le prix, depuis des années il ne regardait plus les étiquettes, mais ça n'avait pas pu coûter mille neuf cents balles ! Surtout en euros. Peut-être, au passage, la standardiste lui avait-elle volé son code de carte bleue ? Non, à la réflexion, il se souvint de menues emplettes chez Monop'il y a peu. En flânant avec son Caddie plein au rez-de-chaussée, il avait déniché trois fois rien, des maillots pour les enfants, une ou deux bricoles au rayon Homme. Il se sentit vide et minable. Dire que des familles de quatre enfants se débrouillaient pour tout payer, pendant un long mois, avec la même somme ! Il ressentit le besoin urgent de faire un geste pour calmer la culpabilité qui le tenaillait de nouveau. C'est décidé, il enverrait cent euros aux Restos du cœur. En attendant, il fallait bien couvrir son découvert. Il pensa d'abord demander à son banquier de lui virer mille euros d'un de ses comptes chez Jeloutou.

Mais Ariane l'apprendrait tôt ou tard par le comptable, et il s'était engagé à ne pas tricher. Un moment d'humiliation étant vite passé, il décida de téléphoner à sa femme pour lui demander une rallonge exceptionnelle.

« Ma parole, il regarde mes jambes ! » La patronne de Jeloutou était abasourdie. Depuis un quart d'heure que Flanvart lui présentait son rapport sur l'opération « code Chippendales », le commercial n'avait pas cessé de jeter des coups d'œil sous le bureau. Il y a encore six mois, Ariane ne supportait pas que les maris de ses clientes la reluquent en douce. Ça la mettait dans une de ces colères impuissantes et froides qui font le succès des stages « arts martiaux au féminin ». Mais là, il faisait beau, elle était de bonne humeur et, loin de s'offusquer, elle donna raison à son employé. Ses guibolles, c'est ce qu'elle avait de mieux. Adolescente, elle avait même connu un garçon qui l'appelait « The Legs », il était moche le malheureux mais il avait du goût, ça oui. La patronne de Jeloutou se félicita de la canicule qui l'avait poussée à choisir une robe-chemisier à la place de ses désormais sempiternels pantalons. Il était gentil, ce petit Flanvart. Quel âge pouvait-il avoir ? Trente-deux, trente-quatre ans, par là. Beau mec en tout cas. Elle se sentit bien, tout à coup, joyeuse, légère.

« Nicolas, je suis contente de la façon dont ce projet prend tournure, je ne peux pas vous dire ! Il ne manquerait que vous en photo et nous aurions le catalogue des plus beaux hommes de toutes les Yvelines. »

Sur les joues de Flanvart, deux tomates cœur de bœuf bien mûres apparurent.

« On va faire un tabac. C'est demain, n'est-ce pas, que les publicités sortent dans la presse locale ? Je suis ravie du slogan : "Louez la grue et le Playmobil qui va avec", c'est plus gai que : "Un professionnel à votre service", comme le suggérait Nicard. Vous m'accordez un instant ? »

*La Walkyrie* avait retenti. Son portable affichait « Hugo ».

« Chéri ? Ce n'est pas que tu me déranges, c'est que je suis un peu en réunion… » Elle regarda Flanvart en biais et croisa les jambes. « Quoi ? De combien, ton découvert, tu dis ? Sept cents euros ? Mais c'est rien, ça, chéri, je te fais un chèque ce soir. C'était pas la peine de m'appeler pour si peu. Mais si, je suis contente de t'entendre. Mais non, je ne suis pas furieuse contre toi, on parlera de tout ça tout à l'heure. Oui, des brocolis et du jambon cru, c'est bien, allez, à ce soir. »

Elle releva la tête, radieuse, vers Flanvart.

« Et si on allait déjeuner, Nicolas ? »

Le commercial la regarda avec une sorte de fascination horrifiée, comme un type qui marche vers le vide en sachant bien que ça ne lui portera pas chance.

Du bout de ses doigts gantés de coton beige, Sophie posa délicatement le solitaire dans un écrin bleu nuit. Hugo s'extasia :

« Ça va bien chercher dans les trois carats, non ? »

La jeune femme opina. 3,26 carats. Son associé était en net progrès. Il s'empara goulûment de l'anneau, sans même enfiler les gants, et le glissa à son petit doigt. Soso avait fait du bon boulot : la monture de platine brossé, quasiment invisible, donnait l'illusion que la pierre était juste suspendue au-dessus de son annulaire. Seuls les gros poils des phalanges de Hugo cassaient un peu l'aspect aérien de l'affaire. Avant qu'il parte en tournée, Sophie se contenta de lui conseiller gentiment de laisser les clientes essayer elles-mêmes le solitaire. Puis elle retourna au coffre-fort récemment scellé dans le mur et constata, avec un soupir de satisfaction, que les étagères étaient presque vides.

En un mois, trois bagues, deux paires de boucles d'oreilles et un bracelet pavé de cabochons de rubis, soit l'essentiel de la nouvelle ligne de la créatrice, avaient déjà trouvé preneuses. Tout s'était passé si vite ! Le banquier de Hugo, si confiant dans les projets de « son vieil ami M. Marsiac » qu'il s'était déclaré prêt à sortir de sa poche les deux cent mille euros nécessaires au démarrage de F comme Frivole Haute Joaillerie. L'achat des pierres précieuses, simplifié par les tuyaux bénévoles de l'ancien patron de Sophie, installé rue de la Paix. La fabrication, assurée avec enthousiasme par deux ex-collègues de la jeune femme, officiellement retraitées. En trois semaines, la première série de bijoux était prête. Et le plus fort, c'est que Hugo avait mis sept jours, oui, sept minuscules petits jours, à en vendre la quasi-totalité. Il avait vu juste, une femme ne résiste pas à l'appel de la pierre précieuse. Il fallait le voir présenter ces pièces avec des chuchotements et des airs de conspirateur, les larmes aux yeux, comme on écarte les voiles d'un berceau de nouveau-né. Il fallait l'entendre quand, trois jours plus tard, il revenait récupérer le bijou loué, la mine déterminée et sévère d'un inspecteur de la DDASS. Alors qu'il faisait mine de partir, la plupart des clientes lui avaient barré le passage, un – gros – chèque à la main. Les autres, déchirées, avaient prolongé la location d'une semaine supplémentaire. Quel vendeur !

Une nouvelle fois, Sophie se retint d'appeler Ariane pour lui raconter les prouesses de son mari. Elle avait promis de ne rien dire. Et puis, de toute façon, entre elles deux, ce n'était plus comme avant. Depuis la fin du mois de mars, les quelques fois où elles s'étaient parlé, Sophie avait eu un sentiment désagréable. Désormais, elles s'adressaient l'une à l'autre avec un mélange de politesse et de gaieté forcée, comme lorsqu'on croise quelqu'un que l'on a aimé il y a longtemps. Au barbecue de la fête de l'école, l'autre jour, au lieu de prêter main-forte à Sophie, noyée dans des fumerolles de chipolatas grillées, Ariane avait passé la moitié de la soirée sur son portable, prétextant « un dossier urgent au bureau dont elle ne pouvait pas parler pour l'instant ». Dans la voiture, au retour, Pierre en avait conclu qu'« elle se la pétait grave : tu te rends compte, Soso, qu'elle a même exigé d'échanger son vieil Exacompta rose contre le Palm flambant neuf de Hugo ? ». Un poil perfide, Sophie prit la défense de son amie : adopter un Palm, accessoire démodé de cadre fin de siècle, c'était faire preuve d'abnégation, au contraire. Et pour griffonner ses rendez-vous avec entrain toute la journée, Hugo ne souffrait pas le moins du monde d'être passé à l'agenda papier. Ah, ce Hugo, quelle merveille ! Sa douceur, son professionnalisme, son enthousiasme, sa largesse d'esprit ! Comme Ariane avait de la chance de vivre avec un homme capable de se remettre en question ! Loin de s'amuser de ce message subliminal épais comme un chateaubriand béarnaise, Pierre choisit prudemment de changer de sujet.

La sorcière bien-aimée s'échappa de la poche du baggy prune de Hugo. Avec ménagements, il poussa Abribus, ventousé sur ses genoux comme un bigorneau à son rocher, pour prendre l'appel. Le quadrupède fit un petit grognement désapprobateur mais coula un regard énamouré à son maître lorsqu'il lui glissa délicatement un coussin du canapé sous la tête. Ces dernières semaines, leurs rapports, passés successivement de l'hostilité à l'indifférence, avaient connu une nouvelle évolution : Hugo et son chien très laid étaient tombés amoureux l'un de l'autre. Le soir avant de s'endormir, le maître grattouillait longuement l'abdomen de l'animal avec la délicatesse d'un violoniste accordant un Stradivarius. Ça pouvait durer des heures, et ça énervait beaucoup, beaucoup Ariane. Car en s'éprenant de Hugo, le petit cerveau d'Abribus avait comme effacé le souvenir de sa maîtresse. Il l'ignorait sciemment, détournant ses yeux vitreux de cataracte dès qu'elle lui parlait.

Sur le portable de Hugo, le nom de Maud Bartoli s'afficha. Maud Bartoli ? Ça n'était pas du tout celle qu'attendait Hugo. Le solitaire était à l'essai chez la toute rose Marie Delsol depuis trois jours, et c'est sur son appel qu'il comptait. Déçu, il salua toutefois la revêche sexagénaire d'un enthousiaste : « Madame Bartoli, mais quel bon vent vous amène ? »

Cinq minutes plus tard, Hugo, hilare, sautait dans sa voiture, direction la rue Louis-Pauwels. Marie Delsol lui ouvrit la porte, interloquée. Le vendeur s'excusa de se présenter sans s'être annoncé, puis attaqua, la mine grave :

« Je n'irai pas par quatre chemins. Une de vos amies, dont j'ai promis de taire l'identité, veut acheter la bague que je vous ai prêtée. Ferme. Tout de suite. C'est une urgence, un anniversaire de mariage. Nous sommes au terme de vos trois jours d'essai gratuit. Que décidez-vous ? »

Sous l'effet de la colère, les accroche-cœurs qui encadraient le visage poupin de Marie Delsol s'agitèrent comme des ressorts.

« Cette garce de Maud, j'en suis sûre, c'est elle ! Elle n'a pas arrêté de lorgner mon solitaire, au golf, avant-hier. Je l'ai vue chuchoter avec Brigitte Pollain, elle se rencardait, c'est l'évidence même. Elle aura réussi à convaincre ce crétin des Alpes de Gérard Bartoli qui la supporte depuis trente ans. Ah, la grosse truie !

— Je me suis engagé à ne rien dire. Que décidez-vous ?

— Je peux le louer une semaine ?

— Désolé, j'ai une offre de vente ferme, je ne peux pas prendre ce risque.

— Combien ?

— Dix-sept mille euros.

— Quinze mille ?

— Je suis désolé, ces prix ne sont pas négociables. Il s'agit d'une pierre de qualité AA, sans défaut, luminosité exceptionnelle. C'est déjà une affaire.
— J'ai le temps d'en parler à mon mari ?
— Hélas non, je le crains.
— Je peux vous payer en deux fois ?
— Non plus.
— Vous êtes dur.
— Je sais.
— Si vous me laissez quelques jours pour liquider mon PEL avant d'encaisser mon chèque, je peux vous payer tout de suite.
— Banco. »

Sautillant de joie, Hugo débarqua à l'atelier en s'éventant avec un chèque, l'air faussement détaché. Il expliqua à Sophie que non seulement il avait vendu le solitaire sans la moindre ristourne, mais il s'était engagé à consoler la sinistre Maud Bartoli, déçue d'avoir manqué le bijou, en lui fabriquant, rien que pour elle, une bague plus grosse. Monture archi-sobre. Pierre carrée si possible. Quatre carats, minimum. Allez, zou, une virée à l'institut Cybèle s'imposait. La créatrice et son commercial avaient bien mérité un petit enveloppement d'algues pour fêter ça.

D'un geste sec et précis, Ariane passa la cinquième. Elle adorait sentir le levier de vitesses s'enclencher en douceur sous la housse de cuir noir boutonné. Elle essaya, sans succès, de ne pas penser à Nicolas Flanvart. Tout l'y renvoyait, à commencer par ce satané levier, tellement suggestif, comme jailli d'une braguette, songea-t-elle. Ce soir, tout lui semblait chargé de symboles phalliques. Le logo de Jeloutou, cette grue écarlate et turgescente. Les peupliers au bord de l'autoroute. Les piles des ponts suspendus. Le chiffre inscrit au compteur : 169 kilomètres-heure. D'ordinaire, elle n'était pas trop travaillée par ces choses-là. Mais, depuis quelques semaines, sexuellement, il ne se passait plus grand-chose avec Hugo. Toujours à vouloir discuter, « échanger des émotions », comme il disait. Quand elle tentait une approche un peu directe, il la regardait, les yeux en boules de loto : « Mais tu n'y penses pas, les enfants ne sont pas encore endormis » et gnagnagna, gnagnagna. Total, elle tombait comme une masse tandis qu'il regardait, tard dans la nuit, une nouillerie de talk-show du câble. Tout à l'heure, il ne s'était pas passé grand-chose avec Flanvart, mais à ses regards mi-apeurés, mi-gourmands, à sa façon de laisser sa main sur la table, de boire ses paroles, elle savait qu'elle n'avait qu'un geste à faire. Ce geste, elle ne l'avait pas fait. Pas encore. Elle savourait son plaisir. C'était la première fois de sa vie qu'elle se sentait un tel pouvoir sur un homme.

Rue du Gai-Pinson, Momo l'accueillit à grands cris.

« Ariane, j'ai bien fait d'arriver en avance, c'est prodigieux, regarde ! »

Deux sacs de toile rouge étaient alignés dans l'entrée. La jeune femme battit des mains, extasiée :

« Noël, Noël ! Gudrün s'est décidée à préparer les bagages des enfants !

— Mais non, c'est Hugo, il a fait les valises tout seul, c'était son TP de la semaine !

— Et alors ?

— Alors, alors, d'après les sociologues du couple, c'est ce qu'il y a de plus difficile à faire, pour un homme. Préparer un sac de voyage d'enfant, ça exige d'avoir une vision globale de l'univers familial : savoir exactement ce qu'il y a dans les placards, anticiper le climat, assortir les tenues, ne pas se gourer dans les tailles, aller rechercher ce qui pourrait manquer dans le panier de repassage, c'est un des derniers bastions typiquement féminins. D'après la liste qui détaille le contenu des valises, ton mari n'a rien oublié, ma belle. Il y a même une bouteille d'Advil, les carnets de santé, des bottes en caoutchouc. C'est prodigieux, il n'y a pas d'autre mot.

— Bravo. Et elle est où, Mary Poppins ?

— Ben, au tennis. Ariane, je te rappelle qu'on est lundi. Hugo sera là dans dix minutes, j'imagine. »

Ariane avait autre chose en tête que l'emploi du temps de son mari. À cet instant précis, elle se demandait si Nicolas Flanvart portait des slips. Elle détestait les slips. D'après elle, la vente de slips aurait dû être interdite à tout individu de plus de vingt-cinq ans et soixante-dix kilos. Les boxer-shorts, c'était mille fois mieux. Pourvu que Nicolas Flanvart porte des boxer-shorts.

« Bon, Momo, et moi, qu'est-ce que je dois faire, comme tâche hebdomadaire ? Égorger un taureau ? Abattre un chêne à mains nues ?

— Non, tu dois simplement faire un truc de père : dire au revoir à tes enfants sans être triste. En te disant que quinze jours chez leur grand-mère, c'est vite passé, qu'ils ne te manqueront pas trop, que c'est mieux pour eux et pour toi aussi. »

Ariane regarda Momo et, inexplicablement, elle sentit quelque chose monter dans sa poitrine. Son cœur devint cette grosse éponge, pressée par un poing invisible, qui lui fit venir de l'eau dans les yeux.

Pierre Baignon leva un bras, le visage déformé par la souffrance. Son petit doigt lui faisait trop mal pour continuer la partie. Un auriculaire-elbow, sans aucun doute. Hugo, beau joueur, accepta en souriant. Il était de si bonne humeur qu'il rit franchement en entendant la longue mélopée des douleurs de son ami. Pierre pâlit encore plus :

« Mais, Hugo, tu deviens dingue ou quoi ? Depuis quand tu te fous de ma gueule quand je te parle de mes problèmes de santé ? On dirait Sophie. »

Hugo se bidonna de plus belle.

« Pierrot, ta seule maladie, c'est ton imagination. T'es mon meilleur ami, mais ta manie de me réciter le Vidal dès que tu perds un jeu, c'est super chiant. »

Baignon le regarda longuement avant de répondre.

« Est-ce que tu te tapes ma femme, Hugo ?

— T'es maboul ou quoi ? Pierre, tu ne parles pas sérieusement. Soso, pour moi, c'est comme une sœur.

— Alors c'est pire que ce que je pensais. Sophie parle de toi comme si t'étais un croisement entre la Vierge Marie et Bill Gates. Si vous ne couchez pas ensemble, si elle n'est pas amoureuse de toi, c'est qu'elle pense ce qu'elle dit. Donc, si elle t'adore, c'est que t'es *vraiment* devenu une fille.

— Là, pour le coup, faut que tu consultes, Pierrot.

— Je suis sérieux. T'as vu à quoi tu ressembles ? Ce short moule-bite, là, tu l'as trouvé dans une boutique de lingerie fine, pas vrai ? T'as vu comment tu parles ? Tu regardes tout le temps ta montre en disant : "Oh là là, je vais être en retard au cours de natation des enfants, faut que je file." Quand je te téléphone, tu n'arrêtes même plus ton aspirateur pour me parler. Je suis sûr que tu lis *Voici* en cachette.

— Tu te trompes. Y a longtemps que je ne lis plus *Voici* en cachette. Et il m'arrive aussi de découper les recettes de *Marie-Claire*, elles sont photographiées étape par étape, j'adore. Je ne vois pas en quoi ça fait de moi une fille. Rassure-toi, je n'ai pas encore mes règles, juste un peu mal au ventre deux jours par mois.

— C'est pareil, un syndrome prémenstruel ça s'appelle, ma femme a ça tout le temps, je la bourre de Daffalgan, c'est tout bête, mais tu devrais essayer.

— Merci, je vais le faire. Ça ne risque pas de faire des interactions avec mes gélules d'huile de bourrache contre les jambes lourdes, au moins ?

— OK. Super, fous-toi de ma gueule, essaie de changer de sujet. Tu me prends pour une bille ou quoi ? Tu vois, le plus grave, dans ton expérience à la noix, ce sont les dommages collatéraux. Le prosélytisme de toutes les femmes qui te connaissent, ça prend des proportions que tu n'imagines même pas. L'autre jour, Sophie m'a demandé d'aller à une réunion de parents d'élèves à sa place.

— Et alors ? Vos mômes, vous les avez faits à deux, que je sache. En ce moment, Soso est débordée à l'atelier, c'est quand même la moindre des choses que tu...

— Soso est débordée à l'atelier ! Non mais tu t'entends ! Moi, tu crois que je fais quoi, toute la journée ? De la peinture sur porcelaine ?

— Pierrot, je pense que si tu supprimais la moitié de tes consultations médicales, tu aurais le temps d'assister à toutes les réunions scolaires de toutes les classes de tous les collèges du département pendant un an.

— Hé, oh, t'es l'ami de qui ? Tu te rends compte que ta connerie d'échange de vies, ça risque de faire boule de neige ? Tu fais le jeu des gonzesses, elles ont tout à gagner dans l'histoire. Tu me connais, je n'ai rien d'un macho. Mais je dis que si ça fait cent mille ans que les femmes s'occupent des mômes et que les hommes partent chasser l'aurochs, c'est pas un hasard.

— Je te signale qu'avec le succès de la nouvelle ligne dessinée par ta femme, bientôt, tu pourras laisser tomber la chasse à l'aurochs, Rahan... »

La prise de bec se poursuivit jusqu'au parking. Hugo ne lâcha pas prise. Que ça plaise ou pas à son meilleur ami, il ne regrettait pas sa vie d'avant. Il essaya, tant bien que mal, de s'expliquer : ce qu'il aimait le plus, dans le fait de vivre comme une fille, c'était peut-être d'évoluer dans un univers où les gens ne se prennent pas trop au sérieux. Avec le recul, elles étaient pitoyables, ces réunions interminables où les mâles débattent des tarifs des grues automotrices comme si le destin du monde en dépendait. Travailler au milieu de femmes, il trouvait ça léger, drôle. Et s'occuper d'enfants, c'était plus gai, plus joyeux et à peine plus fatigant que de passer ses journées entouré de gens qui parlent, pensent, mangent, dorment, vivent avec les mots « objectifs de vente » ou « marge nette » en tête. Mais ça, Pierre ne le comprit pas et reprit en ricanant ses termes « gai, léger, joyeux, drôle » : « Pense à ce que tu étais avant ! Tu es en train de te ratatiner la tête avec des trucs de fiotte, de fiotte, je te dis.

— Pierrot, ce que j'étais avant, je le redeviendrai dans six mois. Ma "réussite sociale", comme tu dis, elle est faite, acquise. Je ne comprends pas pourquoi une malheureuse année entre parenthèses te met dans ces états. Si j'avais dû m'arrêter parce que je m'étais cassé les deux jambes au ski, tu ne me parlerais pas comme ça. »

Pour la première fois de leur histoire commune, ils se quittèrent fâchés. Après s'être donné rendez-vous le lundi d'après, tout de même. Pour marquer le coup, Hugo exigea qu'ils reprennent le match où ils l'avaient interrompu, soit à 6/3, 2/0 en sa faveur. Les arguments de Pierre l'avaient exaspéré. Il s'était senti dénigré, humilié, outragé. Pour la première fois, il avait été blessé dans sa dignité de femme.

Ariane se servit un verre de côtes-du-rhône. Hugo se fit la réflexion qu'elle tétait pas mal, ces derniers temps. Pour ne pas la laisser boire seule, il se servit tout de même un dé à coudre de chardonnay ; à midi, ligne oblige, il ne buvait plus que de la San Pe, mais un petit apéro le soir, il ne disait pas non. Incroyable comme il préférait le vin blanc, désormais. Il observa la mine soucieuse de sa femme et lui demanda doucement :

« T'as des soucis, ma chérie ? Tu veux qu'on en parle ? »

Ariane ne releva pas l'incongruité d'une telle phrase dans la bouche de son mari. Elle se rencogna dans le canapé et répondit que non, non, tout allait très bien. Hugo n'écouta même pas sa réponse. « C'est le départ des petits qui te chiffonne, je suis sûr. » Il se lança dans un long monologue à l'issue duquel il apparut que tout était pour le mieux, certes les enfants allaient leur manquer terriblement, mais quinze jours c'était vite passé et ils avaient l'air si heureux de rejoindre leur grand-mère. Sans relever le regard accablé de sa femme, il enchaîna avec des considérations générales sur le chantier – une fois couverte de glycine, la véranda serait sensationnelle, le mauve sur fond de fer forgé anthracite, ça allait arracher, c'est sûr –, la carte Carré jeune qu'il devrait passer prendre à la gare avant le départ en train le 1er août – que, surtout, Ariane n'oublie pas de le lui rappeler, il avait une vraie tête de linotte en ce moment –, le nouveau cuit-riz à vapeur dont il était si content, son projet d'aller faire les soldes le samedi suivant « en amoureux »… Épuisée par le babillage de son mari, Ariane gardait les yeux obstinément fixés sur le fond de son verre. Ce dont elle avait envie, à cet instant, c'était de calme, de silence. Le soir en rentrant du bureau, une toute petite demi-heure pour recharger ses batteries, était-ce trop demander ? La voix de Hugo lui parvenait dans une sorte de brouillard. Elle sursauta lorsqu'elle se rendit compte qu'il s'était tellement approché d'elle qu'elle pouvait sentir son souffle dans son cou.

La voix de Gonçalvo monta du rez-de-chaussée :

« Monsieur Marsiac, vous êtes là ? J'ai besoin de vous voir pour la tinta de l'endouichdouportch. »

Complètement abruti de sommeil, Hugo mit dix bonnes secondes à décomposer la phrase du placo-plâtrier avant de lui trouver du sens. La teinte de l'enduit du porche, bien sûr. Les yeux encore mi-clos, il tâta le lit à sa droite, non par nostalgie d'une place qu'il n'occupait plus depuis déjà quatre mois, mais pour vérifier la présence de sa femme. Personne.

Ariane, elle, était déjà partie travailler. Il se leva pesamment, enfila un jean et descendit parler à Gonçalvo. Assez vite, ils convinrent que pour l'entrée, un épongé mastic serait à la fois sobre et pas trop salissant. Machinalement, Hugo ramassa le courrier dans la boîte aux lettres et rentra à la maison pour se faire un café. Alors qu'il attendait que la machine espresso atteigne la bonne température pour y glisser sa capsule d'arabica, ses yeux tombèrent sur la une du *Courrier de l'Ouest parisien*. Sur un quart de page, en caractères gras, une publicité lui sauta au visage :

« Jeloutou révolutionne l'univers de la location de matériel. Mesdames, en plus de la grue, louez donc le Playmobil qui va avec ! »

L'encart était illustré par des photos d'hommes, torse nu, disposées en frise tout autour de l'annonce.

Hugo crut qu'il allait mourir, là, tout de suite. Puis il réfléchit et se dit qu'avant de mourir, il avait deux mots à dire à sa femme. Il attrapa les clés de la petite Opel et sortit en trombe.

Maître Maurice Cantuis
Huissier de justice
Membre du directoire de l'UJHJF

Code dossier : « Expérience MARSIAC »

Procès-verbal de constat : Mois de juillet 2002

Attention, document à conserver en interne pour le moment.

Récapitulatif des opérations :

– Progrès dans l'évolution des nouvelles raisons sociales des Marsiac : les acquis sont désormais consolidés. Chacun de leur côté, avec leurs propres armes, les Marsiac ont gagné leurs paris professionnels. Contrairement à mes craintes, l'étanchéité entre leurs domaines d'activité est restée parfaite. Quelque chose me dit que c'est mieux ainsi. Pourvu que ça dure.

– Progrès dans l'évolution de leurs nouvelles identités.

1) Le taux de frivolité de Hugo Marsiac est désormais de 100 %. Avec la réussite de la nouvelle ligne de bijoux,

il a gagné cette confiance en soi qui signe la femme moderne.

2) Le cas d'Ariane Marsiac est plus préoccupant. Ces derniers jours, elle semble ailleurs, nerveuse, absente. Mon intuition est que son mari l'inquiète, ce qui voudrait dire que son taux de nonchalance masculine est encore bien trop bas. Un homme, un vrai, réalise qu'il y a un problème dans son couple lorsque son épouse demande le divorce. Une autre explication serait qu'elle a envie d'avoir des rapports intimes avec quelqu'un d'autre (compte tenu de son emploi du temps, quelqu'un du bureau me semble l'option la plus plausible). Dans ce cas, on serait autorisé à y voir un net progrès de virilisation, mais aussi une source éventuelle de tracas pour l'avenir.

— Observations générales :

Les enfants vont mieux. D'après leur grand-mère, désormais, chacun des deux a retrouvé son équilibre en intégrant définitivement le fait qu'aujourd'hui leur père est leur mère et réciproquement. Cette situation me satisfait pleinement, mais elle inquiète terriblement Lise Honfleur qui la commente par ces mots : « Tôt ou tard, ça va péter. Ma fille marche sur la tête et je ne me priverai pas de le lui dire. » Je me prépare donc à intervenir à tout moment afin de faire office de pompier.

# 8

# Août

*« Août mûrit les fruits, septembre les cueille. »*

Sagesse populaire

Allongée à plat ventre sur sa serviette, le menton posé sur les mains, Ariane rêvassait.

Une veine que les brigades du bronzage n'aient pas patrouillé sur la plage à ce moment-là : arrière de la cuisse sablé comme une escalope panée + visage planqué sous une casquette + débardeur conservé par paresse = zéro chance d'acquérir un hâle uniforme, soutenu, professionnel. Mais Ariane s'en fichait. Les yeux mi-clos, elle écoutait la curieuse symphonie de la plage. À l'arrière-plan, l'océan faisait « pshouut » comme une gigantesque chambre à air crevée et les mouettes, ces frimeuses de haut vol, poussaient des « hiiik, hiiik » idiots. Plus près, les cris des baigneurs surexcités, qui, à leur vingt-deuxième tentative de la journée, semblaient toujours aussi étonnés de trouver l'eau à dix-sept degrés. À côté d'elle, enfin, les éclats de rire de sa famille. Elle tourna doucement son visage sur le côté pour observer la scène. Seul Abribus remarqua qu'elle avait bougé et gronda dans sa direction, silhouette de grenouille obèse étalée à plat ventre sur le sable. À sa hideuse présence près, on était au bord d'une de ces pubs de conseil régional vantant son littoral sur fond d'Yves Duteil. Deux blondinets dorés, assis sur leurs talons, dévorant des beignets à belles dents tandis que leur mère leur enduit les épaules d'écran total. Seule différence avec un spot pour des vacances en Charente-Maritime : la maman était incarnée par un grand brun aux pattes velues et, dans le rôle de l'homme qui fait semblant de dormir un peu à l'écart pour avoir la paix, c'était elle, Ariane Marsiac.

Elle écouta ce que disait son mari. Plus que le fond : « Attention à la confiture. Ça coule et ça colle, la confiture », c'est sa voix qui la surprit. Désormais, quand il parlait à ses enfants, Hugo changeait de phrasé, détachant davantage ses syllabes, modulant son timbre un ton en dessous. Une vraie mère.

Ensuite, son mari tendit la crème solaire à Gudrün, la jeune fille au pair, qui la refusa d'une moue désabusée. Elle se tenait immobile sous son parasol, silhouette hiératique chapeautée, lunettée et gantée des maniques à four trouvées dans la maison de location. Le premier jour, malgré les mises en garde de Hugo, la Suédoise avait tenu à arpenter la plage en bikini, à la recherche d'une âme avec laquelle partager son désarroi d'être tombée chez ces fous où le mari poussait un Caddie chez Auchan tandis que la femme regonflait les vélos de toute la famille. Mal lui en avait pris. Gudrün était rentrée de son périple de la couleur d'une aubergine, de vilaines cloques sur le décolleté, les cuisses à vif et, disait-elle, les mains brûlées. Impossible d'aider à la cuisine, au bain des enfants, au ménage, aux courses même. S'il n'avait tenu qu'à elle, Ariane aurait volontiers renvoyé l'au-pair vers Göteborg, mais Hugo lui avait fait valoir qu'elle pouvait encore repasser des tee-shirts, les moignons bien calés sur le fer, et qu'en matière de baby-sitters comme en matière de ruptures amoureuses « on sait ce qu'on perd, on ne sait pas ce qu'on retrouve ». Du pur Lise Honfleur.

Les petits coururent vers l'eau, leur moret à la cheville, coursés par Hugo qui, pour la vingtième fois de la journée, leur proposa une démonstration en rappelant avec nostalgie son passé d'« enfant prodige du surf ». Gudrün, douloureuse et majestueuse, leur emboîta le pas, deux grandes serviettes pendant à ses bras emmaillotés, telle une statue du Commandeur en éponge bouclette.

Restée seule, Ariane s'interrogea sur ce goût étrange qu'elle avait au cœur. Elle aurait dû être enchantée de voir que l'expérience Marsiac, son idée après tout, marchait si bien. Qui aurait pu dire, huit mois plus tôt, que son mari deviendrait cette jeune femme épanouie et joyeuse, « bien dans sa tête, bien dans son corps », comme on n'en voit que dans des comédies sentimentales sur TF1 à 20 h 50 ? Qui aurait parié sur son propre triomphe à la tête de Jeloutou ? À la ZAC de Bachelay, l'opération Chippendales était en passe de devenir LE happening commercial de la décennie. Lancée au début de l'été, la campagne publicitaire avait fait converger vers le logo rouge du loueur de gros matériel des dizaines de célibataires, enchantées par la perspective d'un mois d'août entier à contempler un gaillard au torse ambré dallant l'entrée de leur pavillon. Nicard, d'une humeur de rose, était même descendu de son bureau directorial afin de prêter main-forte aux commerciaux débordés, initiant avec bonhomie les clientes aux subtiles différences entre scies murales et découpeuses hydrauliques. Tout ébaubi du succès, il avait même proposé à Ariane d'engager des « collaboratrices du beau sexe » à la rentrée. Tout allait bien, vraiment. La jeune femme se demanda un instant si ce qui s'était passé avec Nicolas Flanvart était la cause de son malaise.

Non, impossible. Pour la première fois de sa vie, elle avait réussi à coucher avec un homme sans en tomber immédiatement amoureuse. Dieu sait si, dans le temps, cette sensiblerie lui avait joué des tours ! Dès qu'un garçon la touchait – surtout s'il la touchait bien –, elle s'emballait, ça ne ratait jamais. Cette sexualité à la Sissi impératrice avait longtemps plongé sa mère dans une profonde perplexité. « Prends garde à la dérive midinette, ma chérie. Le cœur et le cul, ce sont deux choses différentes », l'avait-elle morigénée en femme qui partageait sa vie entre avant et après la lecture de l'œuvre de Shere Hite. Mais là, Lise aurait été fière de sa fille : le nez collé sur sa serviette de plage, Ariane pensait à Flanvart avec autant de placidité qu'une ménagère réfléchissant à son menu du soir. Elle aurait dû être contente, contente de ne ressentir ni trouble, ni émotion, ni angoisse d'aucune sorte. Pas un instant elle n'avait culpabilisé vis-à-vis de son mari. Cette aventure, la première de sa déjà longue vie conjugale, n'avait rien à voir avec eux deux, rien du tout. Elle n'arrivait même pas à la qualifier d'adultère. En Nicolas Flanvart, elle avait trouvé l'équivalent de ce que les clientes venaient chercher chez Jeloutou : un échange, tonique, de bons procédés. Un bon deal, daté dans le temps, pas compliqué. D'ailleurs, pourquoi se sentir coupable ? Ariane n'envisageait pas de renouveler une expérience qu'elle prenait pour ce qu'elle était : ni un coup de folie, ni un coup monté, un coup tout court. Oh, les performances de son collaborateur n'étaient pas en cause : dans un genre particulier, leur unique étreinte, un soir dans son bureau fermé à clé, avait même été très réussie. Pas un instant, la jeune femme n'avait songé aux choses qui d'ordinaire la tracassaient : finir de se déshabiller gracieusement, rentrer son ventre, adopter une position qui la mette en valeur, ne pas ouvrir les yeux de peur de surprendre chez l'autre une mimique qui lui aurait donné envie de pouffer, etc. Ce soir-là, Ariane avait au contraire été enchantée de goûter à l'âpreté d'un coït sans mines ni poses.

Comme un homme, elle avait gardé les yeux grands ouverts, observé le bassin du commercial soudé au sien, la forme de ses épaules, de son sexe aussi, sur lequel elle avait déroulé un préservatif avec une dextérité qui l'avait surprise : la chance de la débutante, sans doute. À terre, le slip marine de Flanvart, échoué, les deux trous pour les cuisses dirigés vers le plafond, ne lui avait pas arraché la moindre grimace.

Ariane soupira. Pourquoi, bon sang, pourquoi donc se sentait-elle si mal ? Poussant plus loin l'introspection, elle fit défiler les images de la fin du mois de juillet. Qu'est-ce qui, au juste, l'avait poussée à convoquer Flanvart dans son bureau un soir à 19 h 30 ? Pendant des années, Ariane avait été de ces femmes dont on dit : « Elle n'a jamais regardé un autre homme que son mari », ce qui est toujours faux ; les femmes fidèles regardent au moins autant que les autres, simplement, la seule chose qu'elles voient, c'est qu'elles ont mieux à la maison. Elles sont toujours amoureuses, c'est tout.

Pourquoi donc, ce soir-là, Ariane avait-elle désiré un type qu'au fond elle n'avait même pas regardé ? Pourquoi l'avait-elle accueilli tous seins dehors, les mains en avant, avec une espèce de calme rageur ? Quel jour c'était, d'abord ? Ah, oui, bien sûr, c'était le lendemain du départ des enfants chez Lise. Le mercredi où Hugo avait débarqué à l'improviste chez Jeloutou.

Le matin même, elle était partie avant 7 heures, devinant que son mari tomberait sur l'annonce du *Courrier de l'Ouest parisien*. Elle se doutait qu'il réagirait vite, et fort. Même si Hugo semblait ravi d'avoir pris du champ avec Jeloutou, il ne pourrait pas laisser passer une chose pareille. Elle ne tenait pas à être là au moment où il réaliserait que l'entreprise qu'il avait fondée comme un véritable temple des valeurs viriles était en train de s'ouvrir, par le seul fait de sa femme, à une parité limite putassière. Plutôt que d'affronter l'ire de sa moitié, Ariane avait choisi de se tirer, ce qui n'était guère courageux mais facilement explicable par le fait que, on s'en souvient, elle était devenue un homme.

À 9 heures précises, alors que, comme chaque matin, la jeune femme prenait son café avec le directeur général dans le hall, la petite Agila rose pila devant l'entrée.

Abasourdis, Ariane et Adolphe regardèrent Hugo se précipiter vers eux, tout pâle dans un jean rouge vif assorti d'un tricot de corps barré des mots « Versace croisière ». Il salua Nicard d'un sourire crispé, attrapa la main de sa femme et la tracta littéralement jusqu'à son bureau.

Ariane tenta tout de suite de le calmer :

« Hugo, si je ne t'en ai pas parlé, c'est que nous avions promis de ne rien nous dire, mais tu sais, je n'avais pas le choix, Toutalouer prépare un sale coup de dumping pour la rentrée et les chiffres ne sont pas très bons... »

Il mit un doigt sur ses lèvres pour la faire taire.

« Chérie, je n'ai qu'un mot à dire. Gé-niale. Tu es géniale. Et maintenant que je connais un peu mieux les galères des femmes qui font des travaux chez elles, je peux te dire que tu vas faire un tabac. C'est vrai, parler à un artisan sans se faire rouler, dès qu'on porte une jupe, c'est mission impossible. Et conduire une grue télescopique en mules, on est d'accord, c'est pas l'idéal ! »

Il fit un rire en chasse d'eau et continua : « Je suis venu pour te dire que je suis fier de toi. Maintenant que je sais ce que tu as fait, tu veux que je te parle de F comme Frivole ? On a bien travaillé avec Soso, tu sais. »

Décontenancée, Ariane balbutia :

« Non, non, ne me dis rien, je te fais toute confiance. Mais vraiment, des Chippendales chez Jeloutou, tu es content ?

— Mais oui, ma puce, c'est épatant, je te dis. Je vais te faire une pub de folie auprès des clientes. D'ailleurs, je filoche, j'ai un rendez-vous très important avec Mme Perrouin, la toiletteuse canine. »

Il l'avait appelée « ma puce ». Ariane vit son mari trottiner vers la sortie sur ses sandales tropéziennes en cuir fauve. Elle le vit passer devant Nicard sans s'arrêter, agitant seulement le bout des ongles pour prendre congé. Elle le vit disparaître dans la porte tournante, s'installer dans sa voiture en basculant les jambes sur le côté et observer son reflet dans le pare-brise avant de démarrer.

Alors, elle eut envie de pleurer.

Alors, elle prit rendez-vous avec Flanvart pour le soir même à 19 h 30 précises.

Le lendemain matin, Lise lui avait téléphoné. Ariane, se méfiant comme de la peste du sixième sens de sa mère, avait donné le change d'une voix enjouée, se déclarant enchantée de « se retrouver comme un jeune couple sans enfants, avec Hugo », mais « impatiente tout de même de parler aux petits, tu penses ».

À l'autre bout du sans-fil, un long silence et puis : « Pourquoi tu ne les as pas appelés hier soir, alors ? »

Et merde.

Comment dire à sa mère que la veille, elle était rentrée du bureau vers 22 h 30, prétextant une réunion atrocement pénible, alors que sa seule difficulté de la journée avait été d'éliminer à grands jets de savon liquide les stigmates de son étreinte avec un commercial à semelles de crêpe ? Comment lui raconter qu'elle s'était lâchement déclarée épuisée pour mieux filer faire semblant de dormir ? Comment lui expliquer qu'elle avait alors culpabilisé, non de se sentir coupable, mais au contraire de n'éprouver aucun remords ?

Elle ne dit donc rien. Sentant le trouble de sa fille, Lise lui parla, tout doucement.

« Ma chérie, ta vie privée ne me regarde pas… mais je crois que je dois te mettre en garde… »

(« Oh non, se dit Ariane, rien qu'à ma voix, elle a deviné qu'à peine je deviens un mec, je me découvre une propension au harcèlement sexuel en entreprise. Ce n'est pas une mère que j'ai, c'est Endora, la belle-doche de la sorcière bien-aimée. »)

« C'est au sujet de tes enfants... » Ouf, pour une fois, ses super-pouvoirs n'avaient pas mis dans le mille. Après une courte hésitation, Lise reprit : « Hier soir, nous avons eu une longue discussion. Je les trouve, comment dire, un peu déboussolés. Hector m'a confié, d'une toute petite voix : "Je crois que je préférais avant, quand mon père n'était pas ma mère. Il est bien, papa, mais c'est pas sa place." Pendant ce temps-là, Loulou soupirait sans rien dire. Tu es en train de perdre tes enfants, Ariane. »

La jeune femme s'était alors mise en pilotage automatique pour répéter un discours désormais rodé : Voyons, les petits sont tellement adaptables, une vraie pâte à modeler, plus tard, ils riraient de cette parenthèse de quelques mois, c'est sûr. Mais désormais, Lise Honfleur n'était plus la seule à ne pas gober un mot de ce plaidoyer *pro domo* : Ariane, elle-même, n'y croyait plus.

À ce stade de sa réflexion, la jeune femme aperçut ses enfants courant vers elle depuis le bord de l'eau. Elle se redressa sur sa serviette, bras tendus, toute joyeuse, lorsqu'elle vit la petite Louise trébucher puis s'étaler sur les rochers. Alors qu'elle se précipitait pour la relever, Ariane l'entendit hurler : « Papa, papa, j'ai mal. »

Elle poursuivit sa course vers sa fille, son cœur doux, son amourette, sa jolie fleur, mais Hugo l'avait devancée. Les yeux mi-clos, il chuchotait « là là là » en berçant l'enfant, ses lèvres plaquées contre ses cheveux. Louise s'accrochait au cou de son père en sanglotant, son petit nez collé à son torse, les jambes en crochet autour de sa taille. Ils étaient seuls au monde et Ariane eut le sentiment qu'elle allait mourir de chagrin.

Des images se bousculèrent sous son crâne : elle avant, soufflant des baisers imaginaires aux petits et eux les enfermant dans leurs menottes comme des trésors. Elle, maintenant, bâclant les câlins du soir, trop fatiguée pour s'acquitter des cinq minutes de chatouilles réglementaires.

En cercles concentriques, d'autres souvenirs apparurent. Elle, avant, feuilletant *Gala* chez le coiffeur, des papillotes argentées lui faisant comme un casque de sardines tout autour du visage. Elle, maintenant, les cheveux retenus par un Bic mordillé, se parfumant le matin à grandes claques d'eau de toilette sur les joues. Elle encore, avant, achetant avec Soso une paire de cuissardes Michel Perry rouge cerise en multipropriété. Elle, maintenant, tellement déconnectée de l'essentiel qu'elle ne savait même pas où sa meilleure amie avait trouvé son nouveau ceinturon taille basse. Elle, avant, agacée, débordée, nerveuse, mais amoureuse de son mari. Elle maintenant, envieuse, tout simplement, de l'homme qu'elle aimait encore.

Ce jour-là, Ariane ne mourut pas de chagrin, mais elle comprit que les choses étaient encore pires que ce que pensait sa mère : elle n'avait pas seulement perdu son mari et ses enfants, elle avait également perdu son boulot, sa maison, son chien, sa meilleure amie, même son côté du lit. Sa vie tout entière, en somme. Mais elle comptait bien les récupérer, très vite.

Maître Maurice Cantuis
Huissier de justice
Membre du directoire de l'UJHJF

Code dossier : « Expérience MARSIAC »
Procès-verbal de constat : Mois d'août 2002
Attention, document à conserver en interne pour le moment.

Observations générales : Curieux mois d'août : aucune nouvelle des Marsiac depuis le 15. Leurs portables sont sur messagerie et personne ne me rappelle. Impossible d'en savoir davantage par Lise Honfleur, son stage « Découverte de la culture inuit » se déroulant en territoire lapon, hors de portée de mon mobile Ola à forfait de 3 heures, Corse comprise.

Je suis très inquiet.

## 9

## Septembre

« *En septembre se coupe ce qui pend.* »

Sagesse populaire

Il y a des gens qui veulent toujours que rien ne change. On l'aura compris, les Marsiac n'étaient pas de ceux-là. C'est donc consternés qu'à leur retour de vacances ils passèrent la porte de leur maison. Ah ça, les ouvriers n'avaient rien abîmé. Tout était en l'état, comme le jour de leur départ, un mois plus tôt. Malgré les promesses de Dilabault, aucun membre de sa *dream team* n'avait daigné fouler le sol du 12, rue du Gai-Pinson, Yvelines. À croire que tout ce petit monde s'était entendu pour laisser intact ce sanctuaire du chantier de particulier foireux. La cuisine équipée gisait encore en kit dans des cartons, désormais ensevelis sous une solide couche de poussière. Le sol du salon ressemblait toujours à une mosaïque de béton allégé, plâtre, taches de peinture et sorties de fils hâtivement planquées sous du contreplaqué. Ariane en profita pour tenter sa chance :

« Mon pauvre chéri, tu sais que demain, ça fera un an pile que le chantier a débuté ? Tu peux peut-être organiser une petite fête pour les ouvriers, qui sait, ça les ferait venir ? Sérieusement, comment tu vas faire pour relancer la machine, avec la rentrée scolaire, en plus ? Allez, demain, retourne chez Jeloutou et laisse-moi me taper le sale boulot. »

Hugo sourit gentiment.

« Je t'ai dit non, c'est non. Je n'y reviendrai pas, Ariane. »

Curieux, tout de même, d'avoir à répéter deux cents fois la même chose, se dit-il. Depuis leur houleuse conversation d'août, Ariane était revenue sans arrêt à la charge, essayant de le convaincre par tous les moyens possibles : charme, menace, colère, gentillesse, tristesse. Avec un succès également nul.

Elle avait attaqué en douceur, un beau soir des vacances, en descendant de sa chambre toute jolie, maquillée, cheveux relevés en chignon, dans une robe presque transparente. Elle avait dit : « Surprise ! Je t'invite au restaurant, mon chéri » et, dix minutes plus tard, ils s'étaient retrouvés chez Sole majeure, le meilleur établissement de l'île. À peine arrivés, elle avait proposé de jouer au « Qui parle perd » avec leurs jeunes voisins, pas plus de soixante ans à eux deux et déjà plus rien à se dire. Ariane avait choisi l'homme et elle avait perdu ; au fromage, son pion avait bêtement craqué en demandant à sa compagne si elle partagerait un saint-marcellin. Le coup classique. Bonne perdante, Ariane avait toutefois volontiers offert le champagne à Hugo. Pendant toute la soirée, elle avait fait sa charmante, la tête penchée sur le côté, et que je plisse mignonnement les yeux, et que je souris tout le temps, lèvres retroussées sur mes gencives de soie, et que je me tortille du décolleté. Hugo, un peu étonné, en avait profité pour lui raconter la ligne Haute Joaillerie de F comme Frivole, il en avait tellement envie ! Ariane avait battu des deux mains, lui donnant du « Tu es extraordinaire mon chéri, je n'en doutais pas, tu sais ». Son mari, ravi de la sentir si réceptive, saisit l'occasion pour faire riper la conversation sur le territoire qui lui tenait à cœur : ce soir, enfin, ils pourraient calmement parler d'eux, de leurs émotions, de leur couple après toutes ces semaines à « fonctionner » sans prendre le temps de faire le point. Ariane réprima une envie de bâiller et fit poliment semblant de s'intéresser au babil socio-psy de son époux. Ça n'était pas difficile : elle se contentait, de temps en temps, de le relancer d'un « Et qu'est-ce que tu as ressenti à ce moment précis ? » et c'était reparti pour cinq bonnes minutes. Ce n'est qu'au dessert qu'elle avait abattu ses cartes. Saisissant sa main par-dessus la table, elle avait dit, très lentement : « Hugo, rends-moi ma vie. »

Il avait d'abord fait celui qui ne comprenait pas. Comment ça, où était le problème, tout marchait bien, le deal était prévu jusqu'à décembre, pourquoi rompre une promesse mutuelle ? Ariane s'était lancée dans une explication plutôt brutale d'où il ressortait qu'elle était prête à restituer à son mari sa télécommande et toutes les prérogatives qui y sont attachées ; leur échange ayant trop bien marché, maintenant elle se sentait lésée, vide, inutile. Assez logiquement, Hugo lui avait rappelé que, six mois plus tôt, c'est avec les mêmes adjectifs qu'elle décrivait son mal-être. Comment cette vie qui l'avait quasiment rendue folle allait, quelques semaines plus tard, lui rendre sa raison, hein ? Ariane n'avait rien trouvé de mieux à répondre que, si elle avait beaucoup évolué depuis mars, contrairement aux apparences, son mari était bien resté un bourrin d'homme, sans aucune finesse psychologique. Oh, l'erreur. Hugo avait très calmement empoché l'addition en précisant : « J'ai les moyens de t'inviter, figure-toi », avant de lui donner le coup de grâce :

« J'en ai ras-le-bol de tes caprices, Ariane. Je ne te rendrai pas ta vie parce qu'à *ton* initiative on a conclu un pacte. Il se trouve que je m'éclate, moi, avec *mon* boulot, *ma* maison et *mes* enfants.

— Hugo, tu vois bien que tu es pathétique ; ce sont les filles qui ne parlent que par des pronoms possessifs. Ce n'est pas un homme d'intérieur que tu es devenu, c'est une espèce de travelo de l'intérieur, voilà.

— Je m'en fous. Tu sais quoi ? Je ne suis pas sûr de vouloir retourner sur mon autoroute de con de cadre décideur. Donc, je continue jusqu'au 31 décembre et peut-être même après, je n'ai pas encore décidé. »

À court d'arguments, Ariane décida de sangloter un bon coup. Avec Hugo, avant, ça marchait toujours, les larmes. Son mari se contenta de lui tendre sa serviette en papier en disant, goguenard :

« Allons, allons, un homme, ça ne pleure pas. »

Ariane, effondrée, comprit que la guerre venait à peine de commencer et qu'il n'y aurait pas de prisonnier.

La fin de l'été s'était déroulée dans la chaude ambiance qu'on imagine. En apparence, tout allait très bien. En fait, le couple Marsiac, c'était devenu le cartel de Medellin, ses offensives secrètes, ses coups bas. Ariane montait au créneau tout le temps et, tout le temps, Hugo la contrait. Seule bénéficiaire, leur progéniture, devenue l'objet d'une surenchère de cadeaux, câlins, petites attentions en tous genres. Sous son parasol, Gudrün, ahurie, regardait les ballons, bouées canard, raquettes de tennis de plage et dauphins en caoutchouc s'empiler en se disant que décidément, elle était tombée chez des barges.

Voilà où ils en étaient. Le nouveau fiasco du chantier n'ayant pas suffi à dégoûter son mari de sa vie de ménagère, Ariane comprit que tout combat frontal était perdu d'avance. Désormais, c'est par la ruse qu'il faudrait avancer.

Un instant, Hugo se demanda s'il avait eu raison de s'obstiner dans son refus du Caddie à roulettes : dégradante pour son image, la poussette d'Ariane en peluche imprimée vache, sans doute, mais pas inutile pour éviter d'avoir les doigts sciés par les anses des sacs en plastique. Après avoir cavalé dans toute la mairie du Vésinet, dix-sept kilos de marchandise Franprix au bout de chaque bras, il trouva enfin le bureau « Inscriptions aux activités sportives ». Une vingtaine de femmes faisaient déjà la queue, le masque résigné de la ménagère soviétique des années 1950 sur le visage. Par bonheur, il aperçut, dans la foule, le minois souriant de Mélanie Vilmain, ci-devant mère de Rodolphe Vilmain, cinq ans, camarade de classe de Louise, un excellent élément possédant une Game-boy Advance et un cochon d'Inde femelle nommé Jenifer avec un seul *n*, de quoi s'assurer un vif succès auprès des filles de grande section de maternelle.

Finement, elle lui lança : « Ah, te voilà, je t'attendais, j'ai gardé ta place. » La queue des mères gronda de colère, mais Hugo se faufila jusqu'à Mélanie avec aplomb, grimaçant des « pardon, pardon » tout en donnant des coups de sacs vengeurs aux femmes les plus moches. Arrivé à sa hauteur, il se pencha pour poser ses commissions à terre, saisissant l'occasion d'observer de plus près les avenantes proéminences qui gonflaient le sous-pull de la jeune femme. Tout doucement, il lui glissa : « Merci. Ils m'ont dit qu'il n'y avait que quinze places pour le cours du mardi à 17 heures. Sans toi, j'étais cuit. Je ne peux pas inscrire les enfants le mercredi, à 2 heures on a foot et à 4 heures, je dois être à la sortie de l'expression corporelle avant de filer à l'atelier poterie récupérer le grand. Tu me sauves la vie. » Sous l'aisselle, il avait glissé une pochette contenant les documents nécessaires à l'inscription à la piscine, soit deux photos d'identité de chaque enfant récentes tête nue sur fond blanc à gris clair, deux certificats médicaux d'aptitude au sport, deux extraits d'acte de naissance, un chèque de trente euros par trimestre et par enfant, deux justificatifs de domicile, le livret de famille afin d'établir la filiation légale et le règlement interne du bassin scolaire doublement paraphé par les parents. Il n'avait même pas oublié les enveloppes timbrées à son adresse pour les passages de tests « Têtards » de fin d'année.

Mélanie Vilmain regarda Hugo, sincèrement épatée. Jamais elle n'avait vu un type pareil. Des pères, à la sortie de l'école, elle en voyait parfois. Des divorcés, le mardi ou le vendredi. Des occasionnels, envoyés *manu militari* par leur femme un soir d'urgence. Des chômeurs, l'air si malheureux d'être là, qui, la plupart du temps heureusement, ne fréquentaient les préaux que quelques semaines. Comme si la présence d'un homme devant une école à 16 h 30 était synonyme de catastrophe conjugale, familiale ou professionnelle. Mais jamais, jamais elle n'aurait pu imaginer qu'un garçon puisse être aussi content de s'appuyer le quotidien de la mère de famille lambda. Mélanie songea à son mari, ce type si gentil dont elle avait toutefois envie de faire un ex-mari quand il lui disait, l'air sincèrement étonné : « Tiens, tu n'as pas pensé à faire de salade, avec la quiche ? » Elle était sûre que Hugo, lui, était du genre à féliciter sa femme rien que pour avoir pensé à enlever le blister de la tarte au fromage avant de l'enfourner. C'est pour ça qu'elle ne comprit pas le curieux coup de téléphone qu'Ariane Marsiac lui avait passé, le matin même.

Trois petits coups modulés à la porte du bureau. Le code « alerte rouge » de Nicard. La pédégère de Jeloutou raccrocha, fit disparaître une feuille intitulée « Coordonnées des parents d'élèves de la classe de CM1 A » dans son sous-main et demanda à son bras droit d'entrer. Mais ça n'était pas Adolphe. Devant elle se tenait Nicolas Flanvart, la mine basse, l'œil triste du caniche dans la salle d'attente d'un salon de toilettage.

« Pardon d'arriver comme ça, sans prévenir. Mais je sais que Nicard tape toujours trois coups en cas d'urgence et j'avais besoin de te parler. »

Ariane fronça les sourcils. Depuis quand le simple fait de lui avoir arraché sa culotte avec les dents autorisait un employé à la tutoyer ?

« Vous auriez pu m'appeler sur ma ligne directe.

— Non, je voulais... vous voir. Depuis la rentrée, vous ne m'avez presque pas adressé la parole et je pense sans arrêt à vous. »

Cent kilos d'un ennui pâteux s'abattirent sur les épaules de la jeune femme. C'est sûr, elle aurait dû rompre officiellement. Mais pour rompre, il faut qu'il se soit passé quelque chose, au moins un embryon d'histoire, n'est-ce pas ? Hélas, en regardant Flanvart, elle se rendait compte qu'elle pouvait presque voir à travers lui. Dans son costume beige, il était transparent. Pas un spectre, ça non, elle n'en avait pas peur, plutôt un ectoplasme. Comment signifier à un ectoplasme son congé ? Elle se demanda ce qu'un chef d'entreprise adultère dirait dans la même situation. Elle se dit qu'à sa place, Hugo... Ah non, pas Hugo, la simple idée que son mari ait pu, un jour, là, dans ce même bureau... lui donnait la nausée. Allons, inutile de se faire mal, se dit-elle, vite, penser à autre chose, se contenter d'improviser un gentil laïus plein de clichés, pas trop vexant mais sans appel, genre Michael Douglas dans *Harcèlement*. Fastoche.

« Nicolas, j'ai beaucoup d'affection pour vous, soyez-en sûr, mais je dois être raisonnable, ne penser qu'à l'entreprise. En juillet, nous avons tous les deux été l'objet d'un coup de chaud, mais il faut savoir raison garder. (Ariane utilisait de plus en plus de formules à la Pierre-Luc Séguillon, du genre "de deux choses l'une" ou "non seulement, mais encore".) Nous avons tous deux des familles que nous aimons, alors mieux vaut oublier ce qui s'est passé. Bien entendu, votre position chez Jeloutou n'est en rien menacée, vous avez ma parole. »

En voyant Nicolas repartir, la silhouette triste du caniche désormais shampouiné, elle se dit qu'elle n'était pas du tout gentille mais eut envie de se frotter les mains quand même. Trente-cinq secondes plus tard, elle ne pensait déjà plus qu'à la réunion qui l'attendait. Il est implacable, le quotidien du décideur moderne.

Lise Honfleur crut d'abord qu'elle était la première, mais autour de la table réservée au nom de sa fille, un homme était déjà assis. Elle pensa qu'il avait tout à fait la tête à avoir son rond de serviette dans un établissement nommé la Dinde dodue. Il se présenta à elle, baisemain dévoilant une calvitie propre, sans implants ni Régécolor, un bon point. Ainsi, c'était lui, le fameux Adolphe Nicard. Très vite, Momo le ponctuel fit son entrée. Il regarda, sans plaisir, sa dulcinée assise à côté d'un type qui avait tout à fait la tête à présider aux destinées de l'UHJFS (Union des Huissiers de Justice de France Seniors) et vint s'installer d'autorité à côté d'elle, prêt à en découdre. Sur ses talons se présentèrent Pierre Gantois puis Dilabault, flanqué d'une Gudrün rose d'émotion. Chaque membre de cette tablée hétéroclite entreprit de tétouiller sa Badoit en se demandant ce qu'il faisait là.

Ariane apparut alors dans une robe corsetée d'une sorte de ceinture en écailles d'acier. Depuis un quart d'heure, elle attendait, planquée sur le parking, que tout le monde soit arrivé pour faire son entrée. À cet instant, elle savait qu'elle n'avait pas le droit d'échouer. Elle se sentait comme une Jeanne d'Arc volant à la rescousse de sa famille, une guerrière du conjugal, quasiment une sainte. Ses invités, elle les avait choisis avec soin : sans ce « collectif », elle n'aurait pas la moindre chance de gagner la partie.

La voix tremblante d'émotion contenue – Julia Roberts recevant son oscar, avait-elle en tête –, elle expliqua sa détresse. Voilà, en dépit d'une allégresse de façade, Hugo allait très mal, seuls des amis très chers pourraient l'aider. Ces amis, c'étaient eux bien sûr, ce « clan des sept » de l'affection et de la bienveillance. Ensemble, ils devraient décider d'une union sacrée autour de son mari. Toute la table leva un sourcil étonné, à commencer par Gudrün et Dilabault, stupéfaits de se découvrir appartenir au cercle des intimes.

À l'attention de ceux qui ignoraient encore les tenants et aboutissants de « l'expérience Marsiac », Ariane rappela en quelques mots sa genèse. Nicard l'observait fixement, les yeux agrandis d'horreur, tandis que Dilabault commençait à comprendre pourquoi l'au-pair suédoise ne désignait ses patrons que sous le sobriquet de « cinglés ».

La jeune femme termina son speech par une rafale de ces formules sans appel dont elle avait le secret.

« M. Dilabault sera d'accord avec moi : trop souvent, qui veut faire l'ange fait la bête. Aujourd'hui, même s'il donne le change, Hugo est isolé, miné, aveuglé. La preuve ? Il refuse de me rendre ma vie. Il n'est pas seulement devenu une femme, il est devenu une chieuse. Si vous n'acceptez pas de nous aider, dans quelques mois, Hugo Marsiac aura achevé sa mue. Cet homme au charisme et à la prestance légendaires ne sera plus qu'une de ces ménagères névrosées à tendance bovarysante, accro au téléachat et aux mots fléchés des magazines people. »

Un frisson d'horreur bien légitime parcourut l'assemblée. Chacun demanda ce qu'il pouvait faire pour aider. On s'en doute, Ariane avait déjà tout planifié. C'est ensemble qu'il faudrait se livrer à un patient travail de sape. Le but : convaincre Hugo de retourner à sa vie antérieure en provoquant chez lui un retour de flamme virile, un sursaut de fierté machiste. Les moyens ? Nombreux, habiles, sournois, circonstanciés. Petites réflexions sur ses talents culinaires et ménagers, sourires en coin en visitant le chantier toujours inachevé, doutes affichés sur ses compétences d'éducateur, commentaires moqueurs sur sa mise de coiffeur coloriste pour dames, fréquentes allusions à ces années professionnelles glorieuses et désormais derrière lui. Chacun se vit attribuer sa tâche : Nicard serait chargé de faire comprendre à Hugo que la survie de Jeloutou était suspendue à son retour ; Pierre, que son meilleur ami, en trahissant la cause, mettait toute l'engeance masculine en danger ; Lise, que les petits réclamaient leur mère ; Momo devrait publiquement se dire épouvanté du résultat de l'expérience Marsiac ; Dilabault avait carte blanche pour que surtout le chantier ne progresse pas trop vite – il accueillit la nouvelle avec le sourire de l'ange de la cathédrale de Chartres. Gudrün, enfin, était priée de rester telle quelle, c'est-à-dire un défi aux nerfs les plus éprouvés. Ce serait la guerre, une guerre patiente, violente, sans répit ni pitié, moche.

En remontant dans son Audi, Ariane avait des ailes. Elle se félicita de n'avoir pas convié Sophie à la Dinde dodue. Ce qui lui restait d'intuition féminine lui soufflait que, désormais, sa meilleure amie n'était plus de son côté. Quelques jours plus tôt, Soso lui avait proposé de déjeuner avec elle ; après avoir feuilleté son agenda, Ariane avait lancé une date, à trois semaines de là. « Je n'ai rien de plus près, désolée, ma belle. » D'une voix pointue, cette dernière avait répliqué : « Moi aussi j'ai une rentrée chargée, Ariane, et pourtant, tu vois, j'étais prête à déplacer des rendez-vous importants pour passer un peu de temps tranquille avec toi, comme avant. » Ouh là là, les reproches sous-entendus ! La patronne de Jeloutou avait d'autres chats à fouetter que recevoir des leçons d'une… fifille capricieuse. Si Sophie ne pouvait pas suivre l'évolution de son amie, si elle n'avait pas la patience d'attendre que les choses se normalisent un peu, eh bien, tant pis pour elle. Elle n'aurait pas droit au récit de l'épisode Flanvart, voilà tout. De toute façon, Sophie ne parlait que de Hugo, ces derniers temps, et la perspective de recevoir un cours de morale de sa meilleure amie était au-dessus de ses forces…

Ce dont Ariane ne se doutait pas, en revanche, c'est qu'au cours du déjeuner de la Dinde dodue elle avait parfaitement échoué à convaincre deux de ses invités. Et pas des moindres.

Si elle avait été plus attentive, la patronne de Jeloutou aurait sûrement remarqué que Momo n'avait pas desserré les dents de tout le déjeuner. Comme beaucoup d'hommes, Ariane faisait désormais partie de ces gens qui croient que le simple fait de payer un fournisseur vous garantit sa loyauté. Se souvenant du mot d'ordre de l'UJHJF : « Assurer le meilleur conseil en toutes circonstances », elle s'était dit que Momo passerait sans états d'âme de la fonction de coach de couple à celle de chirurgien plasticien réparateur. Or, en trente minutes, l'huissier avait vu son bel ascenseur social se fracasser au deuxième sous-sol. Il était reparti avec une seule idée en tête : empêcher la jeune femme de nuire, coûte que coûte, et ce, même s'il devait monter seul au créneau.

Il ignorait encore qu'il s'était fait une alliée inattendue durant le déjeuner. Lise Honfleur, révoltée de découvrir en sa fille une manipulatrice aussi rouée, venait de choisir le camp de son gendre.

« Sophie, j'ai pris une belle épaule d'agneau au Monoprix. Trente minutes à four chaud, du romarin en branche et hop. Pour toi, à côté, il y a un steak tartare, je me suis dit que le mouton, ce n'était pas assez rouge pour toi. C'est notre contribution au dîner. J'imagine que tu n'as pas eu le temps de passer chez le boucher, avec les deux collecs de Noël à finir de dessiner, hein ? »

Quelle merveille, ce Hugo, pensa la jeune femme pour la trentième fois de la journée. Elle attrapa le paquet de viande et embrassa Ariane, qui se tenait deux pas derrière son mari. Sophie était si contente de la voir un peu tranquille, après ce coup de téléphone idiot où elles n'avaient pas trouvé de date pour déjeuner ensemble. Au fond, Pierre avait eu une bonne idée d'organiser ce petit dîner au débotté.

Ça s'était passé bizarrement, pourtant. Pierre et Ariane semblaient nerveux. Comme s'ils se forçaient à ne jamais se regarder. Lorsque Hugo et Sophie avaient rapporté les assiettes dans la cuisine, ils les avaient entendus chuchoter. La conversation, archi-bizarroïde, avait d'abord porté sur le boulot de Pierre, sa joie d'évoluer dans des ambiances viriles, fraternelles, musclées, couillues. Étrange, songeait Sophie, d'habitude, son mari se plaignait toujours de ce métier de journaliste sportif qui l'obligeait à n'écrire que « sur des bœufs, avec des bœufs, pour des bœufs ». Ariane prit le relais en détaillant longuement une étude américaine sur la testostérone qui, paraît-il, baisse drastiquement dès que les hommes ne sont plus confrontés au stress d'une vie professionnelle trépidante. Hugo s'exclama, ravi : « Ouf ! Entre les enfants, le chantier et les clientes, mon taux de testostérone doit atteindre le montant de la dette africaine. » Pierre enchaîna abruptement en évoquant la démission des hommes d'aujourd'hui, leur incapacité à donner des repères solides à leur progéniture, les ravages de la « dévirilisation », tout un fatras de clichés auxquels Ariane opina par de vigoureux coups de tête. Hugo, pensant sans doute qu'il s'agissait de second degré, riait en se cachant les dents d'une main, comme il aimait à le faire désormais.

En écoutant le tandem Pierre-Ariane, Sophie pensa à la patrouille des éléphants du *Livre de la jungle*, qui, on s'en souvient, « s'achemine pesamment, les oreilles au vent, la trompe en avant », etc., etc. Agacée, elle entraîna son amie dans la cuisine pour préparer les cafés.

« À quoi vous jouez, Pierre et toi ? Vous essayez de dévaloriser Hugo à ses propres yeux, c'est ça ? »

Très calmement, son amie lui répondit :

« Réveille-toi, Soso. Que dirais-tu si ton mari passait la moitié de ses nuits à tenter de mettre au point le premier prototype de sac à main pour hommes qui ne fasse ni Derrick, ni "Huggy les bons tuyaux" ? Que dirais-tu s'il envisageait des injections de Botox pour, je cite, "gommer mes rides du lion et avoir l'air moins fatigué" ? Que dirais-tu s'il te faisait la gueule pendant quatre heures parce que tu as oublié de lui fêter l'anniversaire de votre premier baiser ? »

Sophie avait souri :

« Et s'il est heureux, comme ça, Ariane ?

— Et le fait que *moi*, je ne le supporte plus, ça compte, ça ? Merde, Soso, je ne suis pas comme toi ou comme ma mère, je ne suis pas une sainte, je ne l'étais déjà pas avant, alors maintenant que je vis comme un homme, t'imagines ! J'ai épousé un type viril, solide, rassurant, pas une manucure, putain ! Je me sens lésée sur la marchandise. Et je suis sûre que si Hugo était dans son état normal, il réaliserait que sa mignonne petite femme est devenue un Jean-Claude Van Damme en soutif dentelle 95 B. Lui aussi, il se fait avoir, dans l'histoire. Bon, changer de vie, c'était mon idée, d'accord. Je me suis plantée, je le reconnais humblement, mais il est urgent de faire machine arrière. Pourquoi les deux femmes que j'aime le plus au monde ne me comprennent plus, bon sang ! »

En parlant d'une louve, Lise Honfleur, à cet instant précis, sortait du bois avec Momo. Du bois de Vincennes, où ils venaient d'écouter le *Requiem* de Mozart en plein air. Était-ce à cause de sa profession, mais Momo n'aimait que les requiems, soit de la musique taillée pour enrober les mauvaises nouvelles d'une pompe réconfortante. Fauré, Verdi, Mozart, il connaissait toutes les messes des morts par cœur. C'est en sifflotant *Dies Irae* (« la colère de Dieu ») qu'il avait effectué ses plus belles saisies, s'attendrissait-il volontiers. Pour l'heure, l'huissier avait plutôt l'air d'une petite boule de poils hostile. Cherchant un sujet de conversation, Lise lui demanda s'il savait que Mozart n'avait probablement écrit que la moitié du fameux KV 626, son assistant Süssmayr ayant terminé la partition après sa mort. Momo, qui l'ignorait, dit que bien évidemment il était au courant ; au bled, on recevait RFI sur le poste à galène, Allah Akbar, la France, dans son infinie générosité, n'ayant jamais lésiné pour tenter de civiliser les sauvages. Bon, il était vraiment de mauvaise humeur. Lise, intriguée, chercha à en savoir plus.

« Momo, c'est l'échec de l'expérience Marsiac qui vous mine à ce point ? Je ne comprends pas. De ma part, c'est normal d'être inquiète, car c'est ma famille qui est en danger. Mais vous, qu'avez-vous à perdre, si les choses tournent mal entre Hugo et Ariane ? »

Il s'arrêta net et la regarda attentivement. Son débardeur inuit en macramé de poil de renne la mettait en valeur. Elle était belle et calme, pleine, désirable, perdue d'avance. Que risquait-il à lui dire enfin la vérité ?

Il la prit par le bras et l'entraîna sans un mot vers un café de la porte de Vincennes. Momo raconta tout. Il dit l'impasse dans laquelle il se trouvait. Vie privée saccagée par sa propre faute, vie professionnelle sans reconnaissance ni perspective. Ni souffle, ni flamme, l'histoire banale d'une intégration ni réussie ni tout à fait ratée. Un petit bougnoule méritant qui rêvait au-dessus de ses moyens. Lorsque Ariane et Hugo avaient débarqué avec leur drôle d'histoire, il s'était dit qu'il tenait les cobayes de sa revanche. Mais six mois plus tard, Momo s'était fait rattraper par ce principe de réalité : la vie n'est qu'un grand jeu de foire ; quand ils sortent de leur rôle, les gens sont comme ces petits champignons que l'on doit assommer au marteau pour marquer des points. Il avait joué, il avait perdu ; maintenant, il devrait réintégrer son trou, un gros bandage sur le crâne. Avec le recul, tout devenait clair. Il en avait fait trop. Momo restait persuadé que l'échange de vies n'était pas une mauvaise idée. Là où il s'était planté, c'est sur la partie coaching. Il avait été trop exigeant, multipliant les entraînements, mettant la barre plus haut chaque mois et voilà, ses joueurs avaient craqué nerveusement. Il s'était cru Aimé Jacquet, il n'avait été que le Roger Lemerre du couple, voilà tout. Il n'avait plus qu'à retourner à son train-train, sinistre comme une saisie sur compte de chômeur surendetté.

Il fallait une femme de la trempe de Lise Honfleur, cette sainte athée, pour supporter d'entendre la confession du mauvais génie de ses enfants. En découvrant que, depuis le début, Momo avait été au moins aussi manipulateur qu'Ariane ces derniers jours, elle ne se mit pas en colère. Elle trouva même davantage d'excuses à l'huissier qu'à sa propre fille. Sans méchanceté, elle le reprit :

« Vous êtes trop dur avec vous-même, Momo. C'est Ariane et Hugo qui sont venus vous chercher. Le problème, c'est que je crois que votre vision du couple est un peu trop… radicale. Vous vous souvenez du jour où je vous ai dit que vous aviez perdu votre maghrébinité ? Je m'étais trompée. En fait, elle est revenue comme un boomerang dans vos séances de coaching. Toute votre enfance, on a dû vous présenter un modèle de rapports entre les sexes un peu… comment dire ? intégriste. Du coup, vous avez tenté de faire de mon gendre plus qu'une femme, une musulmane à l'ancienne, cantonnée à la cuisine et à l'élevage des marmots. Et ma fille est devenue un chef de famille autoritaire, du genre marchand de chameaux pas commode. Ce n'est pas techniquement, c'est culturellement, que ça a coincé. Vous n'y pouviez rien. »

Momo soupira à fendre l'âme. Lise avait sans doute raison. Cette idée de mettre Hugo à la broderie, c'était peut-être un peu exagéré. Comme l'interdiction formelle faite à Ariane de se lever pour débarrasser la table. Les maris français de souche, eux, rapportent toujours leur assiette dans la cuisine avant de retourner devant la télé, la conscience en paix. Horrifié, le coach convint qu'il avait été trop loin. Mais que faire ?

« Il y a peut-être une solution, s'écria tout à coup Lise. Après tout, nous avons les mêmes objectifs. Momo, vous rêvez de mener l'expérience à son terme et moi, je veux simplement pacifier les esprits, éviter le bain de sang conjugal. Connaissant ma fille, je sais bien qu'elle ne lâchera pas : elle pourrira la vie de son mari jusqu'à ce qu'il lui rende sa maison, ses enfants et son mi-temps. La seule solution, c'est de parler à *la* personne raisonnable de la maison. L'épouse. C'est-à-dire Hugo. Si on lui explique ce qui se trame avant qu'il ait à supporter l'humiliation de la conjuration du "clan des 7", en femme responsable qui veut sauver son couple, il fera peut-être spontanément machine arrière. Sauver son couple, c'est bien un truc de fille, ça. Autour de moi, je n'ai que des amies qui ont tenté, tentent ou tenteront de sauver leur couple. Et sans mon veuvage prématuré, je crois bien que, moi-même, j'y aurais consacré l'essentiel de mon énergie. »

Momo se dit que si sa femme, elle aussi, avait tenté de sauver leur couple, elle l'avait fait bien discrètement, sur la pointe des pieds pour ne pas réveiller son amant. Mais il comprit que Lise avait raison. Demander à Sophie de l'aide était également une bonne idée. Dès le lendemain, ils l'appelleraient.

Ariane consulta sa liste. Il ne lui restait qu'un nom, Jean-Baptiste Vrignaut. Elle revoyait bien la tête de sa mère, une petite blonde énergique, Vésinet en diable, serre-tête bleu ciel façon Vierge Marie, bien-pensante jusqu'au délire, le genre à organiser, pour les anniversaires de ses enfants, des jeux de piste dans les églises. Le premier qui trouve Jésus a dix points, les évangélistes sont à cinq points et les autres apôtres, à deux points. Hector, qui, lui, s'obstinait à débusquer les « chips », entendez les réserves d'hosties non consacrées, rentrait toujours avec un lot de consolation, une image du pape en général. Marie-Charlotte Vrignaut, née Flanchart du Pélage, compensait le dépit bien peu chrétien d'avoir perdu sa particule par une pratique vigoureuse de la contrition : en six ans, elle avait fait cinq marmots à son mari, un austère informaticien à goitre. Elle eut l'air stupéfaite d'entendre Ariane.

« Ah ça, mais ça fait des mois qu'on ne vous a plus vue à l'école ! Je dois dire que je m'inquiétais un peu pour vos enfants. »

Ariane ravala l'envie de lui dire qu'un autre danger, pour des jeunes, est de multiplier les pneumonies à force de pèlerinages dans des églises glacées.

« C'est gentil, ça, Marie-Charlotte. Et c'est à ce sujet que je vous appelle, comme toutes les mères de l'école que je connais personnellement. J'imagine que vous voyez souvent mon mari, à la sortie de 16 h 30 ?

— Presque tous les jours, pourquoi ?

— Je voulais juste vous demander si vous trouvez qu'il a l'air bien, que tout est normal.

— Mais, qu'est-ce que vous entendez par là ?

— Désolée, Marie-Charlotte, je ne peux pas vous en dire plus, mais si vous aviez la gentillesse d'être simplement vigilante, de me prévenir si vous constatez quelque chose d'inhabituel, ça pourrait être salutaire pour les enfants. Merci d'avance. »

Elle raccrocha, enchantée de son coup.

Et de trente. En plus, médisante comme Marie-Charlotte Vrignaut, ça n'existait pas ; elle aurait tôt fait de porter la mauvaise parole à l'école. Désormais, c'est un vrai troupeau de mères qui poserait sur Hugo un regard inquisiteur à la sortie de 16 h 30. De quoi le décourager de jouer les papas modèle.

Gonçalvo baissa *Affliçao y consternaçao*, le tube d'Amalia Rodrigues, et écarta les bras en signe d'ignorance.

« Moi, ché sé pas pourquoi elles sont pas arribées les plaques, monsieur Marsiac. Dilabault devait les commander lé 7 sebtemvre, ché comprends pas mais Dilabault il est parti sour un tchantier en probince jusqu'à Dieu sait quand, son portable répond plou et moi ché souis bloquéch dans mon trabail, complatement bloquéch. »

Hugo dit un gros mot tellement horrible que la petite Louise en resta la bouche ouverte. Il était bizarre, son papa, en ce moment. Il faisait tout le temps « oh là là » en levant les bras vers le ciel, comme Caroline, sa maîtresse, sauf que Caroline, sa maîtresse, elle rajoutait pas « bordeldemerdefaittropchierputain ». Et elle avait pas un « after chèvre » qui sent aussi bon que celui de son papa. Quand elle vit arriver sa grand-mère, elle fut tellement contente qu'elle en tortilla ses couettes dans tous les sens. Mamie, elle, avait toujours des solutions à tous les problèmes, elle aiderait son papa à ne plus envoyer ses bras n'importe où. Derrière sa mamie, il y avait Momo, le monsieur qui la faisait rigoler avec sa façon de lui parler comme David-Pujadas-de-la-télé, très lentement, avec des mots compliqués, en la regardant droit dans les yeux, comme si elle était une adulte qui s'intéressait beaucoup aux choses ennuyeuses. Derrière encore, il y avait Sophie, aussi. Sophie, c'est la mère de sa copine Alice, elle est très belle, elle a toujours des tas de colliers et des jupes, comme sa maman, avant. Tous les trois, ils allaient réussir à faire rigoler son papa, c'est sûr.

Le monde est toujours plus joli, vu à travers les yeux d'un enfant. Lorsque la Sainte Trinité Lise-Momo-Soso quitta la rue du Gai-Pinson, Hugo n'eut qu'une seule envie : renvoyer ses bras vers les plafonds inachevés en un long lamento.

Au début, il crut que le complot ourdi par sa femme pour le pousser à reprendre sa vie d'avant était une blague. En imaginant le déjeuner des conjurés à la Dinde dodue, il eut même un début de fou rire. Mais non, ils étaient sérieux. Ariane, en qui il avait toujours décelé une propension à la maboulerie, était bel et bien devenue folle. Complètement piquée. À mettre dans une pièce fermée à clé avec des gros autocollants « Attention, dingue dangereuse ». Tout à coup, tous les trucs bizarres de cette rentrée scolaire prirent du sens ; les mères de l'école, à deux doigts de se signer en l'apercevant, Dilabault, dont la messagerie de portable disait désormais : « Je suis absent pour une durée indéterminée mais tout vient à point à qui sait attendre », Gudrün, dont le niveau de français avait tant régressé depuis une semaine qu'elle n'arrivait même plus à répondre à un stimulus simple comme « faire couler bain enfants » ou « acheter pain », Pierrot, qui ne lui parlait plus qu'avec la voix de Silvester Stallone. De la stupéfaction, Hugo passa bien vite à la colère. Lui faire ça à lui, le type le plus gentil, le plus conciliant, le plus droit de la terre ! Et voilà que sa femme le remerciait d'être tout ce qu'il était en demandant à ses plus proches d'entre les proches de lui planter des couteaux dans le dos !

Tandis que Hugo en rajoutait des tonnes sur sa pureté bafouée par l'ignominie de sa femme, Lise tenta de le calmer.

« Il ne faut pas voir les choses comme ça. L'idée d'Ariane n'est peut-être pas très adroite, mais elle dit bien assez qu'elle vous aime, qu'elle veut vous retrouver comme avant et qu'elle se fait du souci pour vous. Vous voyez bien qu'en ce moment, elle a du mal à exprimer ses sentiments... »

Hugo, amer, piailla :

« Elle a quand même trouvé les mots pour me dégommer devant six personnes, dont mon bras droit et mon meilleur ami.

— Mais ça, c'est parce qu'elle n'arrive plus à vous parler, à vous ! Bon sang, mais vous ne voyez pas qu'elle est devenue un homme ! Les mecs les plus amoureux sont souvent les plus mutiques, souvenez-vous, vous l'aviez quand même demandée en mariage par fax, il y a dix ans ! Voyons, Hugo, l'expérience Marsiac devait durer jusqu'au 31 décembre. On ne va pas chipoter pour trois mois, votre pari est déjà réussi, regardez-vous, quand vous dites : "Je crois que personne dans cette maison ne se rend compte de tout ce que je fais dans une journée", on dirait moi, ou Sophie, ou n'importe laquelle de vos clientes. Vous êtes une femme, mon petit Hugo, et même une femme bien courageuse, comme je les aime. »

Momo renchérit :

« Hugo, c'est ma faute, je crois que j'ai commis des erreurs de coaching. Ça n'aurait pas dû se passer comme ça. Ariane a raison, trop de frivolité nuit à la virilité. Essaie de prendre les choses avec plus de nonchalance. »

Sophie conclut :

« Hugo, lorsque les autres mères de l'école ont commencé à murmurer que tu étais sûrement pédophile, j'ai pris peur. Toutes les clientes me demandent si je connais ton *boyfriend*, et quand je leur dis que tu es marié, elles font : "Bien sûr, comme tous les homos", en rigolant. Socialement parlant, tu es en grand danger. Le monde n'est pas assez évolué pour comprendre des pionniers comme toi. D'accord, le complot d'Ariane vous a des faux airs de *La Conjuration des imbéciles*, mais, sur le fond, elle a peut-être raison. Et puis, tu sais, pas question que tu quittes complètement F comme Frivole, tu es in-dis-pen-sa-ble, alors tu resteras consultant, qu'est-ce que t'en penses ? »

Hugo pensait que ça ne se passerait pas comme ça. Mais pour se débarrasser du trio infernal, il promit qu'il allait prendre le temps de réfléchir avant de demander des comptes à sa femme.

C'est après leur départ que le téléphone sonna. Sur l'écran mouchard de l'appareil, le numéro de Jeloutou s'afficha. N'ayant aucune envie de parler à Ariane pour le moment, il hésita à décrocher lorsqu'il reconnut le poste de Nicard.

« Adolphe, quelle surprise ! »

Son ex-bras droit semblait au supplice.

« Hugo, votre femme vient de quitter le bureau, je voulais être sûr de vous joindre en son absence. J'ai quelque chose d'un peu délicat à vous dire. »

Adolphe Nicard n'avait quasiment pas dormi depuis le déjeuner de la Dinde dodue. Toutes les nuits, il se retournait dans ses draps amidonnés, contemplant sans joie l'imposante silhouette d'Antoinette qui vrombissait à ses côtés. Sans relâche, il se demandait où était son devoir et comment l'accomplir. Rien ne l'avait préparé à démêler les fils d'une affaire où le professionnel et le conjugal se mélangeaient.

Certes, la petite Ariane n'avait pas démérité. Après des débuts affligeants, elle s'était bien débrouillée. Son idée de location d'hommes, c'était simple, mais il fallait y penser. Désormais, il lui reconnaissait même une certaine gaieté, une fraîcheur de bon aloi, un tonus qui avaient fini par lui conférer une légitimité au sein de l'entreprise. Il aurait parfaitement supporté qu'elle reste chez Jeloutou trois mois de plus. Simplement, Adolphe était homme de devoir, et il connaissait sa dette envers Hugo Marsiac. La description que sa femme en avait faite lors du déjeuner l'avait littéralement glacé. Il regarda Antoinette et imagina, à sa place, son patron dans une longue chemise de nuit de dentelle, le *Femme actuelle* ouvert à la page cuisine sur le ventre. Il fallait l'aider à reprendre ses esprits, à retrouver de saines valeurs viriles. Et il y avait pire : sans arriver à le formuler clairement, Nicard sentait que l'expérience Marsiac avait de quoi remettre l'équilibre du couple occidental en jeu ; la confusion des genres et des sexes ne pourrait mener qu'au chaos. En outre, si cet échange idiot devait faire tache d'huile, en plus de la belote bridgée et du jardinage, sa retraite, il la passerait probablement à brider des volailles et à épiler ses mollets.

Adolphe avait toutefois un problème de taille pour s'acquitter de la tâche que lui avait confiée Ariane. Quels arguments faire valoir pour rappeler Hugo ? L'entreprise Jeloutou n'était pas en danger. Depuis l'opération Chippendales, elle allait même très bien. Impossible pour le directeur général de mentir, de truquer les comptes et les bilans alors qu'il avait toujours mérité la confiance de son patron. Il chercha une autre raison, une raison suffisamment grave pour pousser n'importe quel homme, même déboussolé, à reprendre sa place.

À côté de lui, Antoinette poussa un petit grognement qui ressemblait à du plaisir. Adolphe, sans guère d'illusions, se demanda si elle rêvait à lui ou au travers de porc glacé au lait de coco vanté dans *Femme actuelle*.

Et c'est ainsi qu'il trouva son idée.

« Voilà, Hugo, je crois qu'il faut... qu'il faut que vous reveniez chez Jeloutou le plus vite possible. »

Le salaud, se dit Hugo, il a bien appris sa leçon. Poussé par une curiosité mauvaise, il laissa pourtant son directeur général se dépatouiller dans ses explications.

« Qu'est-ce qui se passe, Adolphe ? Les comptes sont au rouge ? Ma petite femme n'est pas à la hauteur ? »

Nicard, trop nerveux, ne perçut pas l'ironie.

« Non, non, pas du tout, au contraire, c'est plutôt que, pardon, ça ne me regarde pas, mais ici, tout le monde jase...

— ...

— Oui, c'est une très jolie femme, et ici il n'y a que des hommes, surtout depuis qu'elle a engagé des culturistes pour conduire les machines et on murmure que, vous voyez ce que je veux dire...

— Soyez plus précis, Nicard. » Hugo avait retrouvé son ton empreint de pète-sécheresse directoriale.

« Eh bien, de source sûre, votre femme a eu une aventure avec Nicolas Flanvart, du service commercial. »

Un quart d'heure plus tard, Ariane passa la porte. Hugo l'attendait dans l'entrée, sanglé dans son trench moutarde Burberry. Bafoué mais digne, il grinça :

« Le dîner des enfants est dans le four. Des cordons-bleus de dinde, fais gaffe, c'est toujours brûlant à l'intérieur. Moi, je m'en vais. J'avais déjà découvert l'histoire de ton petit complot de merde, j'ai en plus appris que tu te tapais ce grand couillon de Flanvart, ça suffit pour la soirée. Par courtoisie, je t'informe quand même que je compte demander le divorce à tes torts exclusifs. Bonsoir. »

Maître Maurice Cantuis
Huissier de justice
Membre du directoire de l'UJHJF

Code dossier : « Expérience MARSIAC »

Procès-verbal de constat : Mois de septembre 2002

Attention, document à conserver en interne pour le moment.

Observations générales :

Comment raconter ce qui s'est passé durant le mois sans céder à un léger découragement ? Disons simplement que, d'un point de vue technique, l'expérience de l'échange des sexes est une complète réussite. Comme 75 % des femmes, Hugo Marsiac vient de prendre l'initiative de demander le divorce. Pour le reste, les raisons de se réjouir sont minces.

À cause d'un excès de zèle de l'infâme Nicard, la conjuration d'Ariane a échoué et l'habile contre-conjuration menée simultanément par Lise Honfleur et moi-même n'a pas été suffisante pourdésamorcer la bombe conjugale tapie chez les Marsiac.

À l'heure actuelle, mon client a regagné la rue du Gai-Pinson. Lorsqu'il s'est présenté chez moi après avoir signifié sa disgrâce à son épouse, je l'ai raisonné avec de solides arguments légaux : attaquer un processus de séparation maritale par un abandon du domicile conjugal, c'est une folie. Il s'est, fort heureusement, rendu à mes explications juridiques. Pour lui, l'enjeu est de taille : il entend demander la garde de ses enfants, une pension alimentaire conséquente et l'usage exclusif du domicile.

De son côté, sa femme a très mal pris la nouvelle. Elle se dit « piégée par un salaud qui avait manigancé son coup depuis très longtemps ». Bien entendu, elle refuse même l'idée d'une garde partagée des enfants. Dans l'immédiat, ses projets semblent être, je cite : « Tuer tout le monde, à commencer par ce salaud, mais divorcer, jamais. »

À titre personnel, je traverse un moment bien difficile. Adieu, rêves de grandeur ! Nonchalance et Frivolité n'étaient que des leurres, me voilà sèchement renvoyé à mon statut de modeste membre du directoire de l'UJHJF. Pour autant, je refuse de céder au découragement et garde, bien présente à l'esprit, la formule « le conseil avant tout », ce si beau mot d'ordre de notre association. À ma grande tristesse, je suis maintenant obligé de me reconvertir dans le coaching pour couples qui se haïssent. *Sic transit*…

# 10

## Octobre

*« Octobre le vaillant fatigue son paysan. »*
Sagesse populaire

Contre toute attente, le chantier battait son plein, conférant au 12, rue du Gai-Pinson des allures de pub pour Manpower : partout, des hommes en salopette tendaient des morceaux de tuyaux à d'autres hommes en salopette, regard franc sous le casque, demi-sourire de l'ouvrier du mois, si compétent mais si modeste.

Les raisons de ce miracle ? Un matin, Dilabault avait trouvé au courrier une demi-douzaine de lettres bleues signées d'un avocat se disant le conseil juridique de Hugo Marsiac. Stupéfait, le chef de chantier avait appelé Ariane. Après un long silence, la jeune femme, d'une toute petite voix lasse, l'avait enjoint d'oublier tout ce qui s'était dit à la Dinde dodue. Ralentie, hésitante, presque hagarde, elle ponctuait toutes ses phrases de « Comment dire ? » pathétiques. Pour la tranquillité d'esprit du chef de chantier, comment dire ? pour sa simple survie, il valait mieux qu'il reprenne les travaux, comment dire ? avec le tonus qu'on lui connaissait d'habitude. Voire avec encore plus d'entrain que d'ordinaire. Son mari ayant, comment dire ? « changé de braquet », la situation devenait, comment dire ? périlleuse.

Dilabault en conclut qu'il avait atteint ce que dans la confrérie du bâtiment il est convenu d'appeler le point P ou point de pétage. On l'aura deviné, il s'agit de la limite de résistance des nerfs d'un client. Certains l'atteignent au bout de quinze jours de retard de chantier, d'autres, mieux entraînés, arrivent à tenir deux mois dans les gravats. À ce jour, Dilabault n'avait croisé qu'un seul homme dont la performance patience puisse se comparer avec celle du couple Marsiac : un très vieux monsieur assez malade qui, de mémoire, avaït enduré sans piper mot neuf mois de retard de travaux avant de décéder bêtement le jour même où le juge avait ordonné la saisie sur comptes de l'entrepreneur. Triste ironie, au moment où les Marsiac s'apprêtaient à faire sauter le record, ils flanchaient ! Si près du but ! Tant pis pour eux, ils n'auraient pas de jolie médaille commémorative à accrocher sous leur porche.

Pas un instant Dilabault ne prit au sérieux la menace de finir sa carrière à rafraîchir les enduits d'une maison d'arrêt : les magistrats, citoyens presque ordinaires, ont eux aussi parfois des travaux de rénovation à entreprendre ; comme les méfaits des chirurgiens plasticiens ou des dépanneurs d'électroménager à domicile, les crimes perpétrés par des chefs de chantier ont donc encore de belles années d'impunité devant eux. Toutefois, les mois passant, Dilabault s'était attaché à ce couple singulier et il convint qu'il était temps de faire un geste. En trois jours, il rassembla M. Pédro, le plombier, M. Bouchikrian, le peintre, toujours flanqué de deux apprentis mutiques, et M. Nervo, l'électricien, qui tous vinrent de bon cœur prêter main-forte à Gonçalvo. Depuis que sa femme était revenue, lassée de ces longues semaines à dessaler de la morue au fin fond de l'Estrémadure, le placoplâtrier était en grande forme : finis les fados de la *desolaçao*, le chantier du Vésinet ne résonnait plus que de joyeux accords de samba.

Le contraste entre l'ambiance de carnaval qui régnait parmi les corps de métiers et la tension des maîtres de maison n'en était donc que plus saisissant.

Est-il utile de décrire les stigmates d'un couple qui se déchire ? Sans doute pas. Tout le monde connaît ces regards méprisants, ces bouches qui se crachent des choses méchantes, ces endormissements hostiles, façon « auberge du cul tourné », ces minables tentatives d'intimidation, ces ergotages pitoyables sur l'argent, ces sous-entendus mesquins en présence de tiers, parfois compliqués de silences qui signifient : « Je suis au fond du trou, je regrette tant, mon amour, ah ça oui je regrette, tu sais », mais que l'autre interprète comme encore plus de mépris, de méchanceté, de bassesse, de lâcheté.

Tout héros qu'ils fussent, Ariane et Hugo ne purent y échapper car, on l'aura maintes fois vérifié, lorsqu'il se déchire, un couple, même sympathique, devient un vilain binôme de sales cons. Ajoutez à cela l'extrême confusion dans laquelle leur changement de sexe les avait plongés et vous comprendrez que, rue du Gai-Pinson, on entendait plus de noms d'oiseaux que de joyeux cuicuis.

Les motifs de satisfaction étaient aussi maigres que rares : Ariane avait récupéré son côté du lit, ce qui n'était même pas un exploit vu que Hugo rejoignait tous les soirs la buanderie pour y partager son coussin de chaise longue avec Abribus. Dans un geste magnanime, la jeune femme avait restitué à son mari sa télécommande multifonctions d'une portée de cinquante mètres, mais, déjà, elle s'en mordait les doigts, car bien que la télé soit dans sa chambre, depuis le sous-sol Hugo prenait un vil plaisir à lui changer ses chaînes sans prévenir.

Au chapitre des petites mesquineries réjouissantes pour qui ne les subit pas, on pourrait ajouter qu'ils ne se parlaient plus que par Gudrün interposée. Hélas, malgré des progrès colossaux dus à une fréquentation assidue de Dilabault, la maîtrise du français de la jeune Suédoise n'était pas encore optimale : au passage, des messages tels que « Dis à ce monsieur qu'il veuille bien sortir les ordures » se transformaient en « Ariane, comparaison n'est pas raison, mais Hugo me demande de te dire que tu ressembles à une poubelle ».

Le seul point d'accord auquel le couple était parvenu concernait les enfants. Comme l'intégralité des gens qui vont se séparer, ils avaient décidé dans un bel ensemble : « Hors de question de mêler les petits à nos histoires, jamais nous ne dirons de mal l'un de l'autre. » Quinze jours plus tard, on en était déjà à des remarques sardoniques : « Tu ressembles à Christian Karembeu, ma puce, c'est ton père qui t'a coiffée ? » « C'est quoi, ça, du Frolic ? Ah non, ce sont les fameuses boulettes de viande de ta mère. » On notera au passage l'indication sémantique suivante : lorsque, pour désigner l'autre parent, les expressions « ton père », « ta mère » viennent systématiquement remplacer les usuels « papa » et « maman », ça signifie que le temps se couvre sous le ciel de lit conjugal. C'est infaillible.

Hugo avait déjà gagné sur un point : tant que leur séparation de corps n'était pas officiellement prononcée, chacun gardait sa vie actuelle, c'est-à-dire la vie de l'autre. Les deux avocats avaient été formels : il ne s'agissait pas de compliquer un peu plus une situation qui, déjà, ne pourrait être décryptée par le juge aux affaires familiales qu'à grands renforts d'Optalidon.

Ariane continuait donc de se rendre chaque matin à la ZAC, sans joie mais sans tristesse non plus. Certes, depuis que Nicard l'avait balancée à son mari, leurs relations s'étaient légèrement tendues : la première fois qu'elle l'avait recroisé, la jeune femme lui avait spontanément jeté un presse-papiers de marbre en forme de logo Jeloutou au visage. Mais en voyant la flèche de la grue passer à un cheveu de sa cavité orbitale, comme elle était bonne fille, elle avait regretté son geste et accepté d'écouter ses explications. Adolphe était navré, tellement navré ! Mais il avait cru bien faire ; Ariane voulait que son mari reprenne sa place, n'est-ce pas ? Qu'elle reconnaisse au moins que faire jouer le ressort de la jalousie était habile ! Le pas de chance, c'était seulement que sa liaison avec Flanvart, inventée dans un moment de panique par Nicard lors du funeste coup de téléphone, se fût révélée exacte. Consternée, la jeune femme comprit que, niveau finesse psychologique, son bras droit était nul. Con comme un bol. Totalement handicapé de la comprenette. Elle ne pouvait même pas lui en vouloir ; en veut-on à un cul-de-jatte qui ralentit la circulation de pousser trop mollement sur ses fers à repasser ? Non, bien sûr. On klaxonne gentiment et on double. Ariane se contenta donc de passer un savon à Nicard et les choses reprirent leur cours presque normalement. L'affaire marchait vraiment bien et, à juste titre, la jeune femme en était fière. À qui veut l'entendre, elle répétait que, si son mari n'était pas devenu cette sinistre petite Vésigondine emperlouzée, jamais elle n'aurait avancé son départ. Si elle voulait quitter Jeloutou, c'était pour tenter de « sauver son couple ». On l'aura compris à cette seule expression, chez Ariane, la marche arrière de l'expérience Marsiac était déjà enclenchée.

Il n'en allait pas de même chez son époux, bien entendu. Digne et furieux, Hugo refusait désormais de lui parler, se contentant d'afficher ostensiblement une tête de madone outragée. À ses clientes préférées, il racontait ses déboires conjugaux en se donnant le beau rôle, bien entendu. Il leur demandait des conseils qu'il n'écoutait même pas, bien entendu. Et pas un instant, il ne percevait l'ennui poli avec lequel on écoute toujours une femme qui s'épanche, bien entendu.

C'était donc *La Guerre des roses*, à ce détail près : c'était l'homme qui, plus d'une fois, avait été tenté de se déchausser de ses mules pour fracasser la tête de sa femme, et c'était l'épouse qui serait volontiers passée sur le corps de son époux au volant de sa puissante berline.

Autre différence notable avec un charnier conjugal ordinaire : même si, rue du Gai-Pinson, insultes, menaces et objets contondants volaient bas, Hugo et Ariane Marsiac s'aimaient encore.

Oh, il ne s'agit pas de faire joli ou d'anticiper un *happy end*. En fait, comme cela arrive parfois, les futurs séparés n'étaient tout bonnement pas arrivés au bout de leur histoire d'amour.

C'étaient leurs proches qui s'en étaient rendu compte. Après le coup de tonnerre du 11 septembre, c'est-à-dire le jour où Hugo avait demandé le divorce pour faute, chacun des amis s'était courageusement terré dans son coin, culpabilisé à mort. C'était Lise qui, quinze jours plus tard, était la première sortie de sa torpeur en convoquant le ban et l'arrière-ban de la « conjuration des imbéciles » dans le bureau de Momo.

Décrire le bureau de Momo ? Oh, c'est facile, on aurait dit le décor d'une pièce de théâtre des années 1960 intitulée *L'huissier qui ne passait plus les portes*. C'était cuir *et* bois, vert *et* or, tapis *et* moquette, triste *et* vieillot. Plus maroquin que marocain, hélas ! Dans son fauteuil style Louis XIII recommandé par l'UJHJF, Momo semblait perdu, un Bisounours oublié sur un siège auto.

Ce soir-là, à 18 heures précises, ils se retrouvèrent tous, de Nicard, le félon malgré lui, à Gudrün la gourde, en passant par Dilabault, prêt à tout tenter pour freiner ce déluge de papier bleu qui, à force, risquait de lui attirer le mauvais œil de sa gardienne. Comme beaucoup de couples que la mésentente de leurs amis rapproche, les Baignon se tenaient par la main.

De nouveau, on fit un débriefing de la situation. Comme toutes les tragédies antiques, le drame tenait en une ligne : les Marsiac allaient se séparer, mais ils s'aimaient toujours. Sur ce point, les indices, nombreux, se recoupaient tous. Momo en dressa la liste :

1) Ariane recommence à se maquiller le week-end, alors qu'elle n'a même pas bureau.

2) Hugo a trop envie de faire chier sa femme pour être tout à fait honnête.

3) Ils sont tous deux fiers comme des poux de la réussite de l'autre dans leurs anciennes fonctions. La preuve ? Dans la longue litanie des griefs qu'ils formulent, pas une fois ils ne disent : « Mon futur ex est un bon à rien. »

Restait à mettre au point une stratégie. Lorsque Nicard dit qu'il avait bien une petite idée, le chœur antique s'éleva pour lui psalmodier : « Ta gueule. » En l'espèce, mieux vaudrait s'en tenir à deux binômes qui travailleraient de conserve, façon rasoir de fête des pères multilames : Momo et Lise pour préparer le poil, Pierre et Sophie pour le couper. On supplia les autres membres de la conjuration de ne rien faire, surtout aucune initiative, même pas un petit coup de fil d'amitié, un petit « je voulais juste te dire que je sais que c'est dur en ce moment et que je pense à toi », rien, de grâce.

Puis on se quitta, regonflé à bloc.

Hugo tendit une main vers son boxer-short Calvin Klein. Il se rhabilla dans la pénombre et quitta la pièce tout doucement, sans jeter un regard à Marie Delsol. Il ne perdait pas grand-chose et il le savait : même parée du solitaire monté sur platine F comme Frivole qu'elle avait acheté quelques heures plus tôt, la malheureuse n'était guère à son avantage, toute chiffonnée, faux cils lui barrant la paupière, poitrine molle abandonnée sur le flanc.

La pendulette de l'Agila indiquait 3 h 58. Avec une

joie méchante, Hugo songea que sa femme devait le croire mort. C'est en pensant à elle qu'après avoir attaché le fermoir du pendentif de Mme Delsol, il avait entrepris de pétrir fermement sa nuque. Malgré son cœur en écharpe, le vendeur était suffisamment appétissant pour que sa cliente, sciée de le découvrir aussi hétérosexuel qu'il le prétendait, se laisse faire. Et puis c'était une bonne personne que cette femme-là : pas dupe une seule seconde de l'issue de leur étreinte, elle s'était laissé prendre avec une vraie gentillesse. Une réaction révélatrice de sa belle philosophie de vie : jamais avare de son temps ni de sa peine, Marie Delsol avait toujours professé que chacun, dans la mesure de ses moyens, devait venir en aide à ceux qui souffrent. Ses bonnes œuvres à elle passaient plus volontiers par un plumard que par un camion de soupe populaire, voilà tout.

En chemin, Hugo exultait. D'une pierre, s'il osait dire, il avait fait deux coups : un, il se sentait vengé, le contexte bas de gamme de sa conquête venant en contrepoint parfait de celle de sa femme et, deux, il imaginait Ariane se tordant les bras de douleur à la fenêtre, les yeux rivés sur sa montre, persuadée d'être veuve sans avoir pu recevoir le moindre baiser de pardon.

À son arrivée, il trouva la maison endormie. Il fit un maximum de bruit dans l'entrée, traîna les pieds sur le carrelage et ouvrit la porte du garage d'un grand coup d'épaule, mais aucun rai de lumière ne filtra de la chambre de sa femme.

La salope dormait, parfaitement inconsciente d'avoir frôlé la menace d'une catastrophe éventuelle dont, si ça trouve, elle serait sortie meurtrie à jamais, ce qui, avouons-le, aurait été bien fait pour sa sale tronche de traîtresse.

Il ne sut pas qu'Ariane, les yeux grands ouverts dans la nuit, pleurait sans bruit.

« Je ne sais plus si c'est de Churchill, Confucius ou Noël Mamère, mais n'oublie pas que “ce qui ne te tue pas te rend plus fort”, ma chérie.

— C'est beau, maman, ça me rappelle “le bonheur est dans la lutte”, la phrase de Hegel que tu avais écrite au-dessus de mon lit quand je m'étais plainte de n'avoir pas de crucifix comme mes copines de classe. »

Lise Honfleur, vexée, ne s'arrêta pourtant pas en si bon chemin. Elle savait où elle allait. Elle continua imperturbablement son laïus.

« Pense à la chance que tu as ! Regarde, le chantier progresse, ce sera bientôt fini, et, si j'osais, tout ça aux frais de ton mari…

— Ah non, maman, c'est moi qui paie maintenant.

— Oui, mais en même temps c'est toi qui touches son salaire depuis avril. Pense plutôt à l'avenir, chérie. A tous les coups tu auras la garde des petits et de la maison, les juges donnent la garde à la mère huit fois sur dix.

— Atterris, maman, moi, je suis le père, désormais.

— Mais non, quand le juge te verra, jolie comme une fleur des champs dans ton treillis kaki, il comprendra qu'il te reste suffisamment de féminité pour tenir ton rang. Donc, je disais que bientôt tu vas être libre ! Je ne te cache pas qu'il était temps !

— Pourquoi tu me dis ça ?

— Parce que cette union monogame presque vieille de douze ans, ce n'était plus possible, ma chérie ! Cette manie de ne coucher qu'avec ton mari, de partir en vacances avec lui, de prendre des repas avec lui, de dormir avec lui ! Plus personne ne vit comme ça ! Réveille-toi ! Tu as vécu engluée dans une conjugalité plan-plan, il était temps de t'en sortir !

— Mais qu'est-ce qui te permet de parler de ma vie comme ça ? J'étais très heureuse, moi, avec Hugo, avant. »

Lise, ravie, comprit qu'elle tenait le bon bout. Elle secoua la tête.

« Mais non ! Si tu avais été heureuse, tu n'aurais jamais voulu échanger ta vie avec celle de ton mari !

— Maman, tu n'as pas compris. Ce qui me minait, c'était de me sentir comme un hamster dans sa roue. Mais la cage, je l'adorais, la cage ! Le distributeur de granulés, le goutte-à-goutte pour l'eau, la litière, tout me plaisait !

— Alors qu'est-ce qui s'est passé ?

— Il s'est passé que tout allait bien, mais mon connard de mari est devenu barge, tu le sais bien. Maintenant, il rentre au petit matin, rien que pour me paniquer, je suis sûre qu'il dort dans sa bagnole au bout de la rue et met le réveil à 4 heures exprès.

— Tu penses donc que dans l'histoire tu n'as aucun tort ?

— Oh là là, maman, mais tu me fais le coup de l'examen de conscience habilement amené ! Ça pèse dix tonnes ! C'est vraiment des manières de mère supérieure, tu sais... »

Lise, furieuse, l'interrompit :

« Tu vois comme tu es ! Tu es devenue quelqu'un d'autre, ma pauvre fille, à mi-chemin entre le cadre dirigeant et le pitbull, quelqu'un qui essaie toujours de blesser, de mordre ! C'est ton orgueil qui va te faire perdre ton mari, un mari qui t'aime toujours, c'est évident ! Un mari auquel tu devrais pourtant t'accrocher parce qu'un type qui te supporte, ce n'est pas avec tes grues télescopiques à la con que tu vas t'en retrouver un autre. »

Très digne, Lise Honfleur attrapa son sac à main tissé par d'authentiques guerriers massaïs et claqua la porte.

Ariane ne tenta même pas de la rattraper : elle savait bien que, le lendemain, elles se réconcilieraient, et même pas dans les larmes. La seule chose qui lui trottait dans la tête, c'était cette phrase : « Un mari qui t'aime toujours, c'est évident. » Évident pour qui ? Un homme qui veut vous retirer vos enfants, votre maison, votre métier, c'est un homme amoureux, ça ? Non, non, depuis l'expérience Marsiac, Hugo était devenu bien trop pathétique pour s'apercevoir de la chance qu'il avait de vivre avec une femme comme elle. Ariane s'en voulut de se sentir émue d'une remarque aussi nunuche que : « Un mari qui t'aime toujours, c'est évident » ! Grotesque, vraiment grotesque. Mais curieusement, depuis qu'elle avait entendu cette nouillerie de phrase, elle se sentait toute légère.

Momo poussa un cri d'extase.

« Que de beauté ! Des bijoux, j'en ai saisi plus d'un, mais aucun qui atteigne cette pureté de ligne, cette qualité de pierre... »

Hugo, ravi de son enthousiasme, sourit d'un air modeste en renvoyant le compliment à Sophie. C'était la première fois que Momo venait le voir chez F comme Frivole. L'huissier furetait partout, s'étonnant de constater que la collection des *Voici* de l'année était empilée sur le bureau de Hugo, s'émerveillant de la belle tenue du fichier clientes, illustré de Polaroid comme pour des mannequins, s'émerveillant des croquis de la prochaine collection, baptisée par l'ex-patron de Jeloutou « Évanescences ». À la fin de la visite, ce dernier soupira :

« Tu comprends, Momo, pourquoi je n'ai pas envie d'abandonner tout ça pour retrouver un hangar bourré de déplaqueuses à gazon ?

— Écoute, c'est bien aussi, les déplaqueuses à gazon. J'imagine que pour les gens qui ont à la fois un gazon et des plaques dessus, c'est utile. »

Hugo l'interrompit :

« Pourquoi tu es venu, Momo ? »

L'huissier regarda ses pieds et murmura :

« Je m'inquiétais pour toi. Je sais, pour l'avoir vécu, qu'un divorce, c'est difficile. »

Marsiac le regarda, sincèrement ému. Quelle sensibilité, tout de même, chez un homme, un huissier de surcroît, c'est rare. Ravi, il se dit qu'il tenait enfin l'occasion de parler de ses émotions, de son couple avec un garçon. Avec Pierrot, c'était impossible : ces derniers temps, toutes les fois où il avait prononcé le mot « sensibilité », son meilleur ami avait répondu : « Sensibilité ? Tu veux dire du cuir chevelu ? Attention, gros risque d'alopécie galopante. » Il soupira :

« Que veux-tu, Ariane ne me donne pas le choix.

— Pourquoi tu dis ça, Hugo ? À cause de la conjuration qu'elle a montée dans ton dos, c'est ça ?

— S'il n'y avait que ça. Non, tu vois, ça, c'est comme cette histoire avec le commercial de Jeloutou, je pense qu'elle était paumée, qu'elle n'a jamais eu envie de me tromper, au fond. Ce type, c'est juste un malin qui a profité de son désarroi : je suis persuadé qu'il l'a larguée tout de suite après et qu'elle se sent humiliée. J'aurais pu passer l'éponge si, sur le fond, toute cette aventure ne m'avait pas ouvert les yeux. J'y ai beaucoup réfléchi, tu sais. J'ai fait un gros travail sur moi-même. Tu veux que je te dise la vérité, Momo, tu veux vraiment que je te la dise ? »

Oui, l'huissier voulait bien.

« C'est simple : Ariane ne supporte pas que je sois heureux. C'est pour ça qu'elle a arrêté l'expérience Marsiac en chemin. C'est une castratrice. » D'un air de déduction fine, il ajouta, très lentement : « Libéré de mes chaînes, je devenais quelqu'un qui lui faisait peur.

— Je vois. » L'huissier hocha la tête. « C'est une analyse intéressante. Il y a quelque chose d'approchant dans *Ce que veulent les hommes* ; je me souviens d'avoir lu que les mâles vivent l'émancipation de leurs compagnes comme une menace. C'est ce qui a dû arriver à Ariane, elle a pris ton épanouissement pour une trahison, un début d'envol loin du nid conjugal tel qu'elle l'avait construit... »

Sophie, qui, penchée sur son carton à dessins, ne perdait pas une miette de la conversation, toussa pour masquer une quinte de rire.

Momo continua, imperturbable :

« Mais à la décharge de ta femme, en ce moment, elle n'est pas dans son état normal. »

Assis une fesse sur le bureau, la jambe pendant dans le vide, Hugo, passionné, écouta l'huissier lui exposer sa théorie. D'après le coach, parce qu'elle était devenue un homme, Ariane avait un problème avec sa sexualité. Forcément, elle devait ressentir des besoins inconnus d'elle jusqu'alors. Des études américaines ont prouvé que les garçons pensent au sexe trois fois par heure, contre trois fois par jour seulement pour les filles.

À ce stade de l'explication, Pierrot apparut, comme par enchantement. Il avait brusquement eu envie d'embrasser sa femme, plaida-t-il. Sophie, stupéfaite, en laissa tomber son crayon HB. Pourtant, après s'être soulagé de sa tendre pulsion conjugale par un rapide bisou sur le front, Pierre Baignon se joignit à la conversation des garçons.

« C'est vrai, cette histoire de statistiques. Moi, avec cette libido dingue que j'ai héritée de mon père, ça doit être trois fois par demi-heure. »

Sophie recommença à tousser.

« Mais c'est vrai, Soso, je ne fais pas le malin, j'y peux rien, ce n'est pas de ma faute, du côté de papa, on a tous des bras d'enfant et, pour nous mettre sur la béquille, y a pas besoin de kicker bien longtemps, ha ha. Et ce n'est pas toi qui t'en plaindrais, hein, poule ? »

Pierrot ayant pris soin d'assortir sa remarque d'un discret clin d'œil, Sophie retint l'envie de dire qu'en fait de bras d'enfant, son mari était, comme la plupart des hommes, équipé d'un organe rigoureusement dans les normes, soit, au repos, de la taille d'un pied de nourrisson, mais que c'était très bien comme ça. Hugo, interloqué, enchaîna :

« Vous êtes en train de sous-entendre que je ne satisfais plus ma femme et que c'est pour ça qu'elle est devenue folle ? Mais c'est... immonde. »

Pierrot prit un bol d'air et se lança :

« Pas du tout ! Simplement, quand, comme Ariane, on a toujours eu un mec solide, pas trop, trop raffiné, plus dans l'action que dans la réflexion, si tu vois ce que je veux dire, et qu'on se retrouve avec un gars qui veut tout le temps parler de son couple, ça doit faire un choc. »

Sophie opina gravement.

« Regarde-toi, Hugo : tu es magnifique, mais tu ressembles un peu à un acteur de feuilleton brésilien. Tu as appris à t'exprimer, à dire ce que tu ressens, mais tu n'as plus l'air vrai. On ne sent plus ta chair, ton odeur, ta matière. Ça se voit tout de suite, tu manques de testostérone. »

Pierrot enfonça le clou.

« Pardon de te demander ça, mon pote, mais ça fait combien de temps que tu ne t'es plus fait un bon plan jambonnage, avec Ariane ? »

Hugo fit des « bruiiic bruuuuic » de souris prise au piège :

« Ça ne vous regarde pas ! Je n'ai pas à vous répondre ! Mais puisque notre vie sexuelle semble tant vous passionner... (Hystérique, il criait presque)... rassurez-vous, depuis mars, nous avons... à plusieurs reprises, fait ce que nous avions à faire. Bien sûr, avec le boulot, les enfants, le soir je suis un peu crevé et j'ai moins la tête à ça, mais... »

Son meilleur ami, triomphal, brandit le doigt :

« Ah, tu vois ! Y a encore six mois, ma couille, rappelle-toi, la seule chose susceptible de nous intéresser, après le tennis, c'était ça : qui a fait quoi à qui, combien de temps, à quel endroit... »

Soso ouvrit la bouche pour demander ce que « à qui » signifiait mais, prudente, elle préféra la refermer aussi sec.

« Moi, si j'étais toi, j'irais voir ma femme et je lui rappellerais, le plus simplement du monde, qui porte la bite, dans ce couple. »

Momo, atrocement gêné, se dit qu'il était temps de porter l'estocade.

« Si tu veux reprendre la main avec Ariane, Hugo, sache simplement qu'elle sera ce soir seule au bar du Trianon vésigondin à 8 heures. »

Se mettre à plusieurs pour piquer Hugo au vif de son entrejambe, ça n'était pas très élégant, mais c'était la seule chose à faire. On a beau être légitimement fier d'avoir prouvé sa souplesse psychologique et son adaptabilité en se glissant dans la peau d'une femme avec tant de bonne volonté, lorsqu'on est né avec un pénis, y a un moment, faut arrêter de déconner. À écouter ses amis, sous sa liquette Paul Smith rayée, les hormones mâles de Hugo Marsiac s'étaient mises à bouillir.

En chantant *Staying alive* des Bee Gees à tue-tête dans sa petite voiture rose, mortifié mais de nouveau dans l'action, il fomentait déjà sa riposte.

Depuis qu'Ariane rejoignait ses pénates plus tôt afin de rentrer dans les bonnes grâces de ses enfants, Abribus était nettement plus gentil avec elle. L'autre jour, grande première, il avait même retrouvé le chemin du lit conjugal, ce qui, cerise sur le gâteau, avait fait une peine folle à son maître. La jeune femme était en train de paner trois escalopes de veau – la veille, Hugo avait fait exprès de servir les carbonaras à 18 h 30, histoire qu'il ne reste plus rien au retour de sa femme – lorsque le téléphone sonna. Lise, dans ses œuvres de finition du travail des doubles lames.

« Déjà, maman ? Je pensais que tu me ferais la gueule jusqu'à demain matin au moins.

— Non, c'est pour te dire que je repasse chez toi. Je viens garder tes enfants. Tu sors.

— Comment ça je sors ?

— Il faut impérativement que tu sois au Trianon vésigondin à 8 heures, dépêche-toi de te préparer, fais-toi belle, c'est tout ce que j'ai à te dire.

— Qu'est-ce que c'est que ce plan, maman ?
— Chérie, j'ai promis de la fermer, ne me fais pas parler, tu me connais, encore deux questions et je balance tout. Après, je t'en voudrai et on va se réengueuler. Allez, vas-y, tu vas retrouver quelqu'un que tu as perdu de vue depuis un temps fou, tu vas adorer ! »

Dire qu'Ariane ne sentit pas du tout le coup venir serait exagéré. Connaissant le sentimentalisme de sa mère et le désir de rachat de la Conjuration des imbéciles, deviner l'identité de son rencard lui prit une demi-seconde. Elle se demanda seulement comment tout ce petit monde allait s'y prendre pour convaincre Hugo de gober les colossales ficelles de la « surprise » ; vu les dispositions de sa moitié à son endroit, elle ne pouvait imaginer qu'il se rende sans arme à un rendez-vous avec elle.

Il y avait une autre grande question en suspens : pourquoi, de son côté, avoir accepté de retrouver son mari honni à l'hôtel ? Par courtoisie pour ceux qui avaient fomenté leur plan dans l'ombre, pensa-t-elle d'abord. À coup sûr, ils se seraient cotisés pour réserver une suite, au moins quatre cents euros, les pauvres. Après un court travail d'honnêteté sur elle-même, Ariane convint bien volontiers qu'elle était aussi curieuse de voir comment Hugo réagirait en la découvrant sur terrain neutre. Enfin, la jeune femme réalisa que l'idiote phrase de sa mère, « Un mari qui t'aime toujours, c'est évident », n'était pas pour rien dans son empressement à enfiler la robe la plus odieusement sexy qu'on ait jamais vue de mémoire de loueur de gros matériel.

Petit, trapu et tout enfariné, le Trianon vésigondin se présente sous la forme d'un Polly Pocket de palace parisien. La porte à tambour de l'entrée met une seconde un quart à opérer un tour sur elle-même, les tapis moelleux sont grands comme des carpettes de prière, le casier à clés n'a que dix alvéoles, seuls trois tabourets longent le bar en merisier verni, les clients – forte population de notaires adultères et de couéffeuses dessalées – rasent les murs, même le personnel a l'air rétréci au sèche-linge.

Redevenue la femme qu'elle était avant, Ariane arriva en avance. Son cœur battait si fort qu'elle craignait que ça se voie, sous le Lycra moulant de sa robe. Enfin, elle allait retrouver son homme, son seigneur, son mari joli, son Hugo ! Toute contente, elle se fit la réflexion qu'elle devait avoir l'air d'une pute, assise seule à sa table. Elle hésita avant de commander : du champagne ? Prématuré. Un verre de chardonnay ? Non, trop Bridget Jones. La bière dont elle rêvait ? Non plus, Hugo, qui désormais ne s'arsouillait qu'à la San Pe, trouverait ça vulgaire. Elle se décida pour un bloody mary, idéalement Mireille Darc dans *Le Téléphone rose*. Pierre Mondy n'avait plus qu'à se pointer.

Une déflagration résonna dans le hall. La porte à tambour fit huit tours sur elle-même. Des bruits de bottes claquèrent jusqu'au bar. Un brouhaha de voix réclama des clés comme Stallone exige l'intervention des GI's, dans ces films idiots sur le Vietnam. Ariane, contrariée, pensa qu'un groupe de Texans venait d'envahir l'hôtel, compromettant définitivement l'ambiance d'une soirée qu'elle imaginait triste et douce, tendre et palpitante, romantique à mort.

Soudain, deux longues pattes gainées de jean lui barrèrent l'horizon. Elle leva les yeux. Devant elle, se tenait Hugo Marsiac, son mari. Santiags, chemise de cow-boy ouverte jusqu'au sternum, casquette à la retourne, mâchoires serrées, avant-bras bandés aux veines saillantes, auréolé d'un parfum de musc atrocement violent, « chibre de cachalot » ça devait s'appeler. Elle n'eut même pas le temps de rire. Il l'attrapa par la taille, la bascula sur ses épaules et grimpa quatre à quatre l'escalier jusqu'à la chambre.

Jusqu'au lendemain, ils ne parlèrent pas. Et ils ne dormirent pas non plus. Et le jour d'après, ce fut pareil. Mais on aurait bien tort de les croire réconciliés pour de bon.

(Bien. Vous l'aurez compris, cette chute de chapitre d'une pudeur affligeante trahit les vives difficultés que l'auteur bien modeste de ce livre éprouve à décrire ce qu'il est convenu d'appeler « une grande scène de cul ». Dans un roman d'aujourd'hui, il en faut, c'est certain, la « grande scène de cul » étant le pendant moderne de « la grande scène de bal » dans les livres d'antan, mais voilà, à l'idée que ces péripéties génitales risquent d'être lues par, au hasard, son beau-père, la directrice de l'école de ses enfants, son chargé de découvert à la banque et son artisan boucher de la rue Montorgueil, à l'idée que tous ces braves gens estimeront que sous couleur de fiction, une telle scène ne peut être que largement autobiographique, voire bien au-dessous de la vérité, l'auteur bien modeste de ces lignes est, si j'ose m'exprimer ainsi, sèche. Disons donc simplement qu'à ce moment de l'histoire, entre Hugo et Ariane, c'était vraiment la fête du slip.)

Maître Maurice Cantuis
Huissier de justice
Membre du directoire de l'UJHJF

Code dossier : « Expérience MARSIAC »

Procès-verbal de constat : Mois d'octobre 2002

Attention, document à conserver en interne pour le moment.

Observations générales :

Que d'émotions, que d'émotions ! Encore un rapport qui relève davantage du courrier du cœur d'un magazine féminin que d'un procès-verbal de constat digne de ce nom.

Cette fois, notre petit groupe d'intervention a même dépassé les objectifs de sa mission. Piqué au vif par nos remises en question de sa virilité, Hugo a littéralement enlevé sa femme. Depuis deux jours, il est enfermé avec elle dans une chambre d'hôtel. Notre collectif est bien partagé sur la suite des événements : faut-il intervenir, libérer Ariane ? C'est mon avis, mais ni Sophie ni Lise ne sont d'accord. La grand-mère, cette impudique, clame à qui veut l'entendre que « les grandes histoires d'amour étant toujours de grandes histoires de cul, il était temps que les organes concernés reprennent leurs droits ». Sophie, plus pondérée comme à son habitude, a juste fait valoir que son amie n'ayant en aucune façon appelé à l'aide, elle nous tiendrait peut-être rigueur de mettre un terme prématuré à ce face-à-face conjugal. Quoi que le collectif en pense, je compte me rendre ce soir même au Trianon vésigondin afin d'en avoir le cœur net. Je ne sens pas *du tout* ce qui est en train d'arriver.

Pierre Baignon jubile ; désormais, dès qu'il me voit, il me lance des grandes tapes dans les paumes en beuglant « Sacré Hugo ! », ce que je trouve à la fois sympathique et un peu déplacé, à l'image du personnage. J'ai personnellement prévenu Adolphe Nicard de l'absence d'Ariane du bureau jusqu'à nouvel ordre « pour des raisons physiques mais pas médicales, si vous voyez ce que je veux dire » ; il n'a pas compris la finesse de l'allusion et, ballot, a proposé son aide.

Une ambiance délétère règne sur notre petit groupe. Le jeune Hector a surpris Dilabault en train de lutiner Gudrün dans les combles de la rue du Gai-Pinson. Les Baignon se touchent tout le temps les bras en public.

Ayant appris que je me rendrais à l'hôtel ce soir, Lise Honfleur a absolument tenu à m'accompagner, afin, dit-elle, de s'imprégner des ondes mystérieuses qui, peut-être, sont en train de sceller la réconciliation de ses enfants. Je devine mille sous-entendus, mais lesquels au juste ? Me voilà bien interloqué.

# 11

## Novembre

> « *Le mois des brumes réchauffe par-devant, refroidit par-derrière.* »
>
> Sagesse populaire

Rue du Gai-Pinson, on en était aux poignées de porte. Ça n'a l'air de rien, mais quand, après treize mois de chantier, on en est à choisir les poignées de porte, c'est comme quand après, mille trois cents cours de soutien scolaire à quinze euros l'heure, on voit écrit, sur le bulletin de son enfant : « Admis à passer à l'essai en cinquième. » L'émotion est énorme. La joie se mue bien vite en exaltation, une exaltation folle, propre à vous faire battre des mains devant le rayon « Huisserie et accessoires de décoration » du Leroy-Merlin. Hélas, méfiance et superstition entachent trop souvent le bonheur pur d'un cauchemar qui s'arrête. Et si ça ne durait pas ? Si les choses régressaient, en pire ?

En poussant son Caddie dans les allées du grand magasin de bricolage qu'elle fréquentait assidûment depuis plus d'un an, Ariane refusait de se laisser envahir par la peur. Elle était là pour prendre des risques : hors de question de ressortir sans rien avoir acheté. Tant pis si elle se mélangeait un peu entre les poignées pour porte ouvrante à gauche ou à droite, le diamètre des carrés (sept ou huit, déjà ?), le périmètre idéal des rosaces décoratives cachant les entrées de serrures, le numéro des clés coudées permettant de tirelipomponner le chihuahua. Elle se sentait forte, vaillante, et pour cause : en poche, elle avait sa carte privilège, une carte vachement bien puisqu'elle donne droit à une réduction de 20 % sur le montant total des achats réalisés dans une journée, n'importe quels achats, n'importe quelle journée, cumulable avec les promos en cours, le tout étant de ne pas se louper sur le jour de l'année où l'on compte dépenser le plus, vu que la promo, c'est une fois tous les trois cent soixante-cinq jours et pas deux. Ariane le savait et elle avançait tout doucement dans les allées afin de calculer si le poste « poignées de porte » risquait ou non de dépasser l'enveloppe « tringles à rideaux » prévue pour le mois d'après. Devant le rayon « Enduits et peinture façades », elle accéléra, légère : c'était fini, ça, bien fini, elle en était aux finitions, rendez-vous compte ! Tout à coup, en voyant un couple enlacé devant le présentoir de dalles en stratifié, elle eut le sentiment que tout son sang refluait dans ses pieds. Ils étaient vilains, grassouillets, ordinaires, ils s'apprêtaient à couvrir leurs sols, murs et plafonds de lino, pourtant, elle aurait donné sa carte privilège pour être à leur place. La prétentieuse, la fière, la pimbêche ! « Mais non, Ariane Marsiac, tu n'en es pas aux finitions », s'auto-invectiva-t-elle ! Les travaux, OK, c'est presque plié, mais à quoi ressemblait sa vie à elle, depuis un mois ? À rien, à rien du tout. « Achète-t-on des poignées de porte alors qu'on n'a même pas la clé de son propre avenir ? » se demanda-t-elle très poétiquement en franchissant le portail « Sortie sans achats ».

À distance, elle fit chanter le système de verrouillage centralisé de l'Audi, le Caddie vide et le cœur gros.

Hugo tenait une forme pas possible. Mais alors là, une pêche du tonnerre. Sophie ne savait plus que lui donner à vendre. La collection fantaisie de l'hiver était envolée, les pièces haute joaillerie presque toutes placées chez des clientes qui, régulièrement, reconduisaient la location de semaine en semaine, se doutant que leurs maris, résignés, finiraient par rendre les armes, c'est-à-dire leurs CB Gold et leurs Amex platine, la veille de Noël.

Tous les matins, les associés remerciaient le Seigneur de leur avoir fait planter boutique dans cette riante cité de l'Ouest parisien. Pourtant, Le Vésinet aussi connaissait son lot de banlieue à problèmes : rareté du professeur de golf beau garçon, rapacité du concessionnaire BMW, encombrement de landaus Silver Cross devant les jardins d'enfants, etc. Mais malgré la crise, la cité patronale – on dit bien cité ouvrière – restait une bulle hors du monde, minéralement friquée, comme figée dans un espace-temps situé quelque part entre les glorieuses *sixties* et la première crise pétrolière. Là-bas, les maris continuaient à acheter leur paix conjugale à coups de carats et les épouses à évaluer leur bonheur domestique selon la taille de leurs dressing-rooms.

Ces derniers temps, rien ne semblait plus pouvoir arrêter Hugo : pas de place pour le doute, la réflexion, la stratégie fine ; il était métamorphosé. S'il s'était écouté, il aurait vendu des chaînes en platine pour pneus de Range Rovers. Les sous-traitants peinaient à fabriquer assez vite pour satisfaire l'appétit gargantuesque du commercial. Fini l'époque du « pipeautage automatique » : désormais, Hugo pensait vraiment que la citrine, c'est beau même sur les peaux pâles et que, sans une paire de boucles d'oreilles en diamant dans sa boîte à bijoux, une fille ne peut espérer être tout à fait épanouie.

Depuis les fameux trois jours du Trianon vésigondin, il était quelqu'un d'autre. Mais pas un autre homme, hélas. Une autre femme, bien entendu.

Et c'est bien ça qui inquiétait Sophie. L'exaltation de Hugo était bien trop « filleuse » pour être honnête. De sa fugue conjugale, il n'avait strictement rien raconté à son associée. Pas une confidence, pas un mot. C'était Ariane qui avait appelé son amie, avec sa voix d'avant, pas celle de Jeloutou, détachée et métallique, non, sa voix normale, brouillonne et pressée.

« Soso, c'est la galère. J'ai passé les trois meilleurs jours de ma vie. Meilleurs même qu'en 1987, ma Pentecôte avec Jérôme Richedon, tu te souviens, je l'appelais l'anaconda, et pas parce qu'il avait pas de bras.

— Bravo, ma douce ! Ta mère avait raison, c'est magnifique, ces retrouvailles sensuelles, mais elle est où, la galère, là ?

— Hugo m'a annoncé que c'était la dernière fois qu'il me touchait.

— Y a un truc que t'as pas bien fait, c'est ça ?

— Arrête de déconner, Soso. À la fin des trois jours, je pensais que c'était tout bon, qu'on allait repartir encore mieux qu'avant, mais au moment où on se rhabillait, il s'est dressé tout nu devant moi et il m'a dit : "Tout ça, c'était juste pour te montrer que je suis toujours un homme, ma petite. Regarde bien ce que tu as perdu parce que ça, c'est bien fini."

— Et merde. »

La grève du cul. La bonne vieille grève du cul. Le plus ancien moyen de pression conjugal, pratiqué depuis des millénaires par des générations de ménagères à bout de nerfs. Dire que Hugo en était arrivé là ! En fait de sursaut de dignité masculine, ces trois jours de joies du corps lui avaient tout bonnement donné l'idée de passer au chantage sexuel le plus abject. Son énergie phénoménale, son nouvel allant, tout tenait sur la vengeance.

En cas de crise conjugale, les hommes se satisfont souvent de réconciliations sur l'oreiller. Au Trianon vésigondin, après vingt-quatre heures d'une gymnastique conjugale tonique, ce bon gros gars d'Ariane avait donc cru, un peu vite, que tout était rentré dans l'ordre. Mais Hugo, devenu femme, avait simplement utilisé ses charmes comme une arme. Quelle régression ! De fille casse-pieds mais à bon fond, il était devenu cette femme vexée, rancunière. Son idée fixe : faire payer à son épouse le prix fort. En le trompant, en montant tout le monde contre lui, elle avait essayé de le castrer ? Eh bien, chacun son tour. À Ariane, dans cette chambre d'hôtel, Hugo avait simplement tout donné pour mieux reprendre.

En apparence, leur vie avait repris un cours normal, mais, sur le fond, la menace du divorce planait toujours. Hugo avait refusé de se prononcer sur ce point, répétant mystérieusement : « Je n'ai pas encore pris ma décision », avec une pure tête de garce de sitcom. La voix étranglée d'émotion, Ariane avoua à son amie que depuis leur retour du Trianon vésigondin, tous les soirs, son mari paradait nu devant elle en agitant ses gonades d'un air avenant, avant de regagner son sous-sol dans un rire sardonique, sa virilité se balançant majestueusement au rythme des marches de l'escalier. Une torture pour les nerfs d'une femme amoureuse. Car elle était amoureuse, plus que jamais : les allumeuses ont un succès fou auprès des hommes, c'est connu, et le versant masculin d'Ariane ne détestait pas complètement l'idée que son conjoint lui résistât.

Émue, Sophie lui recommanda de prendre patience. Les filles qui ont déjà pratiqué la bouderie des fesses le savent bien, on est toujours les premières à s'en lasser. Aucune raison pour que Hugo ne finisse pas par souffrir de cette blessure auto-infligée. En jouant profil bas, en laissant du temps au temps, Ariane finirait par rentrer en grâce. La jeune femme promit de tenir bon mais, les jours passant, son mari semblait de plus en plus épanoui, débordant d'énergie au bureau, d'une humeur de rose avec les enfants, disert et rigolard au téléphone avec ses clientes, primesautier avec les ouvriers, faisant montre d'une pêche d'autant plus louche que, dès qu'il restait seul avec son épouse, il s'empressait de darder sur elle des petits yeux étroits qui disaient : « Pour toi, c'est ceinture, pauvre conne. »

Devant ce mari qui lui renvoyait très exactement l'image d'une femme mariée qui a décidé de faire chier son monde, le moral d'Ariane baissait toujours un peu plus. C'est pour ça que devant les poignées de porte du Leroy-Merlin, elle avait fait un refus, comme une bête apeurée qui rechigne à sauter un obstacle sans savoir ce qu'il y a de l'autre côté.

Si encore elle avait pu trouver force et réconfort auprès de sa mère ! Mais, comme le lui avait finement glissé Sophie, ça n'était pas tout à fait le moment.

Un jour, des radiesthésistes et des mages se pencheront sûrement sur l'énigme du Trianon vésigondin. Quelles ondes mystérieuses circulent, quelles vibrations transpercent les murs pour que tout corps plongé dans ce Relais & Château *a priori* anodin en ressorte dégoulinant de stupre ? Lorsque Momo et Lise s'étaient retrouvés au bar de l'hôtel afin de préparer le énième plan Vigipirate de leur collectif, ils pensaient sincèrement en avoir pour deux heures. Comme Ariane et Hugo, ils mirent plus de deux jours à repasser la porte battante du hall.

Pourtant, le rendez-vous avait commencé de la façon la plus anodine du monde. À Lise qui venait de le rejoindre, Momo, un peu emprunté, raconta qu'il avait pu parler à son gendre entre deux portes. Très exalté, Hugo lui avait expliqué son plan : faire, je cite, « couiner sa femme sous le pic », jusqu'à ce qu'elle crie grâce. Et ensuite, rideau. Diabolique, non ?

Lise en était restée comme deux ronds de flan au lait de brebis biologique. Puis elle avait repris ses esprits : en fait, elle n'était pas seulement venue au

Trianon vésigondin pour prendre des nouvelles de sa fille. Elle avait une proposition à faire à Momo. Une proposition de boulot. Ces derniers temps, elle avait beaucoup observé, beaucoup réfléchi, beaucoup appris. D'après elle, le couple contemporain était dans une impasse. Ce qui était arrivé à Ariane et Hugo n'avait rien d'anodin ; c'était la génération des enfants de soixante-huitards tout entière qui était en train de payer le prix de l'optimisme béat de ses parents. Non, l'égalité des sexes n'était pas acquise, non, le partage des tâches n'allait pas de soi. Hommes et femmes n'étaient pas, ne devaient pas être interchangeables. En Mère Courage, Lise se sentait coupable de n'avoir pas été de meilleur conseil pour sa fille. Pour payer sa dette, elle avait eu une idée : aider les jeunes qui, comme ses enfants, avaient sombré dans la confusion et l'incompréhension.

« Momo, ce que je vous propose, c'est de nous associer dans une structure de conseil pour couples à la dérive. Je connais vos immenses qualités humaines et je pense que, de mon côté, j'ai une certaine expérience qui, en plus de mon regard féminin sur la vie, pourrait vous être utile. Ensemble, je crois que nous pourrions faire du bon boulot. »

C'est Momo qui en était resté bouche bée. Les yeux pleins de larmes, il recommanda une tournée de cocktails.

Aucun des deux ne se souviendrait jamais de ce qui s'était passé entre le moment où ils finirent leurs daïquiris et celui où ils se retrouvèrent nus comme des vers sur le dessus-de-lit à ramages roses de la mini-suite Joséphine du dernier étage. À croire qu'on les avait drogués, confierait plus tard Momo, la lippe gourmande. Lise, de son côté, tenterait bien de donner des explications rationnelles à son coup de sang. « Pauvre Momo, il était si bas, son expérience Marsiac sabotée, son problème de maghrébinité mal réglé, et moi qui le chamboule avec ma proposition de boulot, il me faisait de la peine. » À d'autres. Lise Honfleur n'était pas de la trempe d'une Marie Delsol. Le mot charité ne faisait pas partie de son vocabulaire ; si elle s'était envoyé l'huissier, c'est sans doute simplement parce qu'elle en avait envie depuis longtemps.

Certes, on se souvient des débuts difficiles de ces deux-là. Si, quelques mois plus tôt, on avait dit à la mère d'Ariane qu'elle s'éprendrait d'un huissier de justice balancé comme une courgette, elle aurait ri à s'en faire péter ses baleines de soutien-gorge en ivoire végétal. Mais de l'eau avait coulé sous les ponts, et Momo s'était révélé tel qu'il était : un homme fin, sensible, cultivé et, par-dessus tout, intelligent. Lise ne doutait d'ailleurs pas que les quatre vertus cardinales de Mohamed el-Kantaoui soient directement responsables de la passion amoureuse qu'il avait nourrie à son endroit.

En plus, si la mère d'Ariane s'était déjà fait un Africain de l'Est dans le temps, elle n'avait jamais tâté de ressortissant du nord de ce beau continent et, par nature, on s'en souvient, c'était une femme éprise de voyages et d'expériences nouvelles. Lise n'était pas du genre à s'épancher, mais à Pierrot qui, plus tard, lui décocherait de lourdaudes œillades interrogatives, elle susurrerait finement : « Vous vous souvenez, mon petit Pierre, de Toulouse-Lautrec, qui déclarait du haut de son mètre cinquante : "Quand je bande, je ressemble à une théière" ? Eh bien, au Trianon vésigondin, je me suis découvert une vraie passion pour le thé à la menthe. » Voilà.

Contrairement à Hugo et Ariane, les tourtereaux n'avaient pas vu leurs élans se tarir en repassant la porte de l'hôtel. Depuis un mois, Lise, tout entière à sa proie attachée, ne quittait plus son huissier. Elle lui avait rendu un moral du tonnerre ; de nouveau, Momo débordait de projets et c'est en sifflotant du Dalida qu'il parcourait la ville à la recherche de nouveaux clients à saisir. Mais, on sait ce que c'est, la passion isole. Plus aucun élément exogène ne passait le cerveau du Philémon tangerois et de la Baucis normande. Éperdu, stupéfait d'amour, le couple mixte était devenu autiste. Le bras de fer conjugal des Marsiac, désormais, ils s'en tamponnaient le coquillard.

Pauvre Ariane. Tout ça lui tapait sur le moral. Ces derniers jours, elle se sentait bizarre, mal foutue, comme si sa dépouille de femme refusait de contenir plus longtemps l'homme qu'elle était devenue. Il n'aurait plus manqué qu'un gros pépin professionnel et la pauvre aurait raisonnablement été en droit de consulter pour dépression nerveuse.

La loi de Murphy – qui exige que tout ce qui est susceptible de se détraquer le fasse tôt ou tard – étant d'une justesse implacable, c'est donc ce qu'il advint. Un matin, Nicard la réveilla sur son portable à 6 h 45.

« Ariane, je viens d'avoir le commissariat de Bachelay. Un de nos gars est chez eux. Une cliente prétend qu'il a essayé de la violer et lui soutient que c'est le contraire. »

Hagarde, nauséeuse, elle tenta de rassembler ses esprits et ses vêtements de la veille tandis qu'Abribus tendait lascivement vers elle son petit corps grassouillet. Du grenier lui parvinrent des râles étouffés : ces derniers temps, Dilabault mettait un point d'honneur à arriver très tôt sur le chantier afin de peaufiner le rafraîchissement des combles de la jeune Suédoise. Tentant d'éviter la trajectoire du jet de vapeur matinale qui s'échappait de la bouche de son chien, Ariane se fit la réflexion qu'à part son mari, en ce moment, tout le monde dans cette ville ne pensait décidément qu'à baiser.

Arrivée au commissariat, elle trouva Nicard dans un état pitoyable. D'après lui, avec une affaire aussi scabreuse, en mettant les choses au mieux, l'entreprise Jeloutou et associés allait être fermée pour cause de proxénétisme aggravé. L'alternative ? Assez vite, la nouvelle se répandrait dans toute la ZAC que l'illustre loueur de gros matériel n'était plus qu'un repaire de déviants sexuels se baladant chignole dans une main, chibre dans l'autre. Après six mois d'abstinence, les effets du Botox ayant eu le temps de se dissiper complètement, Ariane put plisser son front en une mimique de préoccupation patronale de force 7. Elle entreprit ensuite de demander des détails sur ce qui s'était exactement passé.

C'était atrocement simple : Jeannot Pichon-Labasse, le conducteur de grue présenté dans le catalogue sous la référence « John Pitch, 1,86 mètre, 75 kg, 36 ans » prétendait que Nadine Rolchain, 42 ans, 1,55 mètre, la cliente, lui avait proposé un extra pour le soir même, à la tête de son autre engin, qu'elle se proposait fort civilement de manier elle-même. Jaloux de son intégrité tant corporelle que morale, Jeannot Pichon-Labasse avait poliment décliné l'offre. C'est alors que la cliente était devenue folle, lacérant les vêtements du grutier, secouant les cheveux dans tous les sens en râlant : « T'es qu'une belle petite salope, j'y ai droit, j'y ai droit. » Devant le refus très ferme de son vis-à-vis, la traîtresse avait immédiatement appelé la police, renversant les rôles pour se prétendre victime d'un fou qui tentait de lui arracher son slip avec une clé plate.

L'extrême dignité avec laquelle Adolphe narra la scène ne suffit pas à dérider Ariane. En revanche, elle demanda à rencontrer Pichon-Labasse sur-le-champ. En voyant sa bonne bouille de body-builder bas du front, la patronne de Jeloutou eut le sentiment qu'il disait la vérité. Ça n'avait rien d'absurde. Elle-même, la veille au soir, n'avait-elle pas également ressenti l'envie de sauter sauvagement sur son mari ? Alors pourquoi Nadine Rolchain n'aurait-elle pas pu, elle aussi, connaître une de ces flambées hormonales qui sont le triste corollaire de l'avènement de la parité moderne ? Hein ?

Le commissaire, vieille relation de Nicard, l'autorisa exceptionnellement à parler à la plaignante. Pendant dix minutes, elles s'isolèrent toutes deux à l'écart du groupe. Ariane commença par montrer les dents : si le bleu de travail de « John, 36 ans » était presque entièrement lacéré à l'entrejambe, les vêtements de sa « victime » étaient intacts... Le pipeautage était flagrant, même la police nationale finirait par s'en apercevoir. Nadine Rolchain se décomposa et éclata en sanglots. Là, là, là, fit la patronne de Jeloutou en la prenant contre elle. Un temps, elles chuchotèrent : « Je comprends, moi, ça me fait pareil en ce moment », disait tout doucement Ariane. À la fin, sœurs de douleur, elles se donnèrent l'accolade et annoncèrent que la plaignante renonçait à toute poursuite.

Ce complet succès ne réussit pourtant pas à calmer Nicard. De retour au bureau, il explosa :

« Vous voyez où ça nous met, votre foutue égalité des sexes ! Maintenant, les femmes sautent sur les hommes ! Où allons-nous ?

— Ça n'est que juste retour des choses, Adolphe.

— Pfff, mais ça ne peut pas marcher, ma pauvre amie ! Ce mélange des genres, c'est la chienlit ! En plus, chercher à avoir un homme par la violence, ça ne sert à rien. De tout temps, les femmes nous ont séduits en étant gentilles et douces et attentives. Prenez mon épouse, toujours le détail pour faire plaisir, la tranche de foie de veau bien rosé tous les lundis, le coussin brodé à mes initiales pour le siège de la tondeuse à gazon, le petit suppo pelé comme une banane déposé sur la table de chevet. C'est ça qui plaît aux hommes. Ça, ça ne changera jamais, vous voyez. »

Ariane le regarda, sidérée. Elle savait bien qu'Antoinette Nicard, cette chieuse de classe internationale, ne tenait son mari que par la terreur. Était-il possible qu'Adolphe ne s'en soit jamais rendu compte ?

« C'est vrai que vous êtes marié depuis plus de quarante ans...

— Quarante-deux ans en mars prochain.

— Vous pourriez nous en remontrer à tous. Votre épouse est sûrement une femme hors du commun. D'après vous, quel est son secret ? »

Adolphe tournicota son alliance et prit une longue inspiration en regardant le plafond.

« Auprès d'elle, je me sens utile. Elle a besoin de moi et elle n'a jamais honte de le dire », répondit-il, les yeux embués.

Ariane sifflota. Chapeau, l'artiste. Antoinette Nicard, notre modèle à toutes, pensa-t-elle. Ça lui donna une idée. Son Hugo, elle n'allait pas se contenter de l'attendre, elle allait le reconquérir, à l'ancienne, à la façon Antoinette Nicard. Elle aussi avait besoin de son mari, elle aussi ne voyait aucune honte à le lui dire. Simplement, depuis quelques mois, elle n'y aurait même pas pensé.

« Écoute, John, je rentre du bureau, je suis absolument crevée, t'as qu'à faire ta bouffe toi-même.

— D'accord, Cindy, mais si j'enlève ma chemise, tu m'inviteras au restaurant, dis ? »

À l'entendre jouer avec ses poupées, il était facile de comprendre que la petite Louise Marsiac était assez perturbée. C'est elle qui avait tenu à rebaptiser le couple Barbie-Ken offert par Lise pour son sixième anniversaire. La grand-mère avait suggéré les prénoms Josée et Bové, mais l'enfant s'était rapidement rabattue sur le couple vedette de la série *Passion, orgueil et volupté*. Curieusement, c'est la poupée aux longs cheveux qu'elle avait appelée John, réservant le doux prénom de Cindy au modèle réduit de gaillard tatoué. Un peu inquiet, Hugo regarda sa fille empoigner Barbie pour flanquer une torgnole à Ken.

« Oh là là, ça barde entre eux… Qu'est-ce qui se passe ?

— Ben, y se tapent, quoi.

— Et pourquoi, ils sont en colère ?

— Ben oui, y sont plus des amoureux à cause que le papa, Cindy, râle tout le temps à cause que sa femme, John, veut qu'il lui rende sa voiture. »

Le cœur du père se serra.

« Pas "à cause que", Louise, "parce que". Peut-être qu'ils sont encore des amoureux, que c'est juste un mauvais moment ?

— Ça m'étonnerait », soupira la fillette.

Du fond du canapé, Hector lui lança un regard entendu. Pour une fois, la misérable fourmi qui lui tenait lieu de sœur avait raison. Ces crétins de John et Cindy marchaient tout droit vers le JAF. À huit ans, on n'est plus dupe des salades des adultes. Son père vint s'asseoir près de lui. Le petit garçon regardait le journal du foot sur Eurosport. Hugo s'étonna :

« Depuis quand t'aimes le foot, fiston ?

— Depuis que maman m'a raconté la Coupe du Monde de 1998, un jour où t'étais chez le coiffeur, railla-t-il sans joie.

— Hector, ça ne va pas, qu'est-ce qui te prend de me parler sur ce ton ? »

L'enfant baissa le visage pour cacher son menton qui tremblait un peu.

« Je te parle pas sur ce ton. Papa, tu la détestes, maman, c'est pour ça que tu veux divorcer ? »

Stupéfait, Hugo eut le sentiment qu'on lui parlait de quelqu'un d'autre. Tant qu'elle participait du bras de fer entre sa femme et lui, la menace du divorce lui semblait cohérente. Dans la bouche de son fils, elle lui parut déchirante, obscène. Surtout accolée à la question : « Tu la détestes ? » Ça n'avait rien à voir, bien entendu. Des gens qui se haïssent restent ensemble, des couples qui s'aiment toujours se séparent, les choses ne sont pas si simples. Entre Ariane et lui, ça n'était pas un problème de sentiments – sur le fond, il trouvait sa femme toujours aussi attirante/stimulante/marrante/bandante/chiante –, c'était plutôt un problème de territoire. D'ailleurs, c'est toujours pour des problèmes de territoires que l'on se fait la guerre. Mais comment l'expliquer à un enfant ?

« Je ne sais que te répondre, Hector. Je crois que je n'en sais rien moi-même.

— Mais, Papa, tu serais triste si tu la voyais plus, maman, dis ?

— Ça, oui, poussin, je serais triste. »

22 h 30. Abribus bondit vers la porte, une moitié du corps hérissée de colère, l'autre se trémoussant d'aise. Huit mois après le début de l'échange de vies de ses maîtres, il n'avait toujours pas choisi son camp. Ariane, livide, en larmes, entra dans le salon. Hugo, inquiet, se précipita vers elle.

« Qu'est-ce qui t'arrive, tu as eu un problème avec la voiture ?

— Non, rassure-toi, l'Audi n'a rien, dit-elle lentement, avec le sérieux ému d'une Céline Dion assurant au Stade de France : "René va bien." Mais la vie est si dure, mon chéri, si dure ! »

« Mon chéri », après des mois à n'appeler son mari que par son prénom, et encore, d'un ton rogue, elle avait dit « mon chéri » ! La rusée était en pleine manœuvre d'Antoinettification.

« Je voulais te dire une dernière fois que, malgré tout le mal que nous nous sommes fait, je t'aime. Avant de rentrer, j'ai aperçu ta silhouette par la fenêtre et mon cœur faisait des bonds sous mon blouson, comme avant. Je sais bien que j'ai fait ma fière, mon orgueilleuse ces derniers temps, mais j'ai tant besoin de toi, mon chéri ! Tu sais, je ne t'embêterai plus pendant un bon bout de temps. »

Hugo, méfiant, se demanda ce qu'elle avait encore inventé.

Théâtrale, elle laissa tomber :

« Je rentre tard parce que j'étais avec l'avocat de Jeloutou. Hugo, demain je risque de dormir en prison. »

Elle ne mentait même pas. La mauvaise nouvelle était tombée quatre heures plus tôt, alors qu'elle finissait sa « liste de bonnes résolutions visant à recouvrer l'affection de Hugo Marsiac ». Elle en était à V comme voiture : « Lui demander régulièrement comment marche telle ou telle option de la voiture. Faire semblant de ne pas savoir utiliser le cric. Battre des mains : "Comme tes avant-bras sont forts, mon chéri" », lorsque Nicard, hors d'haleine, était entré dans le bureau sans même frapper les trois coups réglementaires.

« C'est horrible, une vraie catastrophe, Jeannot Pichon-Labasse se retourne contre nous !

— Pardon ?

— Il contre-attaque. Il a porté plainte contre Nadine Rolchain pour harcèlement sexuel et il nous assigne pour mise en danger de la moralité d'autrui.

— Mise en danger de la moralité d'autrui ? Ça existe, ça ?

— Oui. Ça date de la loi contre le harcèlement du 31 avril 2001. C'est écrit noir sur blanc : "Toute personne physique ou morale ayant volontairement ou non placé un individu dans une situation périlleuse pour son intégrité physique ou sexuelle devra en répondre au pénal." Mettre des hommes torse nu toute la journée sous le nez de femmes modernes, c'est leur faire prendre des risques, prétend John Pitch, 1,86 mètre, 75 kg, 36 ans.

— Oh, l'enculé.

— Je ne vous le fais pas dire. À mon avis, Pichon-Labasse a été "conseillé" par quelqu'un qui a compris qu'il y avait du dommage et intérêt à se faire. »

Ariane revit l'air étrangement goguenard de Flanvart devant la machine à café à midi. Elle eut un haut-le-cœur. Mais avec cette menace de prison, elle se dit qu'elle tenait un motif en or de se faire plaindre par son mari.

Hugo riait, riait, se tenait les côtes, partait en arrière, se cassait en deux vers l'avant. Ses quintes joyeuses montaient, descendaient, s'enroulant autour des pieds de la table basse pour rebondir mollement contre les murs enduits de la nuance « presque blanc » de chez Giorgio Armani peintures murales. Ariane se sentit immédiatement apaisée. L'avantage du conjoint au foyer, c'est qu'il vous permet de remettre les choses en perspective : après huit mois à travailler dans une grosse structure, elle n'avait pas assez de recul pour juger du grotesque de la situation. La jeune femme était entrée dans un de ces schémas d'hystérie professionnelle à l'américaine, où tout le monde suspecte tout le monde du pire, sous couleur que « même les paranoïaques ont des ennemis ». De son côté, Hugo, rafraîchi par des semaines de micro-entreprise, ne prit pas un instant la menace au sérieux. Non, sa femme n'irait pas moisir au fond d'un cachot parce qu'elle avait eu l'idée proprement géniale d'élargir la gamme des services du spécialiste du gros matériel des Yvelines à la location de grutiers accorts.

Mais il y avait là une belle bagarre juridique en perspective. Ariane, ravie, comprit que son mari avait mordu à l'hameçon. Pelotonnée dans son fauteuil, ses pieds déchaussés enroulés sous elle, toute mignonne, minuscule, timide, elle lui demanda son aide. Elle lui dit, ce qui était vrai, qu'elle ne se sentait pas bien en ce moment, peut-être les prémices d'une dépression qui s'annonce ; au nom de leurs amours défuntes, pouvait-elle compter sur lui, « dis, s'il te plaît, mon chéri, mon unique, mon tout, perdu par ma seule faute, maudites soient les femmes qui comprennent trop tard leur chance de respirer le même oxygène qu'un être aussi magnifique » ? Attendri, Hugo eut soudain envie d'elle. Il se contenta de rectifier : « Tu aurais plutôt dû dire "le même azote", dans l'air, l'oxygène est très minoritaire, tu sais », et promit qu'il ferait tout ce qui était en son pouvoir, mais pas au nom de leurs amours défuntes, au nom de rien du tout, comme ça, gratos.

Et ils allèrent se coucher, chacun de leur côté.

Le lendemain, Ariane ne descendit pas au petit déjeuner. Elle cria par-dessus la rambarde qu'elle ne se sentait pas bien et fila se recoucher. Vingt minutes plus tard, lorsque Hugo rentra de l'école, l'Audi était encore là.

Intrigué, il monta dans la chambre d'Ariane. La pièce était plongée dans le noir, mais sa femme ne dormait pas. Assise sur le lit, de dos, elle ne se retourna pas pour lui dire, d'une voix sourde et saccadée :

« Hugo ? N'allume pas, c'est mieux si tu ne me vois pas. Ils se vendent par deux, tu te souviens ? Il m'en restait un, de la dernière fois, tu sais, pour Louise ; j'ai regardé, il n'était pas périmé. Je me sentais vraiment mal ce matin alors, je l'ai fait, à tout hasard, un peu comme quand on finit un sirop contre la toux au goulot, pour ne pas gâcher. J'ai même pas regardé ma montre, je savais que ça ne donnerait rien, tu penses, c'est dix minutes plus tard, en repassant dans la salle de bains, que j'ai vu. Il y a une barre bleue dans le carré à droite. Ça veut dire que l'autre jour, au Trianon vésigondin, tu n'as même pas assuré le minimum de contraception qu'on est en droit d'attendre d'une femme honnête. Je devine que tu as compris et j'imagine, sans les voir, tes yeux agrandis d'horreur. On attend un bébé, mon chéri. Chut, ne dis rien, pas encore. On fera ce que tu veux, bien entendu, tu as un mois pour prendre ta décision, mais si, comme moi, tu n'arrives pas à voir dans cet accident une mauvaise nouvelle, sache une chose : dans la mesure où tu as refusé de me rendre ma vie de femme, il y a deux mois, ce coup-ci, l'épisiotomie, c'est pour ta pomme. »

Maître Maurice Cantuis
Huissier de justice
Membre du directoire de l'UJHJF

Code dossier : « Expérience MARSIAC »
Procès-verbal de constat : Mois de novembre 2002
Attention, document à conserver en interne pour le moment.

Observations générales :
Hélas, des activités périphériques ne m'ont pas permis de voir le couple Marsiac depuis le 15 du mois. Impossible de dresser un procès-verbal de constat. Ce rapport sera remis à une date ultérieure.

# 12

## Décembre

*« Décembre aux pieds blancs s'en vient ;*
*si la neige abonde, l'année sera féconde. »*

Sagesse populaire

Fin de chantier ? Pendaison de crémaillère ? Anniversaire surprise ? Noël anticipé ? Répétition de réveillon ? Le carton précisait bien : « Fête pour tout et rien. » Mais un 22 décembre, forcément, ça connote.

Chargée de la décoration, Gudrün était allée très loin dans le minuit chrétien scandinave : le 12 de la rue du Gai-Pinson ruisselait de cascades de pommes de pin, d'angelots joufflus, de nœuds-nœuds rouges et verts, de pères Noël en feutrine, de bougies estampillées « Joie » ou « Paix » en lettres pailletées. Entièrement bombé en vert et rouge, un bonnet à pompon sur la tête, Abribus zigzaguait dans la cuisine ; en le voyant, la petite Louise, inquiète, demanda à sa nounou si la bûche de Noël, revenue à la vie, n'était pas en train de se apater avant le dessert.

Gudrün avait même exigé que Dilabault se déguise en renne. Faisant « contre mauvaise fortune bon cœur », ce dernier avait obtempéré et accueillait les invités dans l'entrée par des brames sonores qui faisaient se trémousser ses bois parsemés de clochettes dorées. Dès 19 heures, Hector et Louise, surexcités, avaient entrepris de sillonner la maison comme des toupies, leurs tenues d'enfants sages de guingois, leurs « belles chaussures » propulsées sous un meuble depuis longtemps.

Pour le buffet, on avait vu les choses en grand, rien moins que le traiteur du Trianon vésigondin. Les habitués de l'endroit ne s'étonnèrent donc pas de ces plateaux en forme de cœur, croulants sous les feuilletés au gingembre, les sablés à la rose et les minibûches d'un format obscène, forcément obscène.

Lise et Momo, que l'on attendait très tôt pour donner un coup de main, s'étaient pointés à 20 h 30, soit cinq minutes avant l'arrivée des autres invités. Ils se présentaient désormais comme une sorte de centaure bicéphale : deux corps imbriqués l'un dans l'autre, bras et jambes noués, quand l'un se grattait, la joue de l'autre commençait à le démanger, quand l'un disait quelque chose de drôle, l'autre prenait les rires à son compte. Le genre de fusion qui finirait par être parfaitement irritante si, la vie n'étant pas si bien faite, sa date limite de consommation ne dépassait jamais trois mois. Lise et Momo n'ayant que trente jours d'amour à leur compteur, ils en étaient donc encore à trouver exquis de se tétouiller les oreilles en public.

Pierre et Sophie Baignon rayonnaient. À l'issue de son check-up du quatrième trimestre, le journaliste avait vu s'éloigner le spectre de la tumeur au cerveau ; désormais, il penchait pour de simples kystes à l'occiput, non évolutifs pour le moment, mais « ce serait à surveiller », avait commenté l'oncologue qui, connaissant son client par cœur, savait que nourrir son hypocondrie était le plus beau cadeau de Noël qu'on puisse lui faire. Sophie, elle, avait déjà la tête dans ses valises. Le surlendemain, elle devait emmener tout son petit monde réveillonner dans un palace mauricien. Grâce au triomphe de sa nouvelle ligne de bijoux, elle avait, pour la première fois, les moyens de plonger sa famille à l'intérieur des pages « soleils d'hiver » du magazine *Elle Déco*. Ça lui causait une joie enfantine, de celles qui serrent le cœur le jour de la sortie des classes. Au cas où elle rencontrerait un people d'envergure, de la trempe d'un Jean-Pierre Pernaut ou d'un Bernard Montiel, elle était allée chez Érès s'acheter deux maillots découpés au laser, sans même demander le prix. Ce n'est que dans sa voiture qu'elle avait relu sa facturette de carte bleue. Elle avait alors frôlé le malaise, presque une semaine de demi-pension dans un quatre-étoiles pour deux cents grammes de Lycra, pensez donc, bah, elle s'en remettrait, il faudrait bien qu'elle se fasse à l'idée que tout payer le triple de sa valeur, c'est le devoir civique de ceux qui gagnent beaucoup d'argent.

Les invités arrivaient. Des mères de l'école, curieuses comme des chouettes de découvrir la maison des Marsiac : sans doute s'attendaient-elles à trouver le bureau de Hugo tapissé de satin rose et le boudoir d'Ariane tendu de flanelle anthracite. À leurs côtés, des maris, veste de tweed, pantalon de velours, tous pareils : rien ne ressemble plus à un père de l'école qu'un autre père de l'école.

Des clientes embijoutées F comme Frivole de l'oreille à l'orteil, mais pas Marie Delsol, en déplacement conjugal avec son époux au séminaire « L'inlay, avenir de la dentisterie moderne ? », organisé par un grand laboratoire pharmaceutique aux Caraïbes.

Des collaborateurs de Jeloutou, mais pas Flanvart, démissionnaire de l'entreprise pour des raisons obscures. Antoinette Nicard, en tailleur saumon et perles fantaisie assorties, ressemblait à un personnage de femme mûre échappé d'un roman de Mary Higgins Clark. Solidement arrimée au bras de son Adolphe, elle jetait des regards désapprobateurs tout autour d'elle, commentant : « C'est original *mais* c'est joli. » Les autres s'extasiaient volontiers sur la beauté des volumes, les belles finitions, la simplicité raffinée des matières. Le renne, prenant le compliment à son compte, se contentait d'agiter modestement ses bois en murmurant : « Patience et longueur de temps. »

Il manquait pourtant quelqu'un. Hugo, agacé, regarda sa montre.

« Mais qu'est-ce qu'elle fout ! J'ai fait exprès de rentrer tôt du bureau et elle n'est toujours pas là ! »

Sophie l'apaisa.

« C'est ma faute. Pour la retarder, je lui ai demandé de passer prendre ta commande chez notre fabricant.

— Mais ce n'est pas très raisonnable qu'elle bosse autant, quand même. Si j'ai repris Jeloutou, c'est pour qu'elle se repose, bon sang.

— Elle est en pleine forme, Hugo. D'ailleurs, la voilà. »

Ariane fit son entrée avec des « oh » et des « ah, mon Dieu, je ne m'y attendais pas du tout, qui a eu cette idée géniale, c'est toi, mon chéri, j'en étais sûre, mon Dieu, les petits comme vous êtes beaux, Loulou, tu ressembles à une princesse, non, mieux, à la gagnante d'un concours d'élégance réservé exclusivement aux plus belles princesses du monde, dire que je suis à peine maquillée, je ne voudrais pas faire honte à ma fille, si j'avais su, mais c'est Mme Nicard ou j'ai la berlue, quelle heureuse surprise, enfin je rencontre le mythe, tiens Marie-Charlotte, quelle joie, tu as pu t'échapper des vêpres, ah, maman, te voilà mais quelle idée géniale ce sac à main en forme d'huissier de justice, Sophie ça ne te donne pas des idées pour une collection d'accessoires, non je vois que tu es trop occupée à servir du punch à ton mari, avec son tennis-elbow le pauvre, Gudrün vous avez fait des prodiges, ce bon M. Dilabault fait un cervidé plus vrai que nature, mais quel bonheur d'être invité chez soi, vraiment quelle idiote de n'avoir rien deviné, je me serais mieux habillée, vous pensez ».

Bien sûr, elle sortait de chez le coiffeur. Bien sûr, elle portait une très jolie robe près du corps avec une seule manche et dessous, ses longues jambes plantées dans des sandales à mourir. Bien sûr, elle venait de rajouter du blush dans l'Agila. Mais, comme toujours, tout le monde fit semblant de ne pas s'apercevoir que la surprise n'en était pas une.

Hugo n'avait toutefois pas complètement raté son coup. Quand Ariane tendit un petit paquet enrubanné à Sophie, elle le lui rendit en disant : « Je crois que la destinataire de cette commande spéciale, c'est toi. »

Ariane leva les yeux vers son mari. Il interrompit sa conversation avec Nicard – la menace du procès de Nadine Rolchain écartée, les deux hommes, repartis comme en quarante, envisageaient désormais de se diversifier dans la location de grutières en short afin de satisfaire la clientèle des mâles non bricoleurs – pour rejoindre sa femme. Ce soir, comme tous les soirs depuis un mois, il était habillé en homme, c'est-à-dire pas très bien. Ses cheveux trop longs, son soupçon de ventre qui, après trois semaines d'arrêt des abdos-fessiers repointait déjà, ses chaussettes s'arrêtant à mi-mollets, autant de détails qui enchantèrent sa femme. Avec un bon sourire, Hugo l'engagea à ouvrir le cadeau.

C'était un petit personnage articulé en or, comme ceux que les Vésigondines portent en brochette autour du cou pour dire au monde leur destin comblé de grande multipare. Il représentait un bonhomme en salopette qui clignait de l'œil. De chaque côté de sa tête pendaient deux longues couettes ornées de rubans. Le mot qui accompagnait le pendentif disait : « Petite fille frivole ? Petit gars nonchalant ? En tout cas, celui-là, je veux bien qu'on l'appelle Désiré(e). »

Et sous le regard de son mari qui, ravi de son coup, riait en secouant les épaules, Ariane Marsiac fondit en larmes comme la pure fille qu'elle était redevenue.

# Épilogue

Le 19 août 2003 à 16 h 47, un émissaire de chez Interflora passa la porte de la maternité de l'hôpital Foch de Suresnes (Hauts-de-Seine), un énorme bouquet pastel dans les bras. Sur la carte épinglée à la Cellophane, on pouvait lire : « Rose et Jules Marsiac, chambre 506. » À l'intérieur, si le livreur avait été indiscret, voici ce qu'il aurait pu lire sur un fax à en-tête La Gazelle d'Or, Taroudant, Maroc.

*Mes chéris,*

*Quelle tristesse pour moi d'avoir raté votre entrée en scène, mais quelle joie de vous savoir en bonne santé !*

*Lorsque votre papa nous a appelés, Maurice et moi nous apprêtions à regagner l'hôtel au pas tranquille de nos chameaux, insouciants, tout entiers à savourer une journée partagée en toute maghrébinité avec des Bédouins très chaleureux. Et voilà que vous êtes là, avec quinze jours d'avance ! Je me sens si coupable de ne pas avoir trouvé d'avion avant demain soir ! Votre quasi-grand-père – il n'aime pas que je l'appelle comme ça, mais ça m'amuse, que voulez-vous – m'a réconfortée ; c'est vrai, personne n'avait prévu que vous pointeriez vos jolis museaux si tôt – je crois bien volontiers votre maman qui m'a vanté votre exceptionnelle beauté – et après ce début d'année trépidant, nous avions bien mérité quelques jours de vacances.*

*Plus tard, mes chéris, votre grand-mère vous racontera les drôles de mois qui ont précédé votre naissance.*

*Je vous dirai la tête de votre papa lorsque, début janvier, il a appris que vous étiez deux et le fou rire nerveux de votre mère, si puissant et si long qu'on a craint pour votre santé* in utero.

*Je vous dirai qu'hier, dans leur voix, il y avait toutefois bien plus de bonheur que d'angoisse.*

*Je vous dirai que Sophie, ta marraine, Rose, tenait la main de votre mère lorsque vous êtes nés.*

*Je vous dirai que Pierre, ton parrain, Jules, jouait au poker avec votre père dans le local des infirmières pendant ce temps-là.*

*Je vous dirai qu'à titre personnel, votre naissance sera associée à jamais avec une période très heureuse de ma vie et ce n'est pas Maurice, qui à cet instant fait semblant de me masser les épaules pour mieux lire ce que je vous écris, qui me contredira.*

*Je vous parlerai de votre rôle d'anges gardiens de Cantuis & Honfleur Coaching Conseil, puisque sans vous, « l'expérience Marsiac » ne se serait peut-être pas si bien terminée et nous n'aurions pas pu, votre quasi-grand-père et moi, monter notre société de conseil.*

*Je vous dirai enfin, à vous qui êtes une petite fille et un petit garçon, ce que nous répétons aux grandes filles et aux grands garçons qui, de plus en plus nombreux, nous font confiance : les hommes et les femmes ne se ressemblent pas du tout et c'est sans doute mieux comme ça. Parfois, ils ne se comprennent plus, alors ils sont malheureux : ils essaient des méthodes, des guides, des expériences pour continuer à s'aimer malgré leurs différences. Ils font ce qu'ils peuvent, ils se donnent du mal, mais ils passent peut-être à côté de l'essentiel : c'est* pour *leurs différences que l'on doit aimer les gens et pas* malgré *elles. Il y a une phrase célèbre qui dit : « Ce que l'on te reproche, cultive-le, c'est toi. » Moi j'ai envie de vous dire que ce qu'un jour vous reprocherez peut-être à celui ou celle avec qui vous vivrez, vous seriez bien avisés, au contraire, de le cultiver.*

*Votre grand-mère qui vous aime.*

*Lise*

# Table

7286

*Composition*
CHESTEROC LTD

*Achevé d'imprimer en France (Malesherbes)*
*par* MAURY IMPRIMEUR
*le 18 décembre 2008.*

Dépôt légal décembre 2008
EAN 9782290335765

1er dépôt légal dans la collection : mai 2004

ÉDITIONS J'AI LU
87, quai Panhard-et-Levassor, 75013 Paris

*Diffusion France et étranger : Flammarion*